O RETORNO

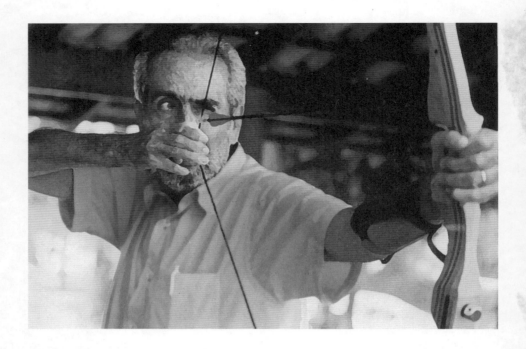

O Arqueiro

GERALDO JORDÃO PEREIRA (1938-2008) começou sua carreira aos 17 anos, quando foi trabalhar com seu pai, o célebre editor José Olympio, publicando obras marcantes como *O menino do dedo verde*, de Maurice Druon, e *Minha vida*, de Charles Chaplin.

Em 1976, fundou a Editora Salamandra com o propósito de formar uma nova geração de leitores e acabou criando um dos catálogos infantis mais premiados do Brasil. Em 1992, fugindo de sua linha editorial, lançou *Muitas vidas, muitos mestres*, de Brian Weiss, livro que deu origem à Editora Sextante.

Fã de histórias de suspense, Geraldo descobriu *O Código Da Vinci* antes mesmo de ele ser lançado nos Estados Unidos. A aposta em ficção, que não era o foco da Sextante, foi certeira: o título se transformou em um dos maiores fenômenos editoriais de todos os tempos.

Mas não foi só aos livros que se dedicou. Com seu desejo de ajudar o próximo, Geraldo desenvolveu diversos projetos sociais que se tornaram sua grande paixão.

Com a missão de publicar histórias empolgantes, tornar os livros cada vez mais acessíveis e despertar o amor pela leitura, a Editora Arqueiro é uma homenagem a esta figura extraordinária, capaz de enxergar mais além, mirar nas coisas verdadeiramente importantes e não perder o idealismo e a esperança diante dos desafios e contratempos da vida.

NICHOLAS SPARKS

O RETORNO

Título original: *The Return*

Copyright © 2020 por Willow Holdings, Inc.
Copyright da tradução © 2020 por Editora Arqueiro Ltda.

Todos os direitos reservados. Nenhuma parte deste livro pode ser utilizada ou reproduzida sob quaisquer meios existentes sem autorização por escrito dos editores.

tradução: Ricardo Quintana

preparo de originais: Carolina Vaz

revisão: Melissa Lopes Leite e Rebeca Bolite

diagramação: Abreu's System

capa: Tom Hallman

adaptação de capa: Gustavo Cardozo

imagem de capa: Miguel Sobreira/Trevillion Images

impressão e acabamento: Cromosete Gráfica e Editora Ltda.

CIP-BRASIL. CATALOGAÇÃO NA PUBLICAÇÃO
SINDICATO NACIONAL DOS EDITORES DE LIVROS, RJ

S726r

Sparks, Nicholas, 1965-
    O retorno / Nicholas Sparks ; tradução Ricardo Quintana. - 1. ed. - São Paulo : Arqueiro, 2020.
    288 p. ; 23 cm.

Tradução de: The return
ISBN 978-65-5565-045-7

1. Ficção americana. I. Quintana, Ricardo. II. Título.

20-66360	CDD: 813
	CDU: 82-3(73)

Meri Gleice Rodrigues de Souza - Bibliotecária - CRB-7/6439

Todos os direitos reservados, no Brasil, por
Editora Arqueiro Ltda.
Rua Funchal, 538 – conjuntos 52 e 54 – Vila Olímpia
04551-060 – São Paulo – SP
Tel.: (11) 3868-4492 – Fax: (11) 3862-5818
E-mail: atendimento@editoraarqueiro.com.br
www.editoraarqueiro.com.br

*À família Van Wie:
Jeff, Torri, Anna, Audrey e Ava*

Prólogo

2019

A igreja parece uma capela alpina, do tipo que se poderia encontrar nas montanhas nos arredores de Salzburgo, e o ar fresco em seu interior é reconfortante. É agosto e o calor está escaldante no sul dos Estados Unidos, agravado pelo terno e pela gravata que estou usando. No dia a dia, geralmente não uso ternos. São desconfortáveis, e, como médico, reparei que os pacientes reagem melhor quando me visto mais casualmente, como eles.

Estou aqui para um casamento. Conheço a noiva faz mais de cinco anos, embora não esteja certo se ela considera que somos amigos. Assim que ela deixou New Bern, continuamos nos falando com regularidade por mais de um ano e, depois disso, nosso contato tem se limitado a umas poucas mensagens de texto trocadas ocasionalmente, às vezes por iniciativa dela, às vezes minha. No entanto, possuímos um vínculo inegável com raízes em acontecimentos de anos atrás. Tenho até dificuldade de me lembrar do homem que eu era quando nossos caminhos se cruzaram pela primeira vez, mas isso é normal, não é? A vida nos oferece novos rumos o tempo todo, e nesse processo nós crescemos e mudamos. Quando olhamos pelo espelho retrovisor, temos um vislumbre de *eus* anteriores que podem ser irreconhecíveis.

Algumas coisas não mudaram – meu nome, por exemplo –, mas estou com 37 anos agora, dando os primeiros passos em uma carreira que nunca imaginei seguir nas minhas primeiras três décadas de vida. Eu adorava tocar piano, mas parei de praticar. Apesar de ter crescido entre familiares amorosos, faz muito tempo que não vejo nenhum deles. Existem razões para isso, mas abordarei essa parte mais adiante.

Hoje, estou simplesmente feliz de estar aqui e de ter conseguido chegar a tempo. O voo que partiu de Baltimore atrasou, e a fila na locadora de carros estava grande. Embora eu não tenha sido o último convidado a chegar, a igreja já está bem cheia e encontro um lugar na antepenúltima fileira, fazendo o máximo para me esgueirar até lá sem ser notado. Nos bancos à minha frente há mulheres usando o tipo de chapéu que se espera encontrar no Grande Prêmio de Turfe do Kentucky, combinações extravagantes de laços e flores que cabras adorariam comer. A visão me faz rir, um lembrete de que há no Sul um mundo que parece não existir em nenhum outro lugar.

A visão das flores também me faz pensar em abelhas. Elas estão presentes em grande parte das minhas lembranças. São criaturas admiráveis e maravilhosas, de interesse infindável para mim. Hoje em dia, cuido de mais de uma dezena de colmeias – um trabalho muito mais simples do que se imagina – e não consigo deixar de pensar que as abelhas tomam conta de mim e de todo mundo. Grande parte da nossa alimentação depende das abelhas; sem elas seria quase impossível existir vida humana.

Há algo incrivelmente maravilhoso na ideia de que a vida como a conhecemos depende de algo tão simples quanto uma abelha indo de flor em flor. Isso me faz acreditar que meu hobby é importante para o grande esquema das coisas, e tenho total noção de que cuidar das colmeias foi o que me trouxe até aqui, a esta igrejinha no interior, bem longe de casa. É claro que minha história – como qualquer boa história – também é fruto de acontecimentos, circunstâncias e outras pessoas, inclusive uma dupla de idosos que gostava de se sentar em cadeiras de balanço na frente de uma antiga mercearia na Carolina do Norte. Mas é principalmente sobre duas mulheres, embora uma delas fosse apenas uma menina na época.

Sou o primeiro a notar que, quando contam a própria história, as pessoas tendem a se colocar como o personagem principal. Provavelmente vou cair na mesma armadilha, mas gostaria de avisar que a maior parte dos fatos ainda me parece acidental – ao longo da minha narrativa, lembre-se, por favor, de que não me considero nenhuma espécie de herói.

Quanto ao final da história, imagino que este casamento seja uma espécie de conclusão. Cinco anos atrás, eu teria grande dificuldade para dizer se o desfecho desses relatos interligados seria feliz, trágico ou agridoce. E agora? Para ser sincero, hoje tenho ainda menos certeza, já que continuo me perguntando se esta história poderia, de algum modo sinuoso, seguir de onde parou.

Para entender o que quero dizer, você precisa viajar de volta no tempo comigo e conhecer um mundo que, apesar de tudo que aconteceu nos últimos anos, ainda me parece muito palpável.

1

2014

A primeira vez que notei a garota passando em frente à minha casa foi um dia depois da mudança. Ao longo do mês e meio que se seguiu, eu a vi arrastando os pés pela calçada algumas vezes por semana, a cabeça baixa e os ombros encolhidos. Durante muito tempo, não trocamos uma palavra.

Eu suspeitava de que ainda fosse adolescente – alguma coisa no jeito de andar sugeria que ela sofria do duplo fardo da baixa autoestima e de uma irritação diante do mundo –, mas, aos 32, eu já havia atingido a idade em que era quase impossível ter certeza. Além dos longos cabelos castanhos e dos olhos afastados, as únicas coisas que eu sabia sobre ela era que morava num estacionamento para trailers na minha rua e que gostava de caminhar. Ou, mais provavelmente, que precisava caminhar porque não tinha carro.

O céu de abril estava claro, a temperatura, em torno dos 20 graus e uma leve brisa carregava o aroma perfumado das flores. Os cornisos e as azaleias do quintal haviam florescido quase que da noite para o dia, emoldurando a via de cascalho que serpenteava junto à casa do meu avô. Eu tinha acabado de herdar a propriedade nos arredores de New Bern, na Carolina do Norte.

Eu, Trevor Benson, médico convalescente e veterano, incapacitado em serviço, estava jogando naftalinas em volta da casa, lamentando porque não planejara passar a manhã fazendo aquilo. O problema das tarefas e dos reparos ali era que não dava para saber exatamente quando ia terminar o serviço, já que sempre havia algo a ser feito, e nem era possível dizer se de fato valia a pena ficar ajeitando o lugar.

A casa não era lá essas coisas em termos de aparência, e os anos tinham cobrado seu preço. Meu avô a construíra sozinho após retornar da Segunda Guerra Mundial mas, embora fosse capaz de erguer coisas duráveis, não tinha grande talento no quesito estilo. A construção era um retângulo com varandas na frente e nos fundos – dois quartos, cozinha, sala e dois banheiros. Com os anos, o revestimento de cedro da parte externa havia esmaecido até exibir um tom cinza-prateado, como o cabelo do meu avô. O telhado fora remendado, o vento entrava pelas janelas e o piso da cozinha era tão desnivelado que, quando um líquido se derramava no chão, ele se transformava num pequeno rio que corria para a porta que dava na varanda dos fundos. Gosto de pensar que isso tornava a limpeza mais fácil para meu avô, que havia morado sozinho durante os últimos trinta anos de sua vida.

A propriedade, no entanto, era especial. Tinha cerca de 2,5 hectares, um velho celeiro um pouco empenado, um galpão – onde meu avô armazenava o mel – e aparentemente todo tipo de flor conhecida pela humanidade, inclusive trevos e flores silvestres. De agora até o fim do verão, a propriedade exibiria uma explosão de cores no solo. Era também cortada pelo riacho Brices, cuja água escura, meio salobra, corria com tanta lentidão que muitas vezes refletia o céu feito um espelho. O pôr do sol transformava o riacho numa mistura de tons bordô, vermelhos, laranja e amarelos, enquanto seus raios evanesciam lentamente e perfuravam a cortina de barba-de-velho que caía dos galhos das árvores.

As abelhas adoravam aquele lugar, o que com certeza fora a intenção do meu avô, apicultor nas horas vagas, e estou plenamente convencido de que ele gostava mais de abelhas do que de pessoas. Havia cerca de vinte colmeias na propriedade, e com frequência eu me pegava pensando que elas se encontravam em melhores condições que a casa ou o celeiro. Desde minha chegada, eu as examinara algumas vezes à distância e, embora ainda fosse o início da temporada, dava para ver que as colônias estavam saudáveis.

A população de abelhas aumentava com rapidez na primavera – era possível escutá-las zumbindo quando se prestava atenção –, então as deixei em paz. A maior parte do tempo eu estava tentando tornar a casa habitável de novo. Fiz uma limpa nos armários, guardando alguns potes de mel e descartando todo o resto: uma caixa de biscoitos velhos, embalagens de manteiga de amendoim e de geleia quase vazias e um pacotinho de maçãs desidratadas. As gavetas estavam cheias de tralha – cupons vencidos, tocos de vela, ímãs e canetas sem tinta. Foi tudo para o lixo. A geladeira estava quase vazia e curiosamente limpa, sem os itens mofados ou os odores desagradáveis que eu esperava. Removi uma tonelada de lixo da casa – a maior parte da mobília tinha meio século de idade, e meu avô era um tanto acumulador – e então contratei várias equipes para fazer o trabalho pesado.

Um empreiteiro reformou um dos banheiros; um bombeiro hidráulico consertou o vazamento na torneira da cozinha. Também mandei lixar e envernizar os pisos, pintar as paredes e, por último, mas não menos importante, substituir a porta dos fundos. Quebrada no batente, a anterior tinha sido pregada com tábuas. Mais tarde, após trazer outra equipe para limpar a casa de cima a baixo, providenciei o wi-fi e comprei uns móveis para a sala de estar e o quarto, além de uma TV. A televisão que estava lá tinha aquelas antenas embutidas e era do tamanho de um baú. As instituições de caridade recusaram a doação da mobília velha do meu avô, apesar de meu argumento de que poderia ser considerada antiguidade, então doei para empresas que reaproveitavam o material.

As varandas, no entanto, estavam relativamente em bom estado, e eu passava ali a maior parte das manhãs e tardes. Foi por isso que comecei com essa história das naftalinas. A primavera no Sul não se resume apenas a flores, abelhas e belos crepúsculos, sobretudo quando se mora ao lado de um riacho no que parecia ser uma selva. Como vinha fazendo mais calor que o normal, as cobras haviam começado a despertar da letargia do inverno. Dei de cara com uma das grandes na varanda dos fundos naquela manhã, enquanto perambulava do lado de fora com meu café. Depois de tomar um tremendo susto e derramar metade da xícara na camisa, corri para dentro de casa.

Não fazia ideia se era venenosa ou não. Não sou perito em cobras. Mas minha reação foi diferente da que muitas pessoas teriam – meu avô, por exemplo. Não pensei em matá-la. Só queria que ela ficasse longe da casa e morasse *lá para o outro lado*. Eu sabia que elas faziam coisas úteis, como matar os ratos que eu ouvia correndo por dentro das paredes à noite. O som me deixava arrepiado. Embora eu houvesse passado todos os verões ali quando criança, não sou acostumado à vida no campo. Sempre me considerei um cara mais urbano, o que era verdade, até a explosão que acabou não só com todo o meu mundo, mas comigo também. Essa é a razão de eu estar convalescente, porém vou contar sobre isso depois.

Por ora, vamos voltar à cobra. Após trocar de camisa, lembrei vagamente que meu avô usava naftalina para afastar cobras. Ele tinha plena convicção de que essas bolinhas possuíam poderes mágicos para repelir todo tipo de coisa – morcegos, camundongos, insetos e cobras –, então comprava caixas e mais caixas daquilo. Encontrei um monte delas no celeiro e, confiante de que meu avô devia ter alguma razão, peguei uma e comecei a espalhar naftalina em volta da casa, primeiro nos fundos e nas laterais, depois na frente.

Foi quando vi de novo a garota arrastando os pés pela rua. Vestia calça jeans e camiseta e deve ter sentido que eu estava olhando para ela, porque se virou na minha direção. Não sorriu nem acenou. Em vez disso, baixou a cabeça, como se quisesse ignorar minha presença.

Dei de ombros e voltei a trabalhar, se é que espalhar naftalina pode ser considerado trabalho. Por alguma razão, no entanto, me peguei pensando sobre o estacionamento para trailers onde ela morava. Ficava no final da rua, a cerca de um quilômetro e meio. Por curiosidade, eu tinha dado uma volta lá logo depois de ter me mudado. Ele havia aumentado de tamanho desde a última vez que o visitara, e acho que eu queria saber quem eram meus novos vizinhos.

Meu primeiro pensamento ao chegar lá foi de que o local fazia a casa do meu avô parecer o Taj Mahal. Seis ou sete trailers antigos e decrépitos pareciam ter sido largados ao acaso num terreno sujo. No canto mais distante estavam os restos de outro trailer que havia pegado fogo, apenas uma carcaça preta parcialmente derretida. Em meio a eles, varais de roupa pendiam entre estacas inclinadas e galinhas esqueléticas ciscavam num percurso de obstáculos formado por carros em cima de tijolos e utensílios enferrujados, evitando apenas um pit bull feroz acorrentado a um velho para-choque descartado. O cão tinha dentes enormes e latiu tão furiosamente quando me viu que voou baba de sua boca espumosa.

Uma parte de mim se perguntava por que alguém escolheria morar em um lugar daqueles, mas eu já sabia a resposta. No caminho de volta para casa, senti pena dos moradores e me repreendi por ser tão esnobe, porque sabia que tivera mais sorte que a maioria, pelo menos em relação a dinheiro.

– Você mora aqui? – ouvi alguém perguntar.

Erguendo o olhar, vi a garota. Ela tinha dado meia-volta e estava parada a certa distância, mas perto o bastante para eu notar as sardas nas suas bochechas, que eram quase translúcidas de tão pálidas. Havia alguns hematomas em seus braços, como se ela tivesse batido em algum lugar. Não era especialmente bonita e tinha um ar jovial, o que me fez pensar outra vez que se tratava de uma adolescente. O olhar desconfiado sugeria que estava pronta para sair correndo ao meu menor sinal de movimento.

– No momento, sim – falei, abrindo um sorriso. – Mas não sei por quanto tempo vou ficar.

– O velho morreu. O que morava aí. O nome dele era Carl.

– Eu sei. Era meu avô.

– Ah... – Ela enfiou a mão no bolso de trás. – Ele me dava mel.

– É o tipo de coisa que ele faria.

Eu não tinha certeza se isso era verdade, mas me pareceu a melhor coisa a dizer.

– Ele costumava comer no Trading Post – continuou ela. – Era sempre simpático.

O Slow Jim's Trading Post era uma dessas lojas decadentes, onipresentes no Sul, e já existia antes mesmo de eu nascer. Meu avô me levava lá sempre que eu vinha visitá-lo. Era do tamanho de uma garagem para três carros, com uma varanda coberta na frente, e vendia de tudo, de combustível a leite e ovos, passando por artigos de pesca, iscas vivas e autopeças. Havia bombas de gasolina antiquadas na frente – não aceitavam cartão de crédito nem débito – e uma chapa para preparar comidas quentes. Lembro que uma vez descobri um saco de soldadinhos de plástico enfiado entre uma caixa de marshmallows e uma caixa de anzóis. Não havia muita coerência entre as mercadorias oferecidas nas prateleiras ou exibidas nas paredes, mas sempre achei que era uma das lojas mais legais do mundo.

– Você trabalha lá?

Ela assentiu antes de apontar para a caixa na minha mão.

– Por que está colocando naftalina em volta da casa?

Olhei para a caixa, percebendo ter esquecido que a estava segurando.

– Vi uma cobra na varanda hoje de manhã. Ouvi dizer que naftalina repele cobras.

Ela contraiu os lábios antes de dar um passo para trás.

– Então tá. Só queria saber se você estava morando aí agora.

– Meu nome é Trevor Benson, a propósito.

Após ouvir meu nome, ela me encarou. Parecia estar tomando coragem para perguntar o óbvio.

– O que aconteceu com o seu rosto?

Eu sabia que ela estava se referindo à fina cicatriz que ia da linha do cabelo até o maxilar. A pergunta reforçava minha impressão de que ela era jovem. Adultos geralmente não tocavam no assunto. Na verdade, a maioria fingia não notar.

– Um morteiro no Afeganistão. Há alguns anos.

– Ah. – Ela esfregou o nariz com as costas da mão. – Doeu?

– Doeu.

– Ah… Bem, tenho que ir agora.

– Tudo bem.

Ela se voltou em direção à rua, mas de repente se virou de novo.

– Não vai funcionar!

– O que não vai funcionar?

– A naftalina. Cobras não ligam para naftalina.

– Tem certeza?

– Todo mundo sabe disso.

Diga isso ao meu avô, pensei.

– Então o que eu faço para não ter cobra na varanda?

Ela ficou pensativa.

– Talvez você devesse ir morar num lugar onde não houvesse cobras.

Tive que rir. Ela era estranha, com certeza, mas me dei conta de que era a primeira vez que eu ria desde que tinha me mudado. Talvez fosse a primeira risada em meses.

– Prazer em conhecê-la.

Fiquei observando a menina se afastar e me surpreendi quando ela se virou lentamente.

– Meu nome é Callie! – gritou.

– Foi um prazer, Callie.

Quando ela finalmente desapareceu por trás de algumas azaleias, me perguntei se deveria continuar espalhando a naftalina. Não fazia ideia se ela estava certa ou errada, mas, no fim, resolvi dar a tarefa por encerrada. Estava querendo tomar uma limonada e me sentar na varanda de trás para relaxar, já que o psiquiatra me recomendara tirar umas horas para descansar enquanto eu ainda tivesse tempo.

Ele disse que isso me ajudaria a manter *A Escuridão* longe.

Meu psiquiatra às vezes usava uma linguagem floreada do tipo *A Escuridão* para descrever o transtorno do estresse pós-traumático. Quando lhe perguntei o motivo, ele explicou que cada paciente era diferente e que fazia parte de seu trabalho encontrar palavras que refletissem com precisão o estado de ânimo e o sentimento de cada um, de forma a guiá-los ao longo do demorado caminho até a recuperação.

Desde que começamos o tratamento, ele se referia ao meu transtorno como *perturbação*, *problema*, *dificuldade*, *efeito borboleta*, *desregulagem emocional*, *gatilho* e, naturalmente, *A Escuridão*. Durante muito tempo após a explosão, meu ânimo *ficou* escuro, negro como o céu noturno sem estrelas nem lua, mesmo que eu não compreendesse inteiramente por quê. No início, eu negava com veemência o transtorno, mas eu era teimoso.

Com toda a sinceridade, minha raiva, depressão e insônia faziam sentido para mim na época. Sempre que me olhava no espelho, eu me lembrava do que havia acontecido na Base Aérea de Kandahar em 9 de setembro de 2011, quando um míssil disparado contra o hospital onde eu trabalhava caiu perto da entrada, segundos após eu ter saído do prédio.

Há um quê de ironia na minha escolha de palavras, já que o ato de olhar no espelho não é mais como antes. Fiquei cego do olho direito, perdendo a noção de profundidade. Encarar meu reflexo é um pouco como observar peixes nadando num daqueles antigos descansos de tela de computador – quase real, mas não completamente – e, mesmo que eu conseguisse superar isso, meus outros ferimentos são tão aparentes quanto uma bandeira solitária fincada no topo do monte Everest.

Além da cicatriz no rosto, estilhaços deixaram meu tronco esburacado como a lua. Os dedos mínimo e anelar da mão esquerda foram arrancados – um grande azar, já que sou canhoto – e perdi também a orelha esquerda. Acredite ou não, essa última sequela era a que mais me incomodava em relação à minha aparência. Uma cabeça não parece natural sem uma das orelhas. Eu parecia estranhamente assimétrico, e foi só naquele momento que dei valor de verdade às minhas orelhas. Nas raras vezes em que pensava nelas, era sempre no contexto de ouvir coisas. Mas tente usar óculos escuros tendo apenas uma orelha e você vai entender por que senti essa perda de forma tão intensa.

Ainda não mencionei as lesões na coluna – tive que reaprender a andar – ou as dores de cabeça latejantes que perduraram meses e me deixaram fisicamente arrasado. Mas os bons médicos do Walter Reed me consertaram. A maior parte de mim, pelo menos. Assim que fiquei de pé outra vez, passei a ser atendido na instituição onde me formei, a Johns Hopkins, onde as cirurgias estéticas foram realizadas. Agora uso uma prótese de orelha, tão bem-feita que nem se percebe que é falsa, e meu olho parece normal, mesmo sendo completamente inútil. Não deu para fazer muito em relação aos dedos, que viraram adubo no Afeganistão, mas um cirurgião plástico conseguiu reduzir o tamanho da cicatriz em meu rosto até que se tornasse a linha fina e branca que é hoje, visível, mas não a ponto de assustar criancinhas. Fico tentando me convencer de que ela me dá mais personalidade, que por baixo da aparência de homem suave e sofisticado existe um cara intenso e corajoso, que experimentou e sobreviveu a perigos reais. Ou algo do tipo.

Além do corpo, minha vida inteira foi destruída, inclusive minha carreira. Eu não sabia o que fazer comigo ou com meu futuro, muito menos como lidar com os flashbacks, a insônia, a raiva sempre à flor da pele ou qualquer outro sintoma associado ao transtorno. As coisas iam de mal a pior, até que cheguei ao fundo do poço – imagine uma ressaca de quatro dias e acordar coberto de vômito – e percebi, por fim, que precisava de ajuda. Descobri um psiquiatra chamado Eric Bowen, especialista nas terapias cognitivo-comportamental e comportamental dialética.

Na essência, as duas terapias entendem os *comportamentos* como uma forma de ajudar a controlar ou administrar seus pensamentos e emoções. Quando se sentir oprimido, obrigue-se a ficar de pé, ereto; quando se sentir perdido diante de uma tarefa complexa, tente ocupações simples, coisas *possíveis* de fazer, começando com o primeiro passo, fácil, e depois fazendo a próxima coisa simples.

Modificar um comportamento dá muito trabalho, mas, aos poucos e com segurança, fui voltando à normalidade. Com isso, vieram os pensamentos sobre o futuro. O Dr. Bowen e eu falávamos sobre várias carreiras, mas no final percebi que sentia falta da prática da medicina. Contatei o pessoal na Johns Hopkins e me candidatei a uma nova residência. Dessa vez, em psiquiatria. Acho que Bowen se sentiu lisonjeado. Resumindo, mexeram alguns pauzinhos – não sei se porque eu já tinha estado lá antes ou por ser um veterano incapacitado – e abriram algumas exceções. Fui aceito como psiquiatra residente e começaria a partir de julho. Pouco tempo depois de ter recebido as boas notícias, fiquei sabendo que meu avô havia sofrido um derrame em Easley, na Carolina do Sul, cidade sobre a qual eu nunca o tinha ouvido falar. Solicitaram que eu fosse rapidamente até o hospital, já que ele não tinha muito mais tempo de vida.

Eu não conseguia imaginar por que ele estava naquela cidade. Até onde sabia, havia anos que meu avô não saía de New Bern. Quando cheguei ao hospital, ele já mal podia falar, apenas balbuciava uma palavra sufocada por vez, e mesmo essas eram difíceis de entender. Ele ficou me dizendo coisas estranhas, que me feriam mesmo quando não faziam sentido, mas eu não conseguia afastar a sensação de que ele estava tentando comunicar algo importante antes de morrer.

Como único membro remanescente da família, coube a mim tomar as providências para o funeral. Eu tinha certeza de que ele queria ser enterrado em New Bern. Cuidei para que o corpo fosse transportado de volta à sua cidade natal, organizei uma pequena cerimônia fúnebre, que teve mais participantes do que imaginei, e passei muito tempo andando pela propriedade, lutando contra o pesar e a culpa. Como meus pais eram muito ocupados com as próprias vidas, eu tinha passado a maioria dos meus verões em New Bern, e a saudade que sentia do meu avô era quase como uma dor física. Ele era engraçado, sábio e bondoso, e sempre fazia eu me sentir mais velho e mais inteligente do que de fato era.

Quando eu tinha 8 anos, meu avô me deixou dar uma baforada no seu cachimbo feito de espiga de milho. Ele me ensinou a pescar e me deixava ajudar toda vez que precisava consertar um motor. Também me ensinou tudo o que sei sobre abelhas e apicultura e, quando eu era adolescente, ele me contou que um dia eu encontraria uma mulher que mudaria minha vida para sempre. Quando perguntei como saberia se tinha encontrado a pessoa certa, ele deu uma piscadela e disse que, se eu não tivesse certeza, era melhor continuar procurando.

Com tudo que acontecera desde Kandahar, não consegui arranjar tempo para ir visitá-lo nos últimos anos. Sei que ele se preocupava comigo, mas eu não queria compartilhar com ele os demônios que estava combatendo. Já era bastante difícil falar com o Dr. Bowen sobre a minha vida e, mesmo sabendo que meu avô não me julgaria, me pareceu mais fácil manter distância. O fato de ele ter partido antes que eu tivesse a chance de me reconectar com ele me deixou arrasado. Para completar, um advogado local me contatou logo depois do funeral para me informar que eu havia herdado a propriedade, de forma que me vi dono da casa onde passara tantos verões quando garoto. Nas semanas seguintes, fiquei muito tempo refletindo sobre todas as coisas que nunca tive a chance de dizer ao homem que havia me amado de forma tão incondicional.

Minha mente ficava retornando às palavras estranhas que meu avô dissera em seu leito de morte, e eu me perguntava, em primeiro lugar, o que ele estaria fazendo em Easley, na Carolina do Sul. Teria algo a ver com as abelhas? Estaria visitando algum velho amigo ou passando um tempo com alguma mulher? As perguntas continuavam me consumindo. Falei com o Dr. Bowen sobre isso, e ele sugeriu que eu tentasse descobrir as respostas.

Os feriados de fim de ano se passaram sem novidades e, logo que janeiro começou, deixei meu apartamento nas mãos de um corretor, achando que levaria alguns meses para vendê-lo. Para meu espanto, recebi uma oferta dias depois e fechei negócio em fevereiro. Como em pouco tempo me mudaria para Baltimore por causa da residência, não fazia sentido procurar um local para alugar temporariamente. Pensei na casa do meu avô em New Bern e me perguntei: "Por que não?"

Eu poderia ir embora de Pensacola, talvez deixar a velha casa em condições de ser vendida. Se tivesse sorte, conseguiria até descobrir o que meu avô estava fazendo em Easley e o que ele havia tentado me dizer.

E foi assim que acabei espalhando naftalina no lado de fora daquele casebre decrépito.

Tomei uma "limonada" na varanda de trás – era assim que meu avô costumava chamar a cerveja. Quando eu era pequeno, uma das grandes emoções da minha vida era pegar uma limonada no isopor para ele. Estranhamente, ela sempre vinha numa garrafa com o rótulo da Budweiser.

Sou mais a Yuengling, da cervejaria mais antiga dos Estados Unidos. Quando frequentava a Academia Naval, um veterano chamado Ray Kowalski me apresentou a marca. Ele era de Pottsville, na Pensilvânia – cidade-sede da Yuengling Brewery – e me convenceu de que não havia cerveja melhor. Curiosamente, Ray era filho de um mineiro, e a última notícia que tive dele foi de que estava servindo no *USS Hawaii*, um submarino nuclear. Acho que aprendeu com o pai que, quando se está trabalhando, luz do sol e ar livre são coisas superestimadas.

Eu me pergunto o que meus pais pensariam da minha vida. Afinal de contas, já faz mais de dois anos que não trabalho. Tenho absoluta certeza de que meu pai ficaria horrorizado. Ele era do tipo que me passava um sermão se eu não tirasse nota máxima numa prova e ficou decepcionado quando escolhi a Academia Naval em vez de Georgetown, faculdade em que se formou, ou Yale, onde se graduara em Direito.

Meu pai acordava às cinco da manhã todos os dias, lia o *Washington Post* e o *New York Times* enquanto tomava o café da manhã, depois ia para a capital, onde trabalhava como lobista para qualquer companhia ou setor que o tivesse contratado. Um negociador agressivo de mente afiada, vivia para fazer acordos e conseguia citar de cabeça longas seções do código tributário. Ele era um dos seis sócios que supervisionavam mais de duzentos advogados, e as paredes de casa eram decoradas com fotografias dele com três presidentes diferentes, meia dúzia de senadores e deputados demais para se contar.

Meu pai não trabalhava simplesmente: seu hobby era o trabalho. Passava setenta horas por semana no expediente e jogava golfe com clientes e políticos nos fins de semana. Uma vez por mês, oferecia um coquetel em nossa casa, com ainda mais clientes e políticos. À noite, costumava se isolar no seu escritório, onde sempre precisava dar um telefonema urgente, fazer um relatório ou um planejamento. A ideia de ir relaxar na varanda e tomar uma cerveja no meio da tarde, num dia de semana, lhe pareceria absurda, algo que só um vagabundo faria, nunca um *Benson*. De acordo com meu pai, não havia nada pior do que ser um vagabundo.

Embora não fosse do tipo carinhoso, não era um mau pai. Para ser justo, minha mãe também não era das pessoas mais maternais. Neurocirurgiã formada na Johns Hopkins, estava sempre de plantão e, assim como meu pai, nutria paixão pelo trabalho. Meu avô sempre dizia que ela já nascera daquele jeito, negando sua origem de cidade pequena e o fato de os pais não terem cursado uma universidade. Mas nunca duvidei do amor de nenhum dos dois por mim, mesmo jantando comida de delivery todo dia e, na adolescência, indo mais para coquetéis do que para acampamentos em família.

De qualquer forma, minha família não destoava das demais em Alexandria. Todo mundo no meu colégio particular de elite tinha pais altamente influentes e prósperos, e a cultura da excelência e do sucesso profissional se infiltrava nos filhos. Exigiam-se notas estelares, mas isso não era o bastante. Também esperava-se que as crianças fossem populares, além de excepcionais nos esportes, na música ou em ambos. Admito que fui tragado por tudo isso. Quando entrei para o ensino médio, senti necessidade de ser... *igualzinho a todos eles*. Saía com as garotas populares, cheguei a ficar em segundo lugar na turma, joguei futebol nos dois últimos anos e era habilidoso no piano. Na Academia Naval, participei do time de futebol pelos quatro anos de formação, fiz especialização dupla em química e matemática, e me saí bem o bastante no teste de admissão da faculdade para cursar medicina na Johns Hopkins, deixando minha mãe orgulhosa.

Infelizmente, meus pais não puderam me ver receber o diploma. Não gosto de pensar no acidente nem de falar sobre isso. A maioria das pessoas não sabe o que dizer, a conversa esfria, e eu acabo me sentindo pior do que se não tivesse contado nada.

Por outro lado, às vezes eu me pergunto se não contei a história para as pessoas erradas, ou se a pessoa certa realmente existe. Alguém poderia mostrar um pouco de empatia, sabe? Mas o que posso dizer é que aprendi que a vida nunca segue exatamente o rumo que imaginamos.

2

Sei o que você deve estar pensando: como um cara que passou os últimos dois anos e meio se considerando um caso perdido, mental e emocionalmente, pode cogitar se tornar psiquiatra? Como posso ajudar alguém se mal consigo dar sentido à minha própria vida?

Ótimas perguntas. E a resposta... bem, nem eu sabia. Talvez eu nunca fosse conseguir ajudar alguém. Só sabia que minhas opções estavam um tanto limitadas. Qualquer ambição cirúrgica estava fora de questão – considerando a cegueira parcial, os dedos perdidos e todo o resto –, e eu não sentia nenhum interesse por medicina de família nem clínica geral.

No entanto, estaria mentindo se dissesse que não sentia falta da sala de cirurgia, da aspereza nas mãos após higienizá-las e do estalo das luvas ao colocá-las. Eu adorava reparar ossos, ligamentos, tendões e sentir como se eu sempre soubesse exatamente o que estava fazendo. Em Kandahar, um garoto de uns 12 anos danificou a rótula ao cair de um telhado, e os médicos locais tinham cometido tantos erros durante a operação que ele mal podia andar. Precisei reconstruir o joelho, e, seis meses depois, quando retornou para uma consulta, o menino veio correndo até mim. Aquilo me fez bem – saber que o tinha curado, que ele agora teria uma vida normal –, e eu me perguntava se a psiquiatria me daria aquela mesma satisfação.

Quem fica realmente curado quando se trata de saúde mental ou emocional? A vida tem reviravoltas radicais, e esperanças e sonhos mudam à medida que as pessoas entram em fases diferentes da vida. Ontem, pelo Skype – nossas consultas são às segundas-feiras –, o Dr. Bowen me lembrou de que todos somos obras em andamento.

Eu estava pensando em tudo isso naquele dia, parado em frente à churrasqueira, com o rádio tocando ao fundo. O sol se punha, iluminando um céu caleidoscópico enquanto eu preparava um contrafilé, escolhido no açougue Village, no outro lado da cidade. Na cozinha, já estavam prontas uma salada e batatas assadas, mas, se está pensando que sou um bom cozinheiro, ledo engano. Tenho um paladar simples e me viro bem com a grelha, mas é só isso. Desde que me mudei para New Bern, tenho botado a velha churrasqueira Weber do meu avô para funcionar três ou quatro vezes por semana. Isso me deixou nostálgico, recordando todos aqueles verões da infância, quando ele e eu fazíamos churrasco quase todas as noites.

Assim que o bife ficou pronto, coloquei-o no prato e me sentei à mesa na varanda de trás. Já havia escurecido a essa altura, com as luzes da casa brilhando lá dentro e o luar refletido nas águas tranquilas do riacho. A carne estava perfeita, mas a batata ficou um pouco fria. Eu a teria colocado no micro-ondas se houvesse um na cozinha. Embora já tivesse deixado a casa habitável, ainda não tinha decidido se reformaria a cozinha, colocaria um telhado novo, vedaria as janelas ou consertaria a inclinação do piso. Se decidisse vender o lugar, eu suspeitava que o comprador demoliria a velha casa para construir uma nova. Não era preciso ser um gênio do mercado imobiliário para perceber que grande parte do valor da propriedade estava no terreno, não nas construções.

Após terminar de jantar, levei o prato para dentro e o coloquei na pia. Abrindo uma cerveja, retornei à varanda para ler um pouco. Estava com uma pilha de livros e manuais de psiquiatria que queria ler com atenção antes de me mudar para Baltimore, sobre assuntos que iam de psicofármacos a valor e inconvenientes associados à hipnose. Quanto mais lia, mais descobria que ainda tinha muito a aprender. Eu precisava admitir que minhas técnicas de estudo andavam enferrujadas. Às vezes eu me sentia como um cachorro velho às voltas com truques novos. Quando contei isso ao Dr. Bowen, ele basicamente me mandou parar de choramingar. Ou pelo menos foi o que entendi.

Já tinha me instalado na cadeira de balanço, acendido a luz e começado a ler quando pensei ter ouvido uma voz chamando lá fora. Baixei o volume do rádio, esperei um pouco e ouvi de novo.

– Olá?

Eu me levantei da cadeira, peguei a cerveja e me dirigi ao parapeito da varanda. Espiando na escuridão, respondi:

– Tem alguém aí?

No momento seguinte, uma mulher de uniforme surgiu na claridade. Era auxiliar de xerife. Sua aparição me pegou de surpresa. Minha experiência com agentes da lei até aquele momento da vida havia se limitado a policiais rodoviários, dois dos quais tinham me parado na juventude por estar dirigindo acima do limite de velocidade. Apesar de ter me desculpado e sido gentil, acabei sendo multado. Depois disso, passei a ficar nervoso ao lidar com autoridades policiais, mesmo que não tivesse cometido nenhuma infração.

Não falei nada. Uma parte do cérebro estava ocupada tentando entender por que a auxiliar do xerife estava me fazendo uma visita, enquanto outra processava o fato de que a pessoa uniformizada era uma mulher. Eu nunca havia interagido com uma mulher policial, muito menos em New Bern.

– Desculpe por dar a volta na sua casa – disse ela, por fim. – Bati na porta, mas acho que o senhor não me ouviu. – Sua atitude era simpática, mas profissional. – Trabalho no gabinete do xerife.

– Como posso ajudá-la?

O olhar dela foi até a churrasqueira antes de voltar para mim.

– Espero não estar atrapalhando seu jantar.

– De modo algum. – Balancei a cabeça. – Acabei de terminar.

– Ah, que bom. E, mais uma vez, desculpe interromper, senhor...

– Benson. Trevor Benson.

– Eu só vim perguntar se o senhor é o residente legal desta propriedade.

Assenti, embora tivesse ficado um pouco surpreso.

– Acho que sim. Esta casa era do meu avô, mas ele faleceu e a deixou para mim.

– Está falando do Carl?

– Você o conhecia?

– Um pouco. Lamento sua perda. Ele era um bom homem.

– Sim, era. Desculpe, mas esqueci seu nome.

– Masterson. Natalie Masterson.

Então ela ficou em silêncio, e eu tive a impressão de que estava me analisando.

– Então Carl era seu avô?

– Por parte de mãe.

– Acho que ele já falou sobre o senhor. É cirurgião, certo? Da Marinha?

25

– Era. – Hesitei. – Perdão, mas ainda não entendi exatamente por que veio aqui.

– Ah... – Ela apontou para a casa. – Terminei meu turno e estava passando por aqui quando vi a luz acesa e resolvi dar uma checada.

– É proibido acender a luz?

– Não, não é isso. – A policial sorriu. – É óbvio que está tudo certo e que eu não deveria ter incomodado o senhor. É só porque uns meses atrás, pouco depois do falecimento do seu avô, houve relatos de luzes acesas dentro da casa. Eu sabia que a propriedade deveria estar vazia, por isso decidi conferir. E, embora não tenha conseguido afirmar com certeza, tive a impressão de que alguém *esteve ocupando* o lugar. Não houve qualquer dano, exceto pela porta dos fundos, mas, juntando com o relato das luzes, senti que deveria ficar de olho. Então fazia questão de dar um pulo até aqui de vez em quando, só para ter certeza de que não havia nenhum invasor. Vagabundos, adolescentes procurando um local para fazer festas, drogados fabricando metanfetamina... Essas coisas.

– Tem muito disso por aqui?

– Não mais do que em outros lugares, eu acho. Mas o suficiente para nos manter ocupados.

– Então, só para registrar, não sou usuário de drogas.

Ela apontou para a garrafa que eu estava segurando.

– Álcool é uma droga.

– Até cerveja?

Quando ela sorriu, tive a impressão de que era alguns anos mais jovem do que eu, com cabelo louro preso num coque desarrumado e olhos azuis tão vívidos que poderiam ser engarrafados e vendidos como antisséptico bucal. Uma mulher atraente e, melhor ainda, não tinha aliança no dedo.

– Sem comentários – disse ela, por fim.

– Gostaria de entrar e verificar a casa?

– Não, está tudo certo. Fico contente de não ter mais que me preocupar. Eu gostava do Carl. Sempre que ele ia vender mel na feira do produtor, a gente batia papo.

Eu me lembrava de, durante minhas temporadas ali, ficar sentado com meu avô numa barraquinha no acostamento aos sábados, mas nunca ouvira falar de uma feira do produtor. Pensando bem, New Bern tinha agora muito mais coisas que no passado – restaurantes, lojas, empreendimentos

–, mesmo que no fundo ainda fosse uma cidade pequena. Alexandria, que era um entre vários subúrbios na área de Washington D.C., tinha cinco ou seis vezes mais habitantes. E mesmo lá eu desconfiava de que Natalie Masterson chamaria atenção.

– O que você sabe sobre esse possível invasor? – perguntei.

Eu não estava nem aí para o invasor, mas, por alguma razão, não queria deixá-la partir.

– Nada muito além do que eu já disse.

– Poderia subir até aqui? – pedi, apontando para o ouvido. – É para eu poder te ouvir melhor. Fui atingido num ataque de morteiro no Afeganistão.

Na verdade, eu conseguia ouvi-la bem. Embora tenha arrancado a parte externa, a explosão não prejudicou o funcionamento do ouvido interno. É que não resisto a usar isso a meu favor quando preciso. Voltei a me sentar na cadeira de balanço, esperando que ela não estivesse se perguntando por que eu a tinha ouvido sem problema momentos antes. À luz da varanda, eu a vi olhando minha cicatriz antes de decidir finalmente subir os degraus. Quando chegou à outra cadeira, ela a virou na minha direção enquanto a empurrava para trás.

– Obrigado – falei.

Ela sorriu, não de forma abertamente cordial, mas o bastante para que eu percebesse que tinha alguma suspeita sobre minha audição e ainda estava deliberando se ficaria ou não. O sorriso também foi largo o suficiente para que eu notasse seus dentes brancos e alinhadíssimos.

– Como eu estava dizendo...

– Você está confortável? – perguntei. – Posso oferecer alguma coisa para beber?

– Não, obrigada. Estou trabalhando, Sr. Benson.

– Pode me chamar de Trevor. E, por favor, comece do início.

A policial suspirou, e pude jurar que ela quase revirou os olhos.

– Houve uma série de tempestades com raios em novembro, depois que Carl faleceu. E um dos trailers do estacionamento aqui no fim da rua pegou fogo. O Corpo de Bombeiros foi até lá, eu também e, logo depois que o incêndio foi controlado, um cara mencionou que gosta de caçar do outro lado do riacho. Falou por falar, entende?

Assenti, me lembrando do trailer queimado que eu tinha visto na minha primeira semana ali.

– Enfim, calhou de eu topar com ele umas duas semanas depois. Ele comentou que tinha visto luzes aqui na casa do seu avô, não uma vez, mas duas ou três. Como se alguém estivesse andando pelos cômodos com uma vela. Ele viu um pouco de longe, e eu me perguntei se não teria sido imaginação, mas, como continuou acontecendo e ele sabia que Carl tinha morrido, achou que devia mencionar o fato.

– Quando isso aconteceu?

– Em dezembro, no meio do mês, talvez. Durante umas duas semanas fez muito frio, então não me surpreenderia se alguém tivesse invadido a casa só para se esquentar. Na vez seguinte em que estive na área, dei uma passada e vi que a porta dos fundos havia sido arrombada e a maçaneta estava quase caindo. Entrei e fiz uma busca rápida, mas a casa estava vazia. Além da porta arrombada, não encontrei nenhuma evidência de que alguém tivesse estado aí dentro. Não tinha lixo e as camas estavam feitas. Pelo que vi, não parecia estar faltando nada. Mas...

Ela fez uma pausa, franzindo a testa enquanto se lembrava. Dei um gole na cerveja, esperando-a continuar.

– Havia um par de velas em cima da bancada com o pavio escurecido e uma caixa de velas aberta. Notei também que tinham limpado um pouco do pó da mesa da cozinha, como se alguém houvesse comido lá. Parecia também que alguém vinha usando uma das poltronas reclináveis na sala de estar, porque tinha um espaço vazio na mesinha ao lado e era o único móvel que não estava empoeirado. Não era nada que eu pudesse provar, mas, por via das dúvidas, peguei umas tábuas no celeiro e lacrei a porta dos fundos.

– Agradeço pela ajuda – falei.

Embora ela tenha assentido, percebi que alguma coisa nessas lembranças ainda a incomodava.

– Você deu falta de alguma coisa quando se mudou?

Pensei um pouco antes de fazer que não com a cabeça.

– Nada que eu lembre. Eu vim para o funeral em outubro, mas já não entrava aqui havia anos. E aquela semana está um pouco nebulosa na minha mente.

– A porta dos fundos estava intacta na época?

– Eu entrei pela frente, mas tenho certeza de que chequei todas as trancas quando saí. Acho que notaria se a porta estivesse danificada. E também lembro que passei um tempo nesta varanda.

– Quando se mudou?

– No fim de fevereiro.

Ela ficou pensativa, e volta e meia encarava a porta dos fundos.

– Acha que alguém invadiu a casa, não é? – perguntei, por fim.

– Não sei – admitiu ela. – Em geral, quando acontece algo assim, encontro coisas quebradas e lixo espalhado. Garrafas, embalagens de comida, sujeira. E delinquentes não fazem a cama antes de ir embora. – Ela tamborilava os dedos na cadeira. – Tem certeza de que nada desapareceu? Armas? Eletrônicos? Seu avô guardava dinheiro em casa?

– Meu avô não tinha muitos eletrônicos ou dinheiro, pelo que sei. E a arma dele estava no guarda-roupa quando me mudei. Aliás, continua lá. É uma espingarda pequena para espantar bichos.

– Isso torna tudo mais estranho, porque em geral as armas são as primeiras coisas a serem roubadas.

– Qual é o seu palpite?

– Não sei. Ou não entrou ninguém aqui ou você recebeu a visita do delinquente mais organizado e honesto da história.

– Devo me preocupar?

– Por acaso você viu ou ouviu alguém se esgueirando pela propriedade desde que se mudou?

– Não. E costumo ficar acordado durante a noite.

– Insônia?

– Um pouco. Mas está melhorando.

– Que bom. – Ela alisou a calça do uniforme. – Já tomei muito do seu tempo. Infelizmente, isso é tudo o que tenho para lhe dizer.

– Obrigado por ter passado aqui e me contado isso tudo. E por ter consertado a porta.

– Não foi exatamente um conserto.

– Mas funcionou. A porta ainda estava lacrada quando cheguei aqui. Quanto falta para o seu turno acabar?

Ela olhou o relógio.

– Na verdade, acredite ou não, acaba agora.

– Tem certeza de que não quer uma cerveja?

– Não acho que seria uma boa ideia. Ainda preciso voltar dirigindo para casa.

– Um motivo justo. Mas, antes de ir, já que está livre e que sou novo na cidade, que tal me contar tudo o que preciso saber sobre a New Bern de hoje em dia? Já faz tempo que não venho aqui.

Ela hesitou, erguendo uma sobrancelha.

– Por que eu faria isso?

– Você não está aqui para servir a comunidade? Seria algo nesse sentido, como quando você consertou minha porta – falei, abrindo meu sorriso mais sedutor.

– Não acho que dar uma de comitê de boas-vindas seja uma de minhas atribuições – retrucou ela, impassível.

Talvez não, pensei, *mas você ainda não foi embora.*

– Tudo bem. Então me conte por que quis ser xerife.

Ela me encarou com o olhar firme. Fiquei paralisado pela cor de seus olhos, que eram como as águas do Caribe numa revista de viagens.

– Não sou xerife. Este é um cargo eletivo. Sou auxiliar.

– Está evitando minha pergunta?

– Estou me perguntando por que quer saber.

– Sou uma pessoa curiosa. E, como você me ajudou, acho que eu deveria saber pelo menos um pouco sobre minha benfeitora.

– Por que estou com a impressão de que o motivo não é esse?

Porque você não é só bonita, é obviamente inteligente também, pensei. Dei de ombros, fingindo inocência.

Ela me observou antes de enfim responder:

– Por que não me conta sobre você primeiro?

– Acho justo. O que quer saber?

– O morteiro é a razão de você não estar mais na Marinha e de não ser mais médico?

– Exatamente. Fui atingido pelo morteiro quando estava saindo do hospital onde eu trabalhava. Tive sorte. Ou, na verdade, azar. Ferimentos relativamente sérios. No fim, a Marinha me considerou inválido e me dispensou.

– Deve ter sido difícil para você.

– Foi, sim.

– E está em New Bern porque...

– É só por um tempo. Vou me mudar para Baltimore no verão para começar uma residência nova, em psiquiatria.

– É sério?

– Algo contra a psiquiatria?

– De jeito nenhum. Eu só não esperava que fosse dizer isso.

– Posso ser um bom ouvinte.

– Não é isso! Tenho certeza de que pode. Mas por que psiquiatria?

– Quero trabalhar com veteranos que sofrem de estresse pós-traumático. Acho que faltam profissionais desse tipo hoje em dia, ainda mais com soldados e marinheiros sendo convocados quatro ou cinco vezes. O transtorno pode continuar depois que a pessoa volta para casa.

Ela parecia estar tentando me analisar.

– Foi isso que aconteceu com você?

– Foi.

Ela hesitou, e tive a impressão de que continuava me analisando.

– Foi ruim?

– Sem dúvida. Terrível. E ainda é, de vez em quando. Mas acho que essa história pode ficar para outra hora.

– Sem problemas. Mas, agora que sei disso, admito que estava errada. Parece que é exatamente o que deve fazer. Quanto tempo dura uma residência psiquiátrica?

– Cinco anos.

– Dizem que as residências são difíceis.

– Não é pior do que ser arrastado por um carro pela estrada.

Pela primeira vez, ela riu.

– Tenho certeza de que vai se sair bem. Mas realmente espero que encontre um tempo para apreciar nossa cidade enquanto está aqui. É um lugar lindo para se morar, com muitas pessoas boas.

– Você cresceu em New Bern?

– Não, eu cresci numa cidade pequena *de verdade*.

– Caramba, *menor* que New Bern?

– Pois é. Posso perguntar o que pretende fazer com a casa quando for embora?

– Por quê? Está interessada em comprar?

– Não. E duvido que eu pudesse pagar por ela. – Natalie afastou uma mecha de cabelo dos olhos. – De onde você é mesmo? Faça um resumo rápido sobre sua vida.

Satisfeito com o interesse dela, contei uma breve história: minha juventude em Alexandria, meus pais, minhas visitas regulares a New Bern no verão quando era mais jovem. Ensino médio, faculdade de medicina e residência.

Meu tempo na Marinha. Tudo com o toque de uma modesta hipérbole que os homens usam quando tentam impressionar uma mulher atraente. Enquanto escutava, ela franziu a testa mais de uma vez, mas não consegui dizer se estava fascinada ou achando graça.

– Então você é um garoto da cidade.

– Peço licença para discordar – protestei. – Sou do subúrbio.

Ela esboçou um ligeiro sorriso, mas não consegui interpretar a intenção por trás dele.

– O que não entendo é por que você foi para a Academia Naval se era um aluno tão brilhante, quer dizer, que poderia ter sido aceito em Yale ou Georgetown.

Brilhante? Eu usei mesmo essa palavra?

– Eu queria provar para mim mesmo que podia me dar bem sem a ajuda dos meus pais. Digo, financeiramente.

– Mas você não disse que eles eram ricos?

Ah, é. Eu me lembro vagamente de também ter falado isso.

– Bem de vida, eu devia ter dito.

– Então foi questão de orgulho?

– E de servir nosso país.

Ela assentiu ligeiramente, sem tirar os olhos de mim.

– Muitos militares da ativa moram por aqui, como você deve saber. Estão em bases como Cherry Point, Camp Lejeune... Muitos serviram no Afeganistão e no Iraque.

Assenti.

– Quando fui destacado para o exterior, trabalhei com médicos e enfermeiros de todas as regiões do país, de todos os tipos de especialidade, e aprendi muito com eles. Enquanto durou, pelo menos. Fizemos muita coisa boa também. A maior parte do trabalho era com os habitantes. Muitos nunca tinham sido examinados por um médico antes de o nosso hospital abrir.

Ela parecia ponderar minhas palavras. Um coro de grilos soou no silêncio antes que eu ouvisse sua voz outra vez:

– Eu não sei se conseguiria fazer o que você fez.

Inclinei a cabeça.

– Como assim?

– Passar pelos horrores da guerra todo santo dia. E saber que em alguns casos não tem nada que você possa fazer para ajudar. Acho que não seria capaz de lidar com uma coisa assim. Não a longo prazo, pelo menos.

Enquanto ela falava, tive a impressão de que compartilhava algo íntimo, embora já tivesse ouvido outras pessoas falando a mesma coisa em relação à vida militar e à medicina em geral.

– Tenho certeza de que você já viu algumas coisas terríveis durante o seu trabalho de auxiliar do xerife.

– Vi.

– E, no entanto, você ainda trabalha nisso.

– Sim, e às vezes me pergunto por quanto tempo vou conseguir continuar. Em alguns momentos eu me vejo abrindo uma floricultura ou algo assim.

– E por que não faz isso?

– Quem sabe? Talvez um dia.

Ela ficou calada outra vez. Percebendo sua distração, interrompi o devaneio:

– Já que você não quer me dar um resumo do que há de novo na cidade, me diga pelo menos qual é o seu lugar preferido.

– Ah... eu não saio tanto assim – titubeou ela. – A não ser para ir à feira do produtor no centro. Acontece aos sábados de manhã. Mas, se quiser encontrar um mel excelente, não vai ter muita sorte.

– *Acho* que ainda tem muito por aqui.

– Não tem certeza?

– Eu vi uns potes na despensa, mas ainda não examinei o galpão. Tenho estado muito ocupado consertando a casa, afinal, um palácio desses não fica assim sem esforço.

Dessa vez ela sorriu, mesmo que com certa relutância. Indicou o píer com um gesto de cabeça.

– Já saiu de barco?

Ainda não mencionei o barco, mas basta dizer que ele tinha o estilo da casa, só que em condições piores. Chamá-lo de barco já era algo generoso, porque parecia mais um barraco com duas poltronas de vinil do que uma embarcação, tudo aparafusado a uma plataforma flutuante. Meu avô o construiu usando barris de petróleo descartados e madeira de diversos tamanhos – e o que mais conseguiu encontrar – e, quando não estava cuidando das abelhas, ficava mexendo nele.

– Ainda não. Não sei nem se o motor funciona.

– Sei que estava funcionando no verão passado, porque Carl me disse. É o tipo de barco difícil de ignorar, e seu avô adorava sair com ele. As pessoas sempre tiravam fotos.

– É um pouco excêntrico, né?

– Combinava com ele.

– Pois é – admiti. – Combinava.

Ela suspirou e se levantou.

– Tenho que ir. Ainda tenho coisas para fazer em casa. Foi um prazer conhecê-lo, Sr. Benson.

Sr. Benson? Pensei que já tivéssemos passado dessa fase, mas, pelo visto, não. Ela desceu os degraus, chegando ao final no mesmo instante em que meu cérebro voltou a funcionar.

– Você não precisa dar a volta na casa. Pode sair pela porta da frente se achar mais fácil.

– Obrigada, mas vou voltar por onde vim. Tenha uma boa noite.

– Você também. E foi bom te conhecer, Natalie.

Ela ergueu a sobrancelha antes de seguir. A passos rápidos, saiu do meu campo de visão. Após alguns ruídos, ouvi uma porta bater e um veículo dar partida. Tudo isso me deixou pensando na intrigante Natalie Masterson. Que ela era linda qualquer um notava, mas o que achei interessante a seu respeito foi que me contou muito pouco sobre si mesma.

Costuma-se dizer que as mulheres são o sexo misterioso, e até hoje minha vontade é rir quando um cara diz que sabe do que as mulheres gostam. Fiquei perplexo com o caráter unilateral da conversa. Contei a ela um bocado sobre mim, mas não soube quase nada dela.

Entretanto, eu tinha a impressão de que a veria de novo, até porque sabia exatamente onde poderia encontrá-la.

3

Na manhã seguinte, saí para dar uma corrida, algo que ainda não tinha virado rotina desde minha chegada à cidade. Eu ficava me convencendo de que tinha coisas mais importantes a fazer, como espalhar naftalina para espantar cobras, mas a verdade é que não gosto tanto de me exercitar. Conheço todos os benefícios – sou médico, lembra? –, mas, a menos que estivesse em campo correndo atrás de uma bola de futebol, correr sempre me parecia algo bobo.

Mas corri uns 10 quilômetros. Quando terminei, fiz cem flexões e cem abdominais. Depois de um banho rápido e de comer alguma coisa, estava pronto para encarar o dia. Como oficialmente eu não tinha nenhum compromisso, decidi inspecionar de novo a casa para verificar se alguma coisa tinha sumido. Era uma tarefa meio impossível, pois eu não sabia o que havia lá quando meu avô deixou a cidade, e eu já tinha limpado tudo.

No guarda-roupa, vi outra vez a espingarda e encontrei as balas. Não achei mais munição, o que me levou a acreditar que não havia outras armas. Numa caixa embaixo da cama no quarto de hóspedes, descobri, no entanto, um maço de dinheiro preso por um elástico sob um envelope grosso que continha vários documentos e fotografias da minha avó: cartão da previdência social, relatórios médicos sobre sua epilepsia, coisas do tipo. Não era muito dinheiro – o suficiente para uns dois jantares caros talvez –, mas definitivamente o bastante para uma pessoa que quisesse grana para comprar droga ou bebida. Se alguém tivesse entrado lá, teria roubado aquilo, certo? Isso significava que a casa provavelmente não fora invadida.

No entanto, a porta tinha sido arrombada...

De todo modo, mesmo que alguém tivesse estado ali, já fora embora havia muito tempo, então tirei aquilo da cabeça e decidi me dedicar aos livros na varanda dos fundos por um tempo. Infelizmente as leituras não eram exatamente interessantes, e após umas duas horas eu já não aguentava mais. Pelo menos não apareceu nenhuma cobra e me questionei se Callie sabia mesmo do que estava falando.

Vou admitir que às vezes minha mente me levava até a encantadora Natalie Masterson. Ela era um enigma, e fiquei relembrando a centelha de humor que vi em seus olhos enquanto eu floreava minha história. Mas refletir sobre a conversa com Natalie também me fez lembrar das abelhas e do barco, o que acabou levando meus pensamentos até meu avô e à última vez que o visitei. Na época, eu estava fazendo residência e, enquanto outros viajavam para o Caribe ou Cancún para um merecido descanso, eu dirigia de Baltimore a New Bern, buscando o conforto e o amor que sempre encontrara nele quando criança.

Meu avô era um cara com gostos peculiares – o barco era um bom exemplo disso –, mas tinha no coração espaço ilimitado para almas desabrigadas. Era o tipo de pessoa que alimentava qualquer animal perdido que surgisse na propriedade; colocava uma fila de tigelas perto do celeiro, e vários cachorros vinham sabe-se lá de onde. Batizava os que ficavam com nome de carros... Quando garoto, brinquei com cães chamados Cadillac, Edsel, Ford e Chevy. Estranhamente, ele também batizou um de Trailer – era uma coisinha pequena, uma espécie de terrier – e, quando lhe perguntei por quê, meu avô deu uma piscadela e disse: "Olhe o tamanho dele!"

Ele trabalhou muito tempo numa serraria, transformando toras em tábuas de madeira. Como eu, terminou a vida com menos dedos do que havia começado. Ao contrário de mim, isso não fez com que sua carreira chegasse ao fim. Costumava dizer que, se um homem não perdia um dedo no trabalho, não era um trabalho de verdade – o que tornava surpreendente a ideia de que ele tinha criado minha mãe, uma mulher sofisticada, ambiciosa e intelectual. Quando eu era mais jovem, suspeitava que ela era adotada, mas, à medida que fui amadurecendo, acabei por notar que eles compartilhavam um otimismo e uma dignidade naturais que permeavam tudo o que faziam.

Meu avô sentiu muito a morte da esposa. Não me recordo da minha avó, já que eu ainda usava fralda na única vez em que nos encontramos. Mas consigo me lembrar de minha mãe enfatizando que era importante visitá-lo para que não ficasse sempre sozinho. Para ele, só existia uma mulher no mundo, até o momento em que um ataque epiléptico tirou sua vida. Ainda existe uma fotografia dela na parede do quarto, e, depois que me mudei, nem cogitei retirá-la, mesmo sem tê-la conhecido. O fato de aquela mulher ter sido especial para meu avô era razão mais do que suficiente para deixá-la exatamente onde estava.

Era estranho estar na casa sem meu avô. Parecia vazia, e perambular pelo celeiro aprofundava essa sensação de perda. O lugar tinha a mesma atmosfera atulhada da casa que eu havia herdado. No lado de dentro, não havia apenas naftalinas e uma grande variedade de ferramentas, mas também um trator velho, numerosos componentes de motor, sacos de areia, picaretas, pás, uma bicicleta enferrujada, um capacete do Exército, uma cama de armar com um cobertor que parecia ter sido usada de fato e inúmeros resquícios de uma vida colecionando coisas. Às vezes me perguntava se meu avô alguma vez jogou algo fora, mas uma verificação atenta não revelava qualquer lixo, revista ou jornal velho ou entulho. Só se via itens que ele achava que poderia precisar um dia para algum projeto.

Na noite em que recebi a ligação do hospital, não me encontrava especialmente ocupado. Não havia nenhuma razão para me impedir de visitá-lo naquela semana, no mês anterior ou até um ano antes. Nem quando estava passando por minha pior fase. Ele nunca foi do tipo que julga os outros, menos ainda quando se tratava dos efeitos da guerra numa pessoa. Aos 20 anos, tinha sido enviado para o norte da África; nos anos que se seguiram, lutou na Itália, na França e depois na Alemanha. Foi ferido na Batalha das Ardenas, retornando à sua unidade logo após o Exército cruzar o Reno. Eu não soube de nada disso por ele, já que nunca falava da guerra. Mas minha mãe contava as histórias, e, alguns dias depois de minha chegada aqui, encontrei os registros, junto com a medalha Coração Púrpura e outras condecorações recebidas em serviço.

De acordo com minha mãe, ele passou a se interessar por abelhas logo depois de construir a casa. Naquela época, havia uma fazenda mais adiante na estrada, e meu avô trabalhara lá antes de começar na serraria. O fazendeiro possuía colmeias, mas não gostava de cuidar delas. Meu avô foi designado para fazer isso. Como não sabia nada sobre apicultura, pegou um livro sobre o assunto na biblioteca, e o restante acabou aprendendo sozinho. Ele as considerava criaturas quase perfeitas e se estendia sobre o assunto com qualquer um que se dispusesse a escutar.

Sem dúvida ele teria falado sobre elas aos médicos e enfermeiros do hospital em Easley se houvesse tido chance. Mas não teve. Assim que recebi a ligação, reservei um voo para Greenville, Carolina do Sul, via Charlotte. Lá, aluguei um carro e acelerei pela estrada. Ainda assim, cheguei quase dezoito horas após receber a notícia. A essa altura, ele já estava na UTI havia mais de três dias; foi o tempo que ele levou para reaprender o meu nome. Primeiro o derrame o deixou inconsciente e depois praticamente incapaz de falar. Todo o lado direito de seu corpo ficou paralisado, e o esquerdo não estava muito melhor. Assim que entrei na UTI, tomei conhecimento das leituras nos vários monitores e, após analisar o prontuário, soube que ele não teria muito mais tempo de vida.

A cama parecia diminuí-lo. Sei que todo mundo fala isso, mas, no caso dele, era verdade. Havia perdido muito peso desde que o vira pela última vez, e a expressão frouxa, assimétrica em seu rosto, até quando dormia, partia meu coração. Eu me sentei próximo à cama e peguei sua mão. Estava ossuda e frágil, como um passarinho, e senti um nó na garganta. De repente, fiquei me odiando por não ter chegado lá mais cedo, por ter ficado tanto tempo longe. O único movimento que eu via agora era o penoso subir e descer do seu peito.

Eu conversava com ele, mesmo sem ter certeza de que me ouvia. E bastante, se bem me lembro, para compensar todos os anos em que fiquei envolvido demais com meus problemas para ir visitá-lo. Contei ao meu avô sobre a explosão em Kandahar e o trauma resultante. Falei de Sandra, minha namorada mais recente, e do nosso rompimento. Comentei que estava planejando começar uma nova residência. E lhe agradeci, mais uma vez, por sempre ter estado presente – como minha verdadeira família, mesmo que eu o tenha negligenciado às vezes –, antes e depois da morte de meus pais.

Um dos enfermeiros me informou que, desde que ele havia chegado, as únicas palavras que tinha dito foram meu nome e Pensacola, por isso conseguiram me localizar. Também me contaram que ocasionalmente ele ainda abria os olhos e tentava falar, emitindo sons roucos e ininteligíveis. Às vezes, ele os encarava com perplexidade, como se não soubesse onde estava nem quem era.

Fiquei triste e preocupado, mas também confuso. Por que ele estava em Easley, na Carolina do Sul? Como havia chegado lá? Meu avô nunca tinha viajado mais a oeste do que Raleigh, e fora a Alexandria apenas uma vez. Eu tinha quase certeza de que ele não saía do condado havia vários anos. Mas Easley ficava bem longe de New Bern, seis ou sete horas de carro, talvez mais, dependendo do trânsito. Na época, meu avô estava com 91 anos. Aonde estaria indo?

Eu teria suspeitado de Alzheimer se ele não estivesse parecendo tão lúcido e ponderado em suas cartas. Elas eram ótimas e, embora eu respondesse a algumas, em geral lhe telefonava após lê-las. Era mais fácil, porque sou preguiçoso para certas coisas, como pegar caneta e papel. Não me orgulho disso, mas sou assim. No telefone, ele falava com a clareza de sempre. Soava mais velho, é claro, e talvez estivesse levando um pouquinho mais de tempo para encontrar as palavras que queria, mas nada que indicasse demência severa o bastante para incitá-lo a visitar um lugar que nunca havia mencionado.

No entanto, enquanto eu o observava ali deitado e inconsciente, fiquei pensando se eu não estaria errado sobre aquilo tudo. À luz do final de tarde, sua pele assumiu uma palidez acinzentada; à noitinha, a respiração soava dolorosa. Embora o horário de visitas tivesse acabado, a equipe do hospital não pediu que eu me retirasse. Não sei por quê – talvez por eu ser médico, ou por perceberem quanto me importava com ele. A noite chegou e se foi, e continuei sentado à sua cabeceira, segurando sua mão e conversando o tempo todo.

De manhã, eu estava exausto. Uma das enfermeiras me trouxe café, fazendo-me lembrar que há pessoas boas em todos os lugares. O médico chegou para a avaliação diária. Pude ver por sua expressão após examinar meu avô que estava pensando o mesmo que eu: ele estava entrando nos estágios finais da vida. Talvez fosse questão de horas, talvez um dia, mas não muito mais que isso.

Era por volta de meio-dia naquele último dia quando meu avô se mexeu ligeiramente na cama, os olhos tremelicando entreabertos. Enquanto ele tentava focalizar, notei a mesma confusão que os enfermeiros haviam descrito, e me inclinei mais para perto da cama, apertando sua mão.

– Oi, vô, estou aqui. Está me ouvindo?

Ele virou a cabeça, mas só um pouco, o máximo que podia.

– Sou eu, Trevor. Você está no hospital.

Ele piscou devagar.

– *Tre... vor.*

– Isso, vô, sou eu. Vim assim que soube. Aonde você estava indo?

Ele apertou minha mão.

– *Ajude... carente...*

– Está tudo bem – falei. – Não vou a lugar algum.

– *Se... puder...*

Cada palavra era proferida de forma sôfrega, difícil de entender.

– *Desmaio...*

– Sim, vô. Você teve um derrame.

Enquanto dizia isso, eu me perguntava se ele não estivera mais doente do que eu supunha. No mesmo instante, lembrei que minha avó sofrera de epilepsia.

– *Doente.*

– Você vai ficar bem – menti. – E a gente vai cuidar das abelhas e sair de barco, ok? Só você e eu. Como nos velhos tempos.

– *Como Rose...*

Apertei sua mão outra vez, odiando aquela confusão, odiando que ele não soubesse o que havia acontecido.

– Sua linda esposa.

– *Vai embora... Ela en... encontre família...*

Fiquei em dúvida se havia ouvido bem. Ele queria que eu fosse embora? "Ela" seria Rose? Não tive coragem para lembrar a ele que sua esposa e filha já tinham morrido havia muitos anos, que eu era a única família que ele ainda tinha.

– Você vai ver a Rose logo – prometi. – Sei quanto ela te amava. E quanto você a amou. Ela vai estar te esperando.

– *Fugiu...*

– Não vou deixar você. Vou ficar bem aqui. Eu te amo – disse, trazendo sua mão murcha até meu rosto.

Sua expressão se suavizou.

– *Te... amo...*

Senti as lágrimas começando a se formar e tentei contê-las.

– Você é o melhor homem que conheci.

– *Você... veio...*

– É claro que vim.
– *Agora... vá...*
– Não. Vou ficar bem aqui. O tempo que precisar. Quero estar com você.
– *Por... favor* – sussurrou meu avô, fechando os olhos.
Foi a última coisa que disse para mim. Menos de duas horas depois, ele deu seu último suspiro.

Naquela mesma noite, deitado na cama em um hotel próximo, revivi os últimos momentos do meu avô. Fiquei pensando nas coisas que dissera e me sentei, por fim, para escrevê-las num bloco que estava ao lado do telefone, combinando algumas palavras para formar frases que fizessem sentido.

Trevor... ajude... carente... se puder... desmaio... doente... como Rose... vai embora... ela en... encontre família... fugiu... eu te amo... você veio... agora vá... por favor

Havia um pouco de delírio, alguma dissociação, mas ao menos ele parecia ter me reconhecido. Disse que me amava, e fiquei agradecido por isso. Falei que não o abandonaria, o que me deixou contente. A ideia de que pudesse ter morrido sozinho quase dilacerava meu coração.

Após terminar a anotação, dobrei o papel e o enfiei na carteira, ainda refletindo sobre o assunto. De tudo que havia falado, o *vai embora* e o *ela encontre família* eram as únicas coisas que eu não tinha entendido direito.

Embora eu tivesse lhe assegurado que ele logo veria Rose outra vez, meu avô nunca fora particularmente religioso. Não sabia no que acreditava em relação à vida após a morte, mas fiquei feliz por ter dito aquilo. Não importava se acreditou ou não, pois foi o que achei que ele gostaria de ouvir.

Levantei da cadeira na varanda, desci os degraus e fui em direção ao píer, que, como o barco, não era lá grandes coisas, embora tivesse de alguma forma sobrevivido a inúmeros furacões desde sua construção. Ao me aproximar, percebi a precariedade e pisei com cuidado nas tábuas apodrecidas, para não despencar na água a qualquer momento. Mas a madeira resistiu, e consegui entrar no barco.

Era um barco que só meu avô poderia ter construído. A parte que ele chamava de "cabine" ficava situada perto da proa e tinha três paredes, uma janela torta e um timão velho, de madeira, que meu avô provavelmente achou em algum bazar por aí. Como ele não sabia muito sobre projetar barcos, o fato de ter chegado a algum lugar fora mais arte que ciência. Timão e leme eram conectados, mas muito frouxamente. Virar para esquerda ou direita requeria em geral três ou quatro rotações do timão, e eu não conseguia entender como meu avô conseguira registrar aquilo legalmente como uma embarcação. Atrás da cabine ficavam as duas poltronas de vinil, uma mesinha que ele aparafusara ao deque e um par de bancos de metal fixos. Uma amurada insignificante impedia que os passageiros caíssem, e a popa era decorada com uma série de chifres texanos fixados num mastro, que ele afirmava ter sido enviado por um colega do Exército.

O motor era antigo como o restante do barco. Para dar partida, puxava-se uma cordinha, como num cortador de grama. Quando eu era garoto, meu avô me deixava puxar, e, após várias tentativas fracassadas, eu quase sempre ficava com o braço praticamente inutilizável. Dei uns puxões na corda com a mão boa e, como não deu partida, achei que fosse um simples problema nas velas de ignição. Meu avô era um gênio com qualquer coisa mecânica e eu não duvidava de que tivesse sido capaz de manter o motor em boas condições até fazer a viagem para Easley.

Isso me fez pensar outra vez no motivo para ele ter ido até lá.

Depois de vasculhar o celeiro em busca de uma chave inglesa, retirei as velas de ignição e entrei no meu SUV. Sei que meu carro não é bom para o meio ambiente, mas, como é muito bonito, gosto de pensar que ele acrescenta beleza ao mundo, o que é uma compensação.

Dirigi pouco mais de um quilômetro pela estrada, até o Slow Jim's Trading Post, e descobri que a loja não tinha mudado em nada. Lá dentro, perguntei ao caixa onde poderia encontrar velas de ignição, e é óbvio que a loja tinha exatamente as de que eu precisava. Meu estômago roncava enquanto eu pagava por elas, então lembrei que eu não comia desde o café da manhã. Dominado pela nostalgia, andei até a área do restaurante.

As seis mesinhas estavam ocupadas – o local sempre atraíra multidões –, mas havia uns bancos vazios no balcão e me sentei em um deles. Acima da chapa via-se um quadro-negro com os itens do cardápio. Tinha mais opções do que eu esperaria, embora poucas fossem sequer remotamente saudáveis. Como eu tinha corrido de manhã, me dei ao luxo de pedir um cheesebúrguer com batata frita a Claude, um cara que reconheci de visitas anteriores. Apesar do avental, ele estava mais para banqueiro do que para cozinheiro, com o cabelo escuro ficando grisalho nas têmporas e os olhos azuis combinando com a camisa polo que vestia por baixo. O pai dele tinha inaugurado a loja – provavelmente na mesma época em que meu avô construíra a casa –, mas Claude vinha tomando conta do negócio havia mais de uma década.

Pedi também um chá gelado, doce como nas minhas lembranças. O Sul é famoso pelo chá doce, e saboreei cada gole. Claude empurrou depois uma tigela com umas coisinhas marrons, empapadas, na minha direção.

– O que é isto?

– Amendoim cozido. É cortesia – explicou Claude. – Comecei com isso há uns dois anos. É receita da minha esposa. Tem uma panela cheia ali perto do caixa. Você pode comprar um pouco antes de sair. A maioria compra.

Provei um, desconfiado, e fiquei surpreso por ser tão gostoso. Claude se afastou para despejar batatas congeladas de um saco no óleo quente, então colocou um hambúrguer na chapa. Ali perto, Callie abastecia algumas prateleiras, mas não pareceu ter me notado.

– Nós nos conhecemos? – perguntou Claude. – Acho que já vi você por aqui.

– Não visito a cidade há anos, mas costumava vir sempre com meu avô, Carl Haverson.

– Ah, isso mesmo! – disse ele, alegrando-se. – Você é o médico da Marinha, certo?

– Não mais. Mas isso é história para outro dia.

– Prazer, sou Claude.

– Eu lembro. Sou Trevor.

– Uau – continuou ele, soltando um assobio. – Médico da Marinha. Seu avô tinha orgulho de você, com certeza.

43

— E eu tinha orgulho dele também.
— Sinto muito por sua perda. Eu gostava bastante dele.
Descasquei outro amendoim.
— Eu também.
— Está morando por aqui agora?
— Vou ficar na casa dele até junho, mais ou menos.
— Excelente propriedade. Seu avô plantou umas árvores fantásticas, que ficam lindas nesta época do ano. Minha esposa me faz diminuir a velocidade do carro toda vez que passamos por ali. Muitas flores. As colmeias ainda estão lá?
— Ah, sim, claro. E vão bem.
— Seu avô costumava me deixar vender um pouco do mel aqui na loja. As pessoas adoram. Se tiver sobrado algo das colheitas do ano passado, gostaria de comprar.
— De quantos potes estamos falando?
Claude riu.
— De todos eles.
— É bom assim?
— O melhor do estado, ou pelo menos é o que comentam por aí.
— Existe um ranking?
— Não sei. Mas é o que digo às pessoas quando me perguntam. E elas continuam comprando.
Sorri.
— Por que está na chapa? Se me lembro bem, você não costumava trabalhar no caixa?
— Sim, quase sempre. É mais fresco e bem mais fácil, e não fico impregnado de gordura no fim do dia. Frank é meu chapeiro habitual, mas ele está de folga esta semana. A filha vai se casar.
— Boa razão para faltar ao trabalho.
— Só não é tão boa para mim. Perdi a prática. Vou me esforçar ao máximo para não queimar o seu hambúrguer.
— Eu agradeço.
Ele olhou para a chapa crepitante por sobre o ombro.
— Carl costumava vir aqui duas ou três vezes por semana, sabe? Pedia sempre bacon, alface e tomate no pão tostado, com batata frita e picles à parte.

Eu me lembrava de pedir a mesma coisa quando estava com ele. Por alguma razão, esse sanduíche não era tão gostoso em nenhum outro lugar.

– Tenho certeza de que ele adorava o amendoim também. Está ótimo.

– Na verdade, não. Carl era alérgico.

– A amendoim?

Eu arregalei os olhos, incrédulo.

– Era o que sempre dizia. Contou que a garganta inchava feito um balão.

– Nunca se sabe tudo sobre alguém – refleti antes de lembrar que o pai de Claude, Jim, e meu avô sempre tinham sido próximos. – Como vai seu pai?

Suspeitava que Jim tivera o mesmo destino de meu avô, já que eram da mesma idade, mas Claude apenas deu de ombros.

– Na mesma. Ainda gosta de vir aqui na loja umas duas vezes por semana para almoçar ali fora.

– Sério?

– Na verdade, seu avô costumava se juntar a ele quando aparecia aqui. Depois que ele morreu, Jerrold meio que tomou o lugar dele. Conhece o Jerrold?

– Não.

– Ele dirigia caminhões da Pepsi. A esposa morreu já faz uns anos. Cara legal, mas esquisitão. Na verdade, não sei como os dois se entendem. Meu pai é surdo e está um pouco gagá. É duro manter uma conversa.

– Ele está com quase 90 anos, né?

– Noventa e um. Minha aposta é que vai viver até os 110. Tirando a audição, tem mais saúde que eu.

Claude se afastou para virar o hambúrguer, depois pôs o pão numa torradeira. Quando ficou pronto, acrescentou alface, tomate e cebola antes de me olhar novamente e dizer:

– Posso fazer uma pergunta?

– Claro!

– O que Carl estava fazendo na Carolina do Sul?

– Não faço ideia. Ainda não descobri. Tinha esperança de que você me dissesse.

Claude fez que não com a cabeça.

– Ele conversava mais com meu pai do que comigo e, depois que morreu, essa viagem dele despertou muita curiosidade.

– Por quê?

Ele pôs as mãos no balcão e me encarou.

– Bem, para começar, ele não costumava viajar; não saía da cidade há anos. E tinha também aquela caminhonete dele, lembra?

Fiz que sim. Era uma Chevy C/K do início da década de 1960. Seria considerada uma preciosidade se não fosse pela carroceria desbotada e enferrujada.

– Só Carl conseguia manter aquela coisa funcionando. Seu avô entendia bem de motores, mas até ele dizia que a caminhonete estava nas últimas. Duvido que conseguisse andar a mais de 70 por hora. Era boa para circular pela cidade, mas acho estranho que Carl tenha pegado a estrada com ela.

Eu também achava. Estava claro que eu não era a única pessoa se perguntando o que dera nele.

Claude voltou para a chapa e colocou a batata frita num prato de papel, que pôs na minha frente.

– Ketchup e mostarda?

– Claro.

Ele empurrou os frascos na minha direção.

– Carl também gostava de ketchup. Sinto falta dele. Era um cara legal.

– Sim, era – falei, distraído, mas minha cabeça havia se fixado na súbita certeza de que Natalie tinha razão quando falou que alguém tinha ficado na casa de meu avô. – Acho que vou comer lá fora. Foi ótimo conversar com você, Claude.

– As cadeiras estão lá para isso. Fiquei feliz em revê-lo.

Levando prato e bebida, caminhei em direção à porta. Depois de usar o quadril para abri-la, eu me dirigi às cadeiras e me sentei. Coloquei o prato sobre a pequena mesa de madeira ao lado, pensando outra vez no possível invasor e me perguntando se isso estava de alguma forma ligado aos outros mistérios de meu avô durante seus últimos dias de vida.

Eu já estava terminando de comer quando vi Callie sair da loja, carregando o que parecia ser seu almoço num saco de papel pardo.

– Oi, Callie – cumprimentei.

Ela olhou em minha direção, desconfiada.

– Eu conheço você?

– Nós nos conhecemos outro dia. Você estava passando na frente da minha casa e me disse que naftalina não espanta cobra.

– E não espanta.

– Não vi mais cobra nenhuma desde então.

– Elas ainda estão lá.

Para minha surpresa, Callie se abaixou e estendeu o braço, segurando um prato de papel com uma gororoba que parecia patê de atum.

– Venha cá, Termite. Hora do rango.

Ela pôs o prato no chão e, no momento seguinte, um gato saiu de trás da máquina de gelo.

– É seu? – perguntei.

– Não, é da loja. Claude me deixa dar comida para ele.

– Ele mora na loja?

– Não sei onde ele fica durante o dia, mas Claude o deixa entrar à noite. É um bom caçador de ratos.

– Por que o nome dele é Termite?

– Não sei.

– E não sabe por onde ele anda durante o dia?

Callie ficou em silêncio até Termite começar a comer. Depois, sem olhar para mim, falou:

– Você faz muitas perguntas.

– Quando estou interessado numa coisa, sim.

– Está interessado no gato?

– Você me faz lembrar meu avô. Ele também gostava de desabrigados.

Assim que o gato terminou, Callie pegou o prato. Enquanto isso, Termite veio em minha direção, ignorou completamente a minha presença e desapareceu dobrando a esquina da loja.

Callie ainda não havia me respondido. Soltando um suspiro, jogou o prato de papel no lixo e, ao se afastar, de costas para mim, disse:

– Eu sei.

4

As terapias comportamentais, tanto a cognitiva quanto a dialética, enfatizam o viver com bom senso (em suma, *as coisas que nossas mães nos ensinam*), como uma forma de aprimorar a saúde mental e emocional. É claro que todos podem se beneficiar da terapia comportamental, mas viver com sensatez é ainda mais importante para pessoas como eu, que sofrem de transtorno do estresse pós-traumático. É fundamental para garantir uma boa qualidade de vida. Em termos práticos, isso significa que atividade física frequente, sono regular, alimentação saudável e abstenção de substâncias que alterem o humor são maneiras de melhorar as coisas. A terapia, como venho descobrindo, tem menos a ver com conversas sobre o próprio umbigo e mais com o aprendizado de hábitos para se ter uma vida bem-sucedida e de como colocá-los em prática.

Apesar do cheesebúrguer com batata frita que comi no início da semana, em geral tento seguir essas orientações. A experiência me ensinou que, quando fico cansado demais, deixo de fazer exercícios por um tempo ou como além da conta alimentos pouco saudáveis, fico me sentindo mais exposto a vários gatilhos, como ruídos altos ou pessoas irritantes. Mesmo odiando correr, a verdade pura e simples era que eu não acordava por causa de pesadelos havia mais de cinco meses e minhas mãos não tremiam desde que eu chegara a New Bern. Tudo isso levou a uma sessão extra de exercícios sábado de manhã, seguida de uma xícara de café maior que a habitual.

Mais tarde, troquei as velas de ignição do barco. O motor tossiu, voltando à vida, e começou a roncar. Eu o deixei rodando um tempo, pensando que meu avô teria ficado orgulhoso, já que – comparado a ele – não sou expert em motores. Enquanto esperava, eu me lembrei de que meu avô adorava contar piadas, o que era mais uma razão para eu gostar de visitá-lo. Ele as contava com um brilho travesso no olhar, começando a rir antes de chegar ao final. Nisso e em infinitas outras coisas, era o oposto de meus pais, sérios e preocupados com a carreira. Com frequência, eu me perguntava o que teria sido de mim sem a presença descontraída dele na minha vida.

Após desligar o motor, voltei para casa e tomei banho. Coloquei uma calça cáqui, camisa polo e mocassins, depois dirigi dez minutos até o centro de New Bern.

Sempre gostei daquela área, em especial do centro histórico, onde havia várias casas antigas e majestosas. Algumas datavam do século XVIII e eu achava isso impressionante, porque supostamente as enchentes frequentes causadas pelos furacões já deveriam tê-las varrido do mapa. Quando comecei a visitar meu avô, muitas estavam em péssimas condições, mas, ao longo dos anos, foram sendo compradas por investidores e restauradas, retomando assim o esplendor de antigamente.

As ruas eram cobertas por carvalhos maciços e magnólias, e havia uma série de marcos atestando acontecimentos históricos importantes: um duelo famoso aqui, uma pessoa ilustre nascida ali, as bases de uma decisão da Suprema Corte no quarteirão seguinte. Antes da revolução, New Bern havia sido a capital colonial dos ingleses, e, depois de se tornar presidente, George Washington fez uma rápida visita à cidade. Do que eu gostava mais, no entanto, era que o comércio do centro, comparado ao de cidades pequenas em outras partes dos Estados Unidos, era próspero, apesar de haver lojas de departamento a poucos quilômetros de distância.

Estacionei em frente à Igreja Episcopal de Cristo e saltei para o sol brilhante. Por conta do céu azul e do dia mais quente que o habitual, não me surpreendi com o número de pessoas abarrotando as calçadas. Passei pelo museu da Pepsi – a bebida foi criada aqui por Caleb Bradham – e depois pelo Baker's Kitchen, um local famoso pelo seu café da manhã e que já estava cheio; as pessoas aguardavam mesas nos bancos do lado de fora. Fiz uma pesquisa rápida na internet antes de sair de casa, então achei fácil encontrar a feira do produtor, que fica perto do Centro de História da Carolina do Norte. Como Natalie havia recomendado o lugar e eu não tinha nada melhor para fazer, não vi motivos para não dar uma passada por lá.

Minutos depois, cheguei ao destino. Não era o paraíso de fartura agrícola que eu tinha imaginado, com os caixotes transbordantes de hortaliças típicos das barracas de beira de estrada. Em vez disso, a feira era basicamente dominada por vendedores de bugigangas, pães, bolos e biscoitos e artesanato. Isso fez sentido depois que pensei no assunto, considerando-se que estávamos em abril e a colheita de verão ainda não tinha ocorrido.

Ainda assim, o mercado não era desprovido de produtos frescos, e decidi procurar o que eu precisava para minha despensa. Enquanto olhava, comprei uma sidra para tomar ali e continuei perambulando. Além de comida, vi bonecos de palha, casas para passarinho e sinos de vento feitos de conchas, mas eu não precisava de nada daquilo. O lugar estava ficando cheio, e, quando dei a volta completa, vi Natalie Masterson em frente a uma banca cheia de batatas-doces.

Mesmo à distância, ela se destacava. Trazia um cesto e vestia calça jeans desbotada, camiseta branca e sandálias, roupas que ressaltavam mais sua silhueta do que o tedioso uniforme. Estava com óculos escuros no topo da cabeça e, exceto pelo batom, usava pouca maquiagem. Seus cabelos tocavam os ombros em uma glória indomada. Eu chutaria que, mais cedo naquela manhã, a Srta. Masterson tinha levado menos de cinco minutos para se vestir, pentear o cabelo com as mãos e passar um batom rápido antes de sair porta afora.

Ela parecia estar sozinha, e, após um momento de hesitação, parti em sua direção, quase esbarrando numa senhora que estava examinando uma casa para passarinho. Quando cheguei perto, Natalie se virou em minha direção.

– Bom dia – cantarolei.

Senti seu olhar de divertimento cintilando.

– Bom dia.

– Não sei se você lembra, mas sou Trevor Benson. Nos conhecemos outra noite.

– Eu me lembro.

– Caramba, qual a probabilidade de esbarrar com você aqui?

– Eu diria que bem alta, já que mencionei que venho aqui com frequência.

– Depois da sua recomendação, achei que devia dar uma olhada. E eu precisava mesmo comprar umas coisas.

– Ainda não encontrou nada para comprar?

– Já bebi uma sidra. E estou pensando numa boneca de palha que vi.

– Você não parece o tipo de cara que coleciona bonecas.

– Mas pelo menos eu teria alguém com quem conversar enquanto tomo o café da manhã.

– É uma ideia perturbadora – comentou ela, os olhos se demorando nos meus.

Eu me perguntei se aquele era o jeito dela de flertar ou se examinava todo mundo assim.

– Na verdade, estou aqui para pegar umas batatas – falei.

– Fique à vontade – disse, apontando para elas. – Aqui tem muitas.

Ela voltou a atenção para a banca, mordendo o lábio enquanto examinava as batatas. Cheguei mais perto e olhei disfarçadamente seu perfil: a expressão desarmada revelava uma inocência surpreendente, como se a razão de coisas ruins acontecerem no mundo ainda a intrigasse. Eu me perguntei se isso tinha a ver com seu trabalho ou se eu estava apenas imaginando aquilo. Ou se, por Deus, tinha algo a ver comigo.

Ela escolheu umas batatas de tamanho médio, colocando-as no cesto. Optei por duas das maiores. Após contar quantas já havia selecionado, ela acrescentou algumas.

– É bastante batata – observei.

– Vou fazer uma torta.

Diante de minha expressão questionadora, ela continuou:

– Não é para mim. É para uma vizinha.

– Você faz tortas?

– Moro no Sul. Claro que faço tortas.

– E sua vizinha não faz?

– É uma senhora de idade. Os filhos e os netos estão vindo visitá-la. Ela adora minha receita.

– Muito legal da sua parte – elogiei-a. – Como foi o resto da sua semana?

Ela arrumou as batatas no cesto.

– Foi bom.

– Aconteceu algo interessante? Tiroteio, perseguição? Algo do tipo?

– Não – respondeu ela. – Só o habitual. Umas ocorrências domésticas, uns motoristas bêbados. E transferências, claro.

– Transferências?

– De prisioneiros. Para depor em tribunais, ida e volta.

– Você faz isso?

– Todos os auxiliares de xerife fazem.

– Você tem medo?

– Em geral, não. Eles ficam algemados e quase todos se comportam bem.

O tribunal é bem mais agradável que a cadeia. Mas de vez em quando um desses caras me deixa nervosa, os raros psicopatas, acho. É como se alguma coisa estivesse faltando na personalidade deles, algo fundamental, e a gente fica com a sensação de que, logo depois de te matarem, eles lanchariam sem a menor preocupação. – Examinando o cesto, ela fez as contas e se virou para o vendedor. – Quanto fica?

Ao escutar a resposta, tirou algumas notas da bolsa e as entregou a ele. Paguei por minhas batatas também. Enquanto esperava o troco, uma morena de olhos castanhos, com mais ou menos 30 anos, acenou para Natalie e começou a se aproximar, sorridente. À medida que a mulher abria caminho entre os fregueses, a auxiliar de xerife foi ficando tensa. Quando se aproximou, a mulher foi direto abraçá-la.

– Oi, Natalie – disse ela, exageradamente solícita, como se soubesse que a amiga estava lutando contra alguma dificuldade. – Como vai? Não tenho te visto.

– Desculpe – respondeu Natalie quando a mulher a soltou. – Tenho estado muito ocupada.

A morena assentiu, como se compreendesse, então olhou para mim e depois de volta para Natalie, a curiosidade evidente.

– Eu sou Trevor Benson – apresentei-me, estendendo a mão.

– Julie Richards – disse ela.

– Minha dentista – explicou Natalie, virando-se de novo para Julie. – Sei que preciso ligar para o seu consultório e marcar uma hora...

– Quando quiser – retrucou Julie. – Você sabe que sempre dou um jeito de te atender.

– Obrigada – murmurou Natalie. – Como vai Steve?

Julie deu de ombros.

– Superocupado. Ainda estão tentando achar outro médico para o consultório, então ele está com a agenda lotada a semana toda. Agora foi para o campo de golfe, para desestressar. Felizmente prometeu levar as crianças ao cinema mais tarde, assim *eu* posso tirar uma folga também.

Natalie sorriu.

– Cooperação e concessão.

– Ele é um cara legal – disse Julie. Outra vez, seus olhos reluziram um momento para mim e então de volta para Natalie. – E aí? De onde vocês se conhecem?

– Não estamos aqui juntos – replicou Natalie. – Encontrei-o por acaso. Ele acabou de se mudar para a cidade e houve um problema na casa dele. Questões legais.

Eu percebia o desconforto na voz dela e mostrei minha compra.

– Vim comprar batatas.

Julie olhou para mim.

– Acabou de se mudar para cá? Veio de onde?

– Mais recentemente, da Flórida. Mas fui criado na Virgínia.

– Onde na Virgínia? Eu sou de Richmond.

– Alexandria – respondi.

– O que está achando daqui?

– Eu gosto, mas ainda estou me adaptando.

– Vai se acostumar. Tem ótimas pessoas aqui – disse ela, antes de se voltar outra vez para Natalie.

As duas continuaram a conversa trivial até o assunto finalmente morrer. Já no fim, a dentista voltou a abraçá-la.

– Lamento, mas tenho que ir – disse Julie. – As crianças estão com minha vizinha, e prometi que não demoraria.

– Foi bom ver você.

– Igualmente. E lembre-se de que pode me ligar a qualquer hora. Tenho pensado em você.

– Obrigada – replicou Natalie.

Enquanto Julie se afastava, notei um vestígio de cansaço na expressão de Natalie.

– Está tudo bem?

– Está – respondeu ela. – Tudo certo.

Aguardei, mas ela não acrescentou nada.

– Eu estava querendo pegar uns morangos – comentou Natalie, por fim, parecendo distraída.

– Estão bons?

– Não sei – respondeu, virando-se para mim. – Este é o primeiro fim de semana deles, mas ano passado estavam uma delícia.

Ela se adiantou para uma banca cheia de morangos, espremida entre uma com casas para passarinho e outra com bonecos de palha. Mais além, vi Julie, a dentista, falando com outro casal jovem; Natalie deve tê-la notado também, embora não tenha demonstrado. Em vez disso, aproximou-se da banca de morangos. Quando parei a seu lado, ela de repente se empertigou.

– Ah! Esqueci que preciso de brócolis. Melhor ir antes que acabe. – Natalie deu um passo para trás. – Foi bom falar com você, Sr. Benson.

Apesar de sorrir, ficou claro que desejava se livrar de mim quanto antes. Eu sentia outros olhos sobre nós enquanto ela se afastava.

– Digo o mesmo, policial.

Ela deu meia-volta, retornando pelo mesmo caminho que tínhamos acabado de fazer, deixando-me sozinho em frente à banca. A vendedora estava entregando o troco de outro freguês e eu não sabia exatamente o que fazer. Ficar ali? Segui-la? Ir atrás dela me faria parecer irritante e estranho, então fiquei com os morangos, pensando que pareciam com os que encontraria no supermercado, só que menos maduros. Decidido a apoiar a produção local, comprei uma bandeja e voltei devagar pela multidão. Pelo canto do olho, vi Natalie passando perto de uma banca que vendia manteiga de maçã; não havia brócolis no seu cesto.

Pensei em voltar logo para casa até perceber de novo a beleza daquela manhã, então decidi que uma xícara de café seria a melhor opção.

Saindo da feira, caminhei para a cafeteria Trent River. Ficava a alguns quarteirões, mas, graças ao tempo agradável, era bom estar ao ar livre e em movimento. Lá dentro, escutava os fregueses na minha frente pedindo seus *lattes*, *mochas*, *chais*, descafeinados, semidescafeinados, essas coisas que as pessoas tomam hoje em dia. Quando chegou minha vez, pedi um café preto, e a moça do balcão – exibindo um piercing na sobrancelha e uma tatuagem de aranha nas costas da mão – olhou para mim como se eu ainda estivesse na década de 1980, na qual nasci.

– É isso? Só... café?

– Sim, por favor.

– Nome?

– Johann Sebastian Bach.

– É com Y?

– É – respondi.

Vi-a escrever "Yohan" no copo de plástico e entregá-lo ao rapaz de rabo de cavalo atrás dela. Ficou claro que o nome não lhe dizia absolutamente nada.

Peguei meu café e fui para Union Point, um parque na confluência dos rios Neuse e Trent. Era também, de acordo com o marco histórico, o local onde um grupo de imigrantes suíços e do Palatinado fundou a cidade em 1710. A meu ver, eles provavelmente estavam em busca de climas mais amenos – South Beach, talvez – e se perderam, indo parar ali, pois o capitão era teimoso e não quis pedir informações.

Não que fosse um local ruim. Na verdade, é lindo, a não ser quando os furacões chegam do Atlântico. Os ventos impedem o Neuse de correr em direção ao mar, a água reflui e a cidade fica à espera da arca de Noé. Meu avô tinha sobrevivido à passagem do Fran e do Bertha em 1996, mas, quando falava sobre grandes tempestades, sempre se referia ao Hazel, nos idos de 1954. Durante seu percurso, duas colmeias ficaram de cabeça para baixo, verdadeiras catástrofes em sua vida. Que o telhado também tivesse sido arrancado não era tão importante para ele quanto o dano à menina dos seus olhos. Entretanto, não tenho certeza se Rose concordava; ela foi morar com os pais até a casa se tornar habitável outra vez.

Havia um grande coreto no centro do parque, assim como um agradável calçadão estendendo-se ao longo da margem do rio. Fui em direção a um banco vazio e me sentei. O sol se refletia nas águas preguiçosas do Neuse, que tinha quase 2 quilômetros de largura naquele ponto, e assisti a um barco deslizando lentamente rio abaixo, as velas ondulando. Num píer próximo, vi um grupo com pranchas de stand up paddle se preparando para encarar a água. Alguns usavam short e camiseta, outros, macacão de neoprene, e estavam claramente discutindo um plano de ação. Do outro lado do parque, crianças alimentavam patos, uma dupla jogava frisbee e um garoto empinava pipa.

Eu apreciava o fato de as pessoas ali saberem desfrutar um fim de semana. Em Kandahar – e, antes disso, durante a residência –, eu trabalhava praticamente todo fim de semana, os dias se emendando um no outro feito um borrão. Mas eu estava aprendendo a relaxar aos sábados e domingos. Pensando bem, vinha fazendo isso quase todos os dias da semana, de modo que estava ficando especialista.

Após terminar o café, joguei o copo numa lata de lixo e andei até a amurada. Debruçando-me, admiti que a vida de cidade pequena tinha seus encantos. Especialmente alguns minutos depois, quando vi Natalie vindo na minha direção, o cesto balançando a seu lado. Parecia estar observando os remadores enquanto abriam caminho rumo a águas mais profundas.

Acho que poderia ter acenado ou chamado, mas, considerando nosso encontro recente na feira, me contive. Em vez disso, continuei observando a correnteza lenta até ouvir uma voz atrás de mim.

– Você de novo?

Olhei por cima do ombro. A atitude e a expressão de Natalie deixavam claro que não esperava me encontrar ali.

– Está falando comigo?
– O que está fazendo aqui?
– Aproveitando a manhã de sábado.
– Você sabia que eu viria para cá?
– Como iria saber aonde você estava indo?
– Não sei – disse ela, totalmente desconfiada.
– Está uma manhã linda e a vista é ótima. Por que não viria até aqui?

Ela abriu a boca para retrucar e depois a fechou de novo antes de dizer:

– Bem, acho que não é da minha conta. Não quero incomodar.
– Não está incomodando – garanti. Depois, apontando com a cabeça para o cesto: – Encontrou tudo que queria?
– Por que quer saber?
– Só para puxar conversa, já que você está me seguindo.
– Não estou seguindo você!

Eu ri.

– Estou brincando. Na verdade, tenho a impressão de que está tentando me evitar.
– Não estou. Mal conheço você.
– Exatamente – concordei e, sentindo como se tivesse voltado de repente à posição de rebatedor num jogo de beisebol, decidi dar outra tacada. – O que é uma pena – disse, abrindo um sorriso malicioso, antes de me virar em direção ao rio.

Natalie me estudava, como se não soubesse se deveria ir embora ou não. Apesar de achar que ela optaria por ir para casa, senti sua presença junto a mim. Ao ouvi-la suspirar enquanto colocava o cesto no chão, soube que minha terceira tacada havia rendido frutos.

Por fim, ela falou:

– Posso fazer uma pergunta?
– Fique à vontade.
– Você é sempre direto assim?
– Nunca – respondi. – Sou quieto e reservado por natureza. Tímido até.

– Duvido.

No rio, os remadores de stand up estavam se colocando em posição.

No silêncio, via-a agarrar a amurada com ambas as mãos.

– Sobre o que aconteceu mais cedo na feira, quando fui embora... – começou Natalie. – Se pareceu brusco, peço desculpas.

– Não precisa se desculpar.

– Mesmo assim, me senti mal depois. É que, em cidade pequena, as pessoas falam. E Julie...

Quando sua voz sumiu, terminei por ela:

– Fala mais que a maioria?

– Não queria que ela ficasse com uma ideia errada.

– Entendi. A fofoca é o mal das cidades pequenas. Vamos torcer para que ela tenha ido para casa pegar as crianças em vez de vir para o parque, senão ela pode realmente ter algo para falar.

Apesar de ter dito aquilo de brincadeira, Natalie imediatamente vasculhou o entorno e meus olhos seguiram os seus. Ninguém estava prestando atenção em nós. Ainda assim, fiquei pensando no que haveria de tão terrível em ser vista com alguém como eu. Se fazia alguma ideia do que eu estava pensando, não deu qualquer indicação, mas achei ter notado uma expressão de alívio.

– Como você faz a torta de batata-doce?

– Quer a receita?

– Acho que nunca comi torta de batata-doce. Que gosto tem?

– Parece um pouco com torta de abóbora. Além da batata, leva manteiga, açúcar, ovos, baunilha, canela, noz-moscada, leite evaporado e uma pitada de sal. Mas o principal mesmo é a crosta.

– Você sabe fazer crosta?

– Sim. O segredo é usar manteiga, não gordura vegetal. Já experimentei das duas formas com minha mãe e nós concordamos.

– Ela mora na cidade?

– Não. Ficou em La Grange, onde cresci.

– Onde fica?

– Entre Kinston e Goldsboro, no caminho para Raleigh. Meu pai era farmacêutico. Na verdade, ainda é. Ele abriu o negócio antes de eu nascer. Tem uma farmácia. Minha mãe toma conta e trabalha no caixa.

– Quando nos conhecemos, você disse que era de uma cidade pequena.

– Tem só 2.500 habitantes, mais ou menos.

– E a farmácia vai bem?

– Você ficaria surpreso. As pessoas precisam de remédios, mesmo em cidades pequenas. Mas acho que você sabe disso, já que é médico.

– *Era* médico. E espero voltar a ser.

Ela ficou em silêncio. Eu estudava seu perfil, mas continuava sem ter ideia do que passava na sua cabeça.

Por fim, Natalie suspirou e disse:

– Estava pensando no que você contou naquela noite. Sobre se tornar psiquiatra para ajudar pessoas com estresse pós-traumático. Acho uma coisa ótima.

– Fico feliz.

– Como as pessoas sabem que têm isso? Como você soube?

Estranhamente, fiquei com a impressão de que ela não estava perguntando só para puxar papo ou por nutrir um interesse por mim. Parecia ser uma curiosidade por razões próprias, quaisquer que fossem. No passado, eu provavelmente teria tentado mudar de assunto, mas as sessões regulares com o Dr. Bowen tornaram as conversas sobre meus problemas mais fáceis, independentemente de quem perguntava.

– As pessoas são diferentes, por isso os sintomas variam, mas eu era um exemplo clássico. Tinha insônia e pesadelos à noite e, durante o dia, me sentia nervoso o tempo todo. Barulhos fortes me incomodavam, minhas mãos tremiam às vezes, eu entrava em discussões ridículas... Passei quase um ano com ódio do mundo, bebendo mais do que deveria e jogando *GTA*.

– E agora?

– Estou administrando – respondi. – Ou, pelo menos, gosto de pensar que estou. Meu psiquiatra também acha que sim. Ainda conversamos todas as segundas.

– Está curado, então?

– Não é uma coisa da qual você fique realmente curado. É mais uma questão de administrar a condição, o que nem sempre é fácil. O estresse tende a tornar as coisas piores.

– O estresse não é parte da vida?

– Sem dúvida. É isso que torna a cura impossível.

Ela ficou em silêncio um momento antes de olhar para mim com um sorriso irônico.

– *GTA*, hein? Por alguma razão, não consigo imaginar você sentado num sofá jogando videogame o dia todo.

– Eu fiquei craque, o que não foi fácil, já que não tenho todos os dedos.

– Você ainda joga?

– Não. Essa foi uma das mudanças que fiz. Basicamente, minha terapia serve para transformar comportamentos negativos em positivos.

– Meu irmão adora esse jogo. Talvez eu deva fazer ele parar.

– Você tem um irmão?

– E uma irmã. Sam é cinco anos mais velho do que eu, e Kristen, três. E, antes de você perguntar, os dois moram na área de Raleigh. São casados e têm filhos.

– Como você veio parar aqui, então?

Ela encarou os pés, como se estivesse em dúvida sobre como responder, até dar de ombros e dizer:

– Ah, sabe como é. Conheci um garoto na faculdade. Ele era daqui, e me mudei para New Bern depois de me formar. E aqui estou.

– Pelo que entendi, não deu muito certo.

Ela fechou os olhos por um instante.

– Não do jeito que eu queria.

As palavras saíram calmas, mas era difícil saber exatamente qual era a emoção por trás. Arrependimento? Tristeza? Percebendo que não era hora nem lugar de perguntar, deixei o assunto morrer.

– Como foi crescer numa cidade pequena? Quer dizer, eu já achava New Bern pequena, mas uma de 2.500 habitantes é minúscula.

– Foi maravilhoso – respondeu Natalie. – Meus pais conheciam praticamente todo mundo, e a gente deixava as portas abertas. Eu passava os verões andando de bicicleta, nadando na piscina, caçando borboletas. Quanto mais os anos passam, mais me encanto com aquela simplicidade.

– Acha que seus pais vão morar lá para sempre?

– Não. Há alguns anos, eles compraram uma casa em Atlantic Beach. Os dois já ficam por lá a maior parte do ano, e tenho certeza de que vão se mudar de vez quando finalmente se aposentarem. Já até comemoramos o Dia de Ação de Graças lá ano passado, então acho que é só uma questão de tempo.

Ela prendeu uma mecha de cabelo solta atrás da orelha.

– Como você acabou indo trabalhar no departamento de polícia?

– Já me perguntou isso.

– E você não respondeu. Ainda estou curioso.

– Não há muito o que dizer. Aconteceu.

– Como assim?

– Na faculdade, estudei sociologia e, depois que me formei, percebi que, a menos que fizesse um mestrado ou doutorado, não havia muitos empregos na minha área. Quando me mudei para cá, ficou claro que, se você não é dono de um negócio, não tem um emprego em Cherry Point, nem trabalha para o governo ou no hospital, fica limitado ao setor de serviços. Pensei em voltar a estudar para ser enfermeira, mas, na época, me pareceu muito trabalhoso. Então, soube que o departamento de polícia estava contratando e, num impulso, me candidatei.

Era a primeira vez que falava tanto sobre sua história. Não quis interromper.

– Fiquei tão surpresa quanto todo mundo quando fui aceita no programa de treinamento. Quer dizer, eu nunca tinha sequer segurado uma arma. E achava que tudo se resumia a lidar com bandidos, situações perigosas e tiroteios. É o que aparece na televisão. Mas, depois que entrei, percebi rapidamente que o trabalho consiste em saber lidar com pessoas. Neutralizar situações e acalmar as emoções sempre que possível. E, claro, burocracia. Muita burocracia.

– Você gosta?

– É como qualquer emprego: de algumas partes eu gosto e de outras, não. Às vezes, você precisa lidar com coisas que não quer. Coisas angustiantes e impossíveis de esquecer.

– Já atirou em alguém?

– Não. E só precisei empunhar a arma uma vez. Como disse, não é o que se vê na televisão. Mas sabe de uma coisa?

– O quê?

– Mesmo sem nunca ter segurado uma arma, acabei me tornando uma atiradora muito boa. A melhor da classe, na verdade. E desde então, venho praticando vários tipos de tiro, como o *skeet shooting* e o *sporting clays*, e me dando bem.

– *Sporting clays*?

– É parecido com o *skeet*. Tem vários estandes e você usa uma espingarda, mas os alvos vêm de ângulos diferentes, em velocidades e trajetórias diferentes. A ideia é simular com mais exatidão a forma como pássaros e animais pequenos se movem na natureza.

– Nunca cacei.

– Eu também não. E nem quero. Mas, se um dia precisasse, seria muito boa.

Fiquei um pouco admirado.

– Não é difícil imaginar você com uma espingarda. Digo, desde a primeira vez que te vi, você estava armada.

– Acho... relaxante. Quando estou no estande de tiro, consigo me desligar de tudo.

– Dizem que massagem é bom também. Pessoalmente prefiro ioga.

Ela ergueu as sobrancelhas.

– Você faz ioga?

– Recomendação do meu psiquiatra. É útil. Agora consigo colocar o sapato sem precisar me sentar. Isso faz de mim o centro das atenções nas festas.

– Aposto que sim. – Ela riu. – Onde pratica ioga aqui?

– Não tenho praticado. Ainda não procurei um lugar.

– E vai procurar?

– Talvez. Mas não planejo ficar muito tempo.

– Vai voltar um dia?

– Não sei. Acho que depende de conseguir ou não vender a casa. Quem sabe? Talvez volte no fim do verão para terminar de colher o mel.

– Sabe fazer isso?

– Claro – falei. – Na verdade, não é muito difícil. Faz uma sujeirada, mas não é difícil.

Ela estremeceu.

– Morro de medo de abelhas. Quer dizer, não daquelas simpáticas, mas das que ficam zumbindo em volta da gente como se estivessem querendo atacar.

– Abelhas guardiãs – expliquei. – Também não são minhas favoritas, mas são importantes para a colmeia. Ajudam a protegê-la dos predadores e a manter as abelhas de outras colônias fora da colmeia.

– A abelha guardiã é diferente das outras?

– Na verdade, não. Em seu ciclo de vida, a abelha faz vários trabalhos em diferentes épocas: ela vai ser uma abelha coveira, uma que limpa a colmeia, que toma conta da rainha, que alimenta as larvas ou que procura néctar e pólen. E, no fim da vida, pode se tornar uma abelha guardiã.

– Coveira? – repetiu ela.

– Elas removem as abelhas mortas da colmeia.

– Sério?

Fiz que sim.

– Meu avô considerava a colmeia a comunidade mais perfeita do mundo. Claro, elas são quase que inteiramente formadas por fêmeas, então talvez tenha a ver com isso. Na verdade, aposto que quase todas as abelhas que você já encontrou eram fêmeas.

– Por quê?

– O zangão é o macho, e ele só tem duas funções: comer e fertilizar a rainha. Então, não existem muitos deles. – Eu sorri. – Parece o tipo de emprego perfeito. Comida e sexo. Acho que eu seria um zangão perfeito.

Natalie revirou os olhos, mas eu sabia que ela estava achando engraçado. Um ponto para Benson.

– Então... como é uma colmeia? – perguntou ela. – A do tipo que um apicultor tem, não a natural.

– Eu poderia descrever, mas é mais fácil ver. Ficaria contente de mostrar as do meu avô, se você quiser aparecer por lá uma hora dessas.

Ela pareceu me analisar.

– Quando? – perguntou.

– Amanhã a qualquer hora está bom. Que tal no começo da tarde, à uma hora?

– Posso pensar?

– Claro – respondi.

– Tudo bem – disse Natalie, soltando um suspiro antes de se abaixar para pegar o cesto. – Obrigada pela conversa.

– Eu que agradeço. Mas, antes de ir embora, quer almoçar comigo? Estou morrendo de fome.

Natalie inclinou a cabeça e quase pensei que fosse aceitar. Então respondeu:

– Obrigada, mas não posso. Tenho um compromisso.

– Sem problemas – retorqui, dando de ombros. – Só achei que devia convidar.

Ela apenas sorriu e saiu andando, meus olhos seguindo sua silhueta graciosa.

– Natalie! – gritei.

Ela se virou.

– Oi?

– Quais as chances de que vai realmente aparecer amanhã?

Ela apertou os lábios.

– Cinquenta por cento?
– Tem alguma coisa que eu possa fazer para aumentar essa chance?
– Deixe-me pensar... – disse ela, com a voz arrastada, dando outro passo para trás. – Acho que não. Tchau.

Observei-a se afastar, torcendo para que se virasse e olhasse para mim uma última vez, mas não. Permaneci na amurada, relembrando nossa conversa e comparando-a com a forma como Natalie reagiu quando Julie aparecera na feira. Eu entendia sua aversão a ser alvo de fofoca. No entanto, quanto mais pensava nisso, mais me perguntava se o problema era só esse. Percebi de repente que ela limitara de propósito a conversa com Julie, não só por causa do que a dentista poderia dizer aos outros, mas também porque havia algo que não queria que eu soubesse sobre ela.

Ok, todos nós temos segredos. Apesar do que contara a Natalie sobre meu passado, eu ainda era um estranho, então não havia razão para esperar que compartilhasse seus segredos comigo. Mas, enquanto continuava a refletir sobre a situação, não conseguia ignorar a impressão de que ela se preocupava menos com o que seus segredos podiam revelar do que com a culpa que eles pareciam fazê-la sentir.

5

Eis uma lição que aprendi com minha mãe: quando se está esperando visitas, é bom arrumar a casa.

Vou admitir que, quando era criança, isso não fazia sentido para mim. Quem se importaria se todos os brinquedos estavam guardados ou se a cama estava feita? Afinal, nenhum político ou lobista entrava no meu quarto durante as festas dos meus pais. Estavam muito ocupados bebericando vinho, entornando martínis e se sentindo *muito, muito importantes*. Lembro-me de jurar que, quando fosse mais velho, não me preocuparia com essas coisas. Mas, vejam só, com a visita de Natalie despontando como possibilidade, a norma de minha mãe voltou com toda a força.

Assim, após terminar a corrida e outros exercícios, arrumei a casa, passei aspirador, limpei as bancadas e a pia da cozinha, lavei o banheiro e fiz a cama. Tomei banho também, cantando no chuveiro, e passei o resto da manhã pondo a leitura em dia. O capítulo que eu estava lendo tratava da eficácia da música como auxiliar na terapia e, à medida que avançava no assunto, lembrei-me dos anos que passei tocando piano.

Meu relacionamento com o instrumento fora meio intermitente: toquei durante toda a infância, ignorei-o completamente enquanto estava na Academia Naval, retomei na faculdade de medicina e não rocei uma tecla durante a residência. Em Pensacola, tocava muito, porque tive a sorte de alugar um apartamento com um Bösendorfer de 1890 no lobby do prédio; mas o Afeganistão trouxe outro período sem música, já que eu duvidava que tivesse sobrado um único piano no país inteiro. Agora, faltando-me dedos, tocar como antes era impossível, o que me fez de repente perceber quanta falta me fazia.

Quando terminei o capítulo, fechei o livro, peguei o carro e fui até a mercearia. Abasteci-me do essencial e preparei um sanduíche ao chegar em casa. Quando fui lavar a louça, já era quase uma da tarde. Ainda incerto quanto à vinda de Natalie, mas esperançoso, dirigi-me ao galpão do mel.

Assim como a casa e o celeiro, não parecia grande coisa visto de fora. O telhado de zinco estava desgastado, as tábuas de cedro tinham se tornado cinzentas ao longo das décadas e as dobradiças que suportavam as grandes portas duplas rangeram quando as abri. As semelhanças, no entanto, terminavam aí; dentro, era outra história. Havia eletricidade, encanamento e luzes fluorescentes brilhantes, paredes e teto contavam com isolamento e havia um ralo no centro do chão de concreto.

À esquerda, ficava um tanque de aço inoxidável com uma mangueira enorme acoplada à bica, além de uma pilha cuidadosa de exclusores de rainha e caixas rasas. À direita, havia um cesto de lixo de plástico com gravetos para o fumigador, ao lado de prateleiras fundas abarrotadas com dezenas de potes de mel. Bem em frente, viam-se outros equipamentos e materiais necessários a um apicultor: grandes baldes plásticos com torneiras, um carrinho de mão de plástico, engradados com potes extras e rolos de etiquetas. Na parede do fundo, presos por ganchos, havia coadores de náilon, peneiras para mel, facas desoperculadoras, dois fumigadores, isqueiros, uma dezena de macacões de apicultor, com luvas e capuzes de vários tamanhos. Vi também alguns extratores, usados para retirar mel dos favos. Reconheci um, manual, que eu costumava girar até não conseguir mais mexer o braço; além do novo, elétrico, que meu avô comprara depois que a artrite chegou; e os dois pareciam estar em perfeito estado.

Quanto aos macacões, sabia que encontraria alguns que caberiam em Natalie e em mim. Meu avô tinha muitos porque estava sempre disposto a instruir as pessoas – em geral, grupos – interessadas em aprender sobre abelhas. A maioria delas não se sentia confortável visitando as colmeias sem macacão; meu avô, por outro lado, nunca se deu ao trabalho de vestir um.

"Elas só vão me picar se eu quiser", dizia com um aceno. "Sabem que tomo conta delas."

Verdade ou não, não me lembro de ele levar uma única picada enquanto cuidava das colmeias. Acreditava, inclusive, no folclore sulista de que veneno de abelha mitigava a dor da artrite, tanto que, todo dia, sem falta, pegava duas abelhas. Enquanto segurava-as pelas asas, provocava-as a picá-lo, uma em cada joelho. A primeira vez que o vi fazer isso, achei que estava ficando louco; como médico, entendo agora que estava à frente de seu tempo. Em estudos clínicos controlados, já se demonstrou que veneno de abelha alivia mesmo a dor da artrite.

Eu já tinha cuidado das colmeias tantas vezes antes que os passos seguintes foram automáticos. Abasteci o fumigador de gravetos, peguei um isqueiro e uma faca desoperculadora, além de um par de macacões, capuzes e luvas. Num impulso, apanhei também dois potes de mel da prateleira e levei tudo para a varanda da frente. Sacudi o pó dos macacões e dos capuzes antes de pendurá-los sobre o parapeito e coloquei o resto sobre a mesinha perto das cadeiras de balanço. A essa altura, já eram 13h15. As coisas não pareciam promissoras em relação a Natalie, mas seria ainda pior se ela me pegasse esperando na varanda. Um homem precisa ter um mínimo de orgulho, no fim das contas.

Voltei para dentro e me servi um copo de chá doce, da jarra que havia feito na noite anterior, depois caminhei até a varanda de trás. Quis o destino que, após tomar uns dois golinhos, eu ouvisse um carro parando em frente à garagem. Não consegui conter um sorriso.

Atravessei toda a casa de volta e abri a porta justo quando Natalie subia os degraus da varanda. Vestia calça jeans e uma camisa branca com botões que acentuava sua pele bronzeada. Os óculos escuros escondiam os olhos e o cabelo estava preso num rabo de cavalo bagunçado. Tudo isso a deixava ainda mais sedutora.

– Oi – falei. – Que bom que decidiu vir.

Ela empurrou os óculos para o topo da cabeça.

– Desculpe o atraso. Tive que resolver umas coisas de manhã.

– Sem problema. Estou livre quase o dia todo.

Depois, lembrando-me dos potes que tinha trazido do galpão, apontei para a mesa e ofereci:

– Peguei estes para você, já que disse que gostava do mel do meu avô.

– Muito gentil da sua parte – murmurou ela. – Não vai faltar para você?

– Tenho mais que o suficiente. Em excesso, até.

– Pode montar uma banca na feira se quiser se livrar deles.

– Não posso – falei. – Nas manhãs de sábado geralmente leio para órfãos cegos. Ou resgato gatinhos em árvores.

– Está exagerando um pouco, não acha?

– Estou só tentando impressionar.

Um sorriso brincava em seus lábios.

– Não sei se me sinto lisonjeada ou não.

– Ah. Pode se sentir lisonjeada.

– Bom saber, mas não posso prometer nada.

– Não estou pedindo. E, quanto ao mel, o Claude do Trading Post disse que ficaria com tudo que eu tivesse, então acho que a maior parte vai acabar indo para lá.

– Vou fazer um estoque antes de o resto da cidade descobrir.

Por um momento, fez-se silêncio, e senti o olhar dela firme no meu. Pigarreei, sentindo-me tímido de repente.

– Sei que veio para visitar as colmeias, mas vamos primeiro nos sentar lá nos fundos e relaxar, para eu poder dizer o que deve esperar. Isso vai tornar as coisas um pouco mais claras quando você chegar lá.

– Quanto tempo demora?

– Não muito. Uma hora no máximo, contando tudo.

Pegando o telefone no bolso de trás, ela olhou a hora.

– Então vai dar tempo – continuou ela. – Prometi visitar meus pais hoje à tarde. Eles estão na praia.

– Pensei que fosse fazer tortas para sua vizinha.

– Fiz ontem.

– Quanta eficiência! Vamos entrar, então – falei, indicando a porta.

Seus passos ecoavam atrás de mim enquanto passávamos da sala para a cozinha. Parei.

– Quer beber alguma coisa?

Olhando para o copo suado de chá gelado na minha mão, ela fez que sim.

– Um desses, se não for dar trabalho.

– Boa escolha. Fiz ontem à noite.

Pegando um copo, coloquei gelo e enchi com o chá escuro e gelado que estava na geladeira. Entreguei a ela e me recostei na bancada, esperando-a dar o primeiro gole.

– Nada mau.

– Tão bom quanto suas tortas?

– Não.

Eu ri, observando enquanto ela dava outro gole e examinava a casa. Mentalmente, agradeci à minha mãe pelo treinamento. Natalie, sem dúvida, achava-me agora organizado, além de encantador. Ou talvez não. Eu estava interessado, mas ela ainda era um mistério para mim.

– Você fez umas mudanças na casa – notou ela.

– Apesar de eu adorar viver numa cápsula do tempo, senti necessidade de atualizar a decoração.

– Parece mais aberto, também.

– Meu avô tinha muita coisa. Me livrei da maioria.

– Meus pais são assim. Em cima da lareira de casa deve haver uns cinquenta porta-retratos. Quando se tenta espanar um, os outros caem feito dominó. Eu não entendo isso.

– Será que, quanto mais velhas as pessoas ficam, mais importante o passado se torna? Porque têm menos futuro pela frente?

– Talvez – respondeu Natalie, sem acrescentar mais nada.

Sem conseguir decifrá-la, abri a porta de trás.

– Pronta?

Segui-a até a varanda de trás e observei enquanto se sentava na mesma cadeira daquela primeira noite, quando a conheci. Ao contrário de mim, ela não se recostou; em vez disso, ficou sentada na beirada, como se pronta para sair correndo se fosse preciso. Depois de todas as nossas provocações, surpreendia-me que não estivesse mais relaxada, mas eu começava a sentir que Natalie era cheia de surpresas.

Tomei um gole do meu chá, contemplando-a enquanto olhava para o rio, o perfil perfeito como o de uma escultura.

– Acho que poderia ficar admirando essa paisagem para sempre.

– Eu também – falei, olhando para ela.

Natalie abriu um sorriso malicioso, mas decidiu deixar passar minha observação.

– Você nada no rio?

– Nadava quando era jovem. Nesta época do ano a água está gelada demais.

– Melhor assim. Parece que alguém viu jacarés rio acima.

– Sério?

– É muito raro encontrá-los tão ao norte. Recebemos relatos de casos uma ou duas vezes por ano, mas nunca tive a sorte de ver um. Eles costumam ficar em lugares onde os carros não chegam.

– Se um dia quiser se aventurar na água, o barco está bem ali.

– Pode ser divertido – concordou ela antes de cruzar as mãos no colo, a formalidade voltando. – O que quer me contar sobre as abelhas?

– Que tal me dizer o que sabe sobre abelhas? – respondi, pondo meu copo de lado. – E quanto quer saber?

– Eu tenho uma hora, talvez um pouco mais. Então explique o que acha que é importante.

– Muito bem – falei. – As colônias de abelha têm um ciclo anual. No inverno, uma colmeia pode ter entre cinco e dez mil abelhas. Na primavera, assim que o clima esquenta, as rainhas começam a pôr mais ovos, e a população vai crescendo. Durante os meses de verão, a colmeia pode abrigar até cem mil abelhas, então os apicultores costumam acrescentar outra caixa à colmeia. Quando o outono se aproxima, a rainha passa a pôr menos ovos. A população volta a diminuir, porque a colônia sabe que não tem mel guardado para alimentar todo mundo. No inverno, as abelhas remanescentes comem mel para sobreviver. Elas também se aglomeram e vibram para produzir calor, evitando o congelamento da colônia. Quando volta a esquentar, o ciclo se reinicia.

Ela digeriu aquilo, depois ergueu a mão.

– Espere aí. Antes de continuar, quero saber como você aprendeu isso tudo. Seu avô ensinou?

– Nós cuidávamos das colmeias juntos sempre que eu visitava. Mas eu também o ouvia ensinar aos visitantes. No ensino médio, cheguei a fazer um projeto sobre abelhas para a aula de ciências.

– Só estou me certificando de que você sabe do que está falando. Pode continuar.

Será que detectei um quê de flerte no seu tom? Peguei outra vez o chá, tentando não perder o fio da meada. A beleza dela era desconcertante.

– Cada colmeia tem uma única rainha. Supondo-se que não fique doente, ela vive de três a cinco anos. No início de seu ciclo de vida, a rainha voa por aí e é fertilizada pelo máximo de zangões antes de voltar para a colmeia, onde vai pôr ovos pelo resto da vida. Esses ovos se tornam larvas, depois pupas e, quando ficam maduras, as abelhas estão prontas para servir à colmeia. Ao contrário da rainha, as abelhas-operárias vivem só seis ou sete semanas e passam por uma variedade de ciclos de tarefas em suas curtas vidas. A grande maioria é fêmea. Os machos são os zangões.

– Que só servem para acasalar com a rainha e comer.

– Você lembrou.

– Difícil esquecer – comentou ela. – O que acontece se a rainha morre?

– As colmeias são à prova de falha – respondi. – Não importa a época do ano, quando uma rainha fica fraca ou não põe ovos em número suficiente, as outras abelhas começam a alimentar algumas larvas com uma substância chamada geleia real. Essa comida transforma as larvas em rainhas, e a mais forte assume. Se necessário, a rainha nova substitui a mais velha. Ela sai voando e se acasala com quantos zangões conseguir antes de retornar para a colmeia e passar o resto da vida pondo ovos.

– Isso não é vida de rainha.

– Sem ela, a colônia morre. É por isso que é chamada de rainha.

– Mesmo assim, ela podia sair para fazer compras ou ir a um casamento de vez em quando.

Sorri, reconhecendo em seu humor algo parecido com o meu.

– Ontem mencionei algumas das funções que as abelhas têm durante seu ciclo de vida: limpar a colmeia, alimentar as larvas, etc. Mas a maioria delas coleta pólen e néctar. Muita gente pensa que pólen e néctar são a mesma coisa, mas não são. Néctar é o líquido açucarado no cerne das flores. Pólen são pequenos grãos que se juntam nas anteras. Quer adivinhar qual dos dois leva à fabricação do mel?

Ela apertou os lábios e respondeu:

– O néctar?

– Exatamente. A abelha enche suas bolsas de néctar, voa de volta para a colmeia e o transforma em mel. Ela também possui glândulas que transformam parte do açúcar em cera. E, aos poucos, o mel é criado e armazenado.

– Como o néctar se transforma em mel?

– É meio nojento.

– Pode contar.

– Quando a abelha volta para a colmeia cheia de néctar, ela o cospe para a boca de uma abelha diferente, que depois faz o mesmo com outra abelha, várias vezes, reduzindo gradualmente a umidade do néctar. Quando fica concentrado o suficiente, é chamado de mel.

Ela fez uma careta. Por um segundo, pude imaginá-la como seria na adolescência.

– Isso realmente *é* meio nojento.

– Você que pediu.

– O que acontece com as abelhas que trazem o pólen?
– O pólen é misturado ao néctar para fazer o "pão" das abelhas. É com isso que alimentam as larvas.
– E a geleia real?
– Eu não sei como ela é feita – admiti. – Eu sabia, mas esqueci...
– Pelo menos, é honesto.
– Sempre. Mas isso nos leva a outro ponto importante. Como as abelhas precisam ingerir mel para sobreviver ao inverno, o apicultor tem que ser cuidadoso para não tirar muito quando colhe.
– E quanto é isso?
– Meu avô só colhia cerca de sessenta por cento do mel de cada colmeia, um pouco em junho e o resto em agosto. Grandes produtores tiram uma porcentagem maior, mas em geral não é uma boa ideia.
– Foi isso que aconteceu com as abelhas?
– Como assim?
– Li artigos falando que as abelhas estavam morrendo. E que, se isso acontecesse, a humanidade não sobreviveria.
– Isso é verdade. Sem as abelhas espalhando pólen de uma flor para outra, muitas plantações simplesmente não conseguiriam sobreviver. Mas o declínio na população de abelhas tem menos a ver com consumo massivo do mel do que com o uso excessivo de substâncias químicas na hora de limpar as colmeias. Meu avô nunca usava esses produtos porque, na realidade, não são necessários. Vou te mostrar quando formos lá fora, mas acho que é o suficiente por ora. – Coloquei o copo de lado. – A menos que tenha algo que você queira saber.
– Tem, sim. Sobre as abelhas guardiãs. Por que elas ficam zumbindo na cara da gente?
– Porque funciona – respondi, rindo. – As pessoas não gostam e vão embora. Lembre-se de que, na natureza, os ursos devastam as colmeias. O único jeito de uma pequena abelha proteger a colmeia de um urso gigante é picá-lo no olho, no focinho ou na boca.
Ela hesitou.
– Ok. Mas continuo não gostando delas.
– É por isso que vamos vestir os macacões. Está pronta?
Natalie se levantou da cadeira e entrou na frente, parando na cozinha para deixar o copo na pia. Enquanto isso, peguei duas colheres na gaveta de

talheres, enrolei-as numa toalha de papel e coloquei-as no bolso. Voltando à varanda da frente, entreguei-lhe o macacão menor.

– Vista por cima da roupa – falei.

Tirei os sapatos e vesti o macacão; Natalie fez o mesmo, e me certifiquei de que todos os zíperes estivessem fechados. Após recolocarmos os sapatos, entreguei a ela o capuz com tela – preso a um chapéu de aba redonda – e as luvas, depois usei o isqueiro para atear fogo aos gravetos.

– O que é isto?

– Um fumigador. Acalma as abelhas.

– Como?

– As abelhas interpretam a fumaça como se fosse um incêndio, e começam a se alimentar do mel caso precisem mudar a colmeia de lugar.

Juntei o resto do material e fiz sinal para que ela me seguisse. Partimos em direção às colmeias, passando por arbustos de azaleia, uma área repleta de cornisos, cerejeiras em flor e magnólias. O ar fora tomado pelo som dos zumbidos, e víamos abelhas agrupadas em praticamente cada flor.

No limiar da propriedade, a vegetação ficava mais densa. À frente, avistei uma das colmeias; embora meu avô as tivesse construído do zero, elas eram semelhantes às que podiam ser compradas em kits na internet ou usadas por apicultores comerciais, consistindo em uma base que suportava uma pilha de caixas de madeira, junto com as tampas. Como sempre, impressionava-me a ideia de que aquilo servia de casa para mais de cem mil abelhas.

– Vamos parar aqui e vestir o resto do equipamento.

Após colocarmos as luvas, aproximamo-nos da colmeia, as abelhas já se chocando contra a tela dos nossos capuzes.

Acionei o fole do fumigador e bafejei um pouco de fumaça perto da colmeia antes de depositá-lo no chão.

– Só isso?

– Não é preciso muita fumaça – expliquei. – As abelhas possuem um olfato apurado. – Apontei para as fendas na tampa. – Está vendo isto? É como elas entram e saem da colmeia.

Natalie deu um passo cauteloso à frente.

– Quanto tempo é preciso esperar para a fumaça fazer efeito?

– Já está fazendo – respondi. – Elas vão ficar calmas por uns quinze ou vinte minutos.

– A fumaça faz mal para elas?

– Nem um pouco – falei. – Vou te mostrar o interior da colmeia.

Levantando a tampa – ou capa externa, no jargão do apicultor –, coloquei-a de lado. Depois, usando a faca desoperculadora, soltei a capa interna. Sempre meio melada, estava mais difícil de desencaixar que o normal, provavelmente porque não era removida havia meses.

Uma vez solta, coloquei-a no chão também.

– Venha dar uma olhada – convidei. – Elas estão simpáticas agora.

Visivelmente trêmula, Natalie espreitou sobre meu ombro. Apontei para a câmara superior:

– Esta caixa é chamada de câmara superior. É onde guardam a comida. Têm dez quadros suspensos, ou melgueiras, e é aí que a maior parte do mel fica armazenado.

Apontando para a caixa na base, continuei:

– A de baixo é chamada de câmera inferior, e é onde a rainha põe os ovos.

– Uau – murmurou ela.

Havia centenas de abelhas se movendo devagar, arrastando-se por cima e entre os quadros. Natalie parecia realmente extasiada.

– Fico contente por você ter se interessado em vir aqui – declarei. – Senão, provavelmente teria me esquecido de acrescentar a caixa rasa e o exclusor de rainha. Não tinha me lembrado até vê-los no galpão.

– Para que servem?

– A caixa rasa acrescenta um armazenamento extra de mel à colmeia, para a população maior de abelhas no verão. É como a câmara superior, só que menor. O exclusor garante que a rainha não suba e voe para longe.

– Não são necessários o ano todo?

Fiz que não com a cabeça.

– No inverno você quer uma colmeia menor para facilitar o aquecimento.

Na câmara superior, as abelhas continuavam se arrastando com energia e propósito inabaláveis. Apontei para uma com jeito de vespa.

– Está vendo esta? – perguntei. – É um zangão.

Ela espreitou mais de perto, depois apontou para outra.

– Aquela também?

– Também. Como disse antes, os machos estão em muito menor número, tipo Hugh Hefner na mansão da Playboy.

– Bela metáfora – disse ela.

Sorri.

– Deixe eu te mostrar uma coisa.

Retirei as luvas e peguei gentilmente uma das abelhas-operárias pelas asas. Ela ainda estava dócil por causa da fumaça. Usando a unha do polegar da outra mão, provoquei-a até que tentasse picar minha unha.

– O que está fazendo? – sussurrou Natalie – Tentando deixar ela com raiva?

– Abelhas não ficam com raiva – manipulei-a outra vez, e ela tentou novamente me picar três, quatro e depois cinco vezes. – Veja.

Coloquei a abelha nas costas da mão e soltei suas asas. Em vez de prosseguir tentando me picar, ela deu alguns passos e depois voou, devagar, em direção à câmara superior.

– A abelha não se importa comigo, ou com o que acabei de fazer com ela – expliquei. – Só estava tentando se proteger. Agora que a ameaça acabou, ela não guarda rancor.

Através da rede, vi fascinação e respeito recém-descobertos.

– Interessante – disse Natalie. – Bem mais complexo do que eu imaginava.

– São criaturas extraordinárias – afirmei, ouvindo o eco da voz de meu avô. – Quer ver o mel? E as larvas?

– Adoraria – respondeu ela.

Usando a faca desoperculadora, soltei um dos quadros pela beirada superior, depois pelo outro lado até conseguir retirá-lo com cuidado. Feito isso, observei os olhos de Natalie se arregalarem; a melgueira estava coberta com centenas de abelhas dos dois lados. Depois de checar e perceber que os alvéolos não possuíam a variedade que eu queria, encaixei o quadro de volta na colmeia.

– Deve ter um melhor – comentei. – Ainda não é a época.

Tirei três quadros antes de encontrar o que eu queria, e o removi completamente da colmeia. Como os outros, estava cheio de abelhas e segurei-o de frente para Natalie.

– Lembra quando falei que os grandes produtores usam preparados químicos para limpar as colmeias? Para poderem colher o mel?

– Lembro.

– Olhe só por que produtos químicos não são necessários. – Dei um pequeno passo para trás e, com um movimento rápido, sacudi o quadro para cima e para baixo. Quase todas as abelhas voaram para longe e levantei a melgueira praticamente vazia na frente dela. – É tudo que se precisa fazer para tirar as abelhas e pegar o mel. Só uma única sacudida rápida.

– Então por que os grandes produtores usam química?

– Não faço ideia – respondi. – Ainda não consegui descobrir.

Inclinando o quadro para ver melhor, apontei para vários alvéolos enquanto falava.

– Estes alvéolos no canto de cima, cobertos de cera, estão cheios de mel. Estes aqui, mais claros, contêm larvas e ovos. E os vazios vão ficar cheios de mel até o final do verão.

A essa altura, sentindo-se mais confortável com a colmeia, Natalie chegou bem perto. Ainda havia algumas abelhas no quadro, e ela esticou devagar um dedo da mão enluvada em direção a uma delas, maravilhando-se de ser completamente ignorada. Outra se arrastou vagarosamente sobre seu dedo antes de retornar ao quadro.

– Elas não ficaram chateadas por você ter espantado as amigas?

– Nem um pouco.

– E as abelhas assassinas?

– Essas são diferentes – falei. – Como colônia, são muito mais agressivas ao proteger a colmeia. Estas aqui enviam dez ou quinze abelhas guardiãs quando sentem que a colmeia está sob ameaça. As assassinas enviam centenas. Existem teorias históricas e evolucionistas explicando a razão disso, mas, a menos que você esteja realmente interessada, a gente pode deixar isso para outra hora. Quer provar um pouco do mel?

– Agora?

– Por que não? Já que estamos aqui...

– Ele já está pronto?

– Está perfeito – garanti.

Enfiando a mão no bolso, peguei as colheres e as desembrulhei. Ofereci-lhe uma.

– Se importa de segurar um segundo?

Ela pegou a colher enquanto eu usava a outra para abrir alvéolos cobertos de cera. O mel bruto, puro, espalhou-se na colher.

– Vamos trocar – falei.

Natalie pegou a colher cheia de mel enquanto eu fazia a mesma coisa com a outra.

– Segure esta daqui um instante.

Ela fez que sim. Seus olhos encaravam o mel, dourado à luz do sol. Remontei a colmeia, peguei o fumigador e a faca desoperculadora, depois tomei dela uma das colheres. Afastamo-nos das colmeias, na direção do galpão. Quando já estávamos a uma distância segura, fiz sinal de que podíamos tirar o capuz e as luvas.

Quando pude ver seu rosto sem a tela, estava resplandecente de animação e interesse, a pele com uma leve camada de transpiração. Ergui a colher, como se estivesse fazendo um brinde.

– Pronta?

Bati minha colher na dela, depois tomei o mel, doce o bastante para fazer meus dentes doerem. Após provar o dela, Natalie fechou os olhos e respirou fundo.

– Tem um gosto...

– Floral?

– E delicioso. Mas sim, tem um forte sabor floral.

– O sabor do mel depende de onde a colmeia está localizada, porque o néctar que as abelhas colhem é diferente. É por isso que um mel é mais doce que outro, alguns vão ter um toque mais frutado, outros, mais florais. É meio como o vinho.

– Não sei se notei uma diferença grande de sabores até agora.

– A maioria do mel comercializado é mel de trevo. As abelhas adoram trevo, e é por isso que há uma área cheia de trevos no terreno. Mas o mel é um dos alimentos mais manipulados e falsificados do planeta. Muito do mel vendido é na verdade mel misturado com xarope de milho saborizado. Tem que se tomar cuidado onde comprar.

Ela concordou, mas havia algo parecido a um transe na sua atitude, como se a combinação de sol com o zumbido tranquilizante das abelhas e o elixir de mel tivesse relaxado as defesas que ela erguia ao redor de si mesma. Os lábios estavam entreabertos e úmidos, os olhos cor de água do mar, sonolentos e translúcidos. Quando seu olhar se desviou da colmeia para encontrar o meu, senti uma atração quase hipnótica.

Dei um passo na direção dela. Nos ouvidos, o som forte da minha própria respiração. Natalie dava a impressão de saber como eu estava me sentindo e parecia lisonjeada. Mas rapidamente se recompôs e apanhou do chão o capuz e as luvas, quebrando o encanto do momento.

Forcei-me a dizer algo:
– Quer ver como se extrai o mel? São só dois minutos.
– Claro.

Sem mais palavras, partimos em direção ao galpão. Ao chegarmos lá, ela me entregou o capuz e as luvas, depois tirou o macacão. Fiz o mesmo e recoloquei tudo no lugar. Retirei o extrator manual da parede. Natalie veio examiná-lo, mas teve o cuidado de manter uma distância segura.

– Para colher o mel, você retira os quadros da colmeia, afasta as abelhas e coloca tudo no carrinho de mão para trazer até aqui – comecei, recuperando aos poucos o equilíbrio. – Depois, um de cada vez, põe os quadros no extrator, entre estas fendas. Gira a manivela, que as faz rodar. A força centrífuga empurra o mel e a cera para fora dos favos. – Girei a manivela, demonstrando como funcionava. – Quando o mel fica retido no galão, você encaixa um destes sacos de náilon dentro de um balde de plástico, posiciona embaixo da torneira do extrator, abre e deixa o mel escorrer para o balde. O saco de náilon recolhe a cera, mas deixa o mel passar. Depois disso, o mel vai para o pote e está pronto.

Em silêncio, Natalie examinava o resto do galpão, andando lentamente de um lado a outro, parando por fim em frente à lata de lixo. Levantando a tampa, viu as lascas e raspas de madeira; pela sua expressão, percebi que tinha entendido que o conteúdo era para uso no fumigador. Explorou a parede do fundo, inspecionando todo o equipamento, e apontou para as fileiras de potes de mel cuidadosamente rotulados.

– Tão organizado aqui!
– Sempre – concordei.
– Meu pai tem um galpão de trabalho como este – comentou ela, virando-se para me olhar outra vez. – Onde tudo tem uma função, tudo tem seu lugar.
– É mesmo?
– Ele compra rádios transístores e fonógrafos das décadas de 1920 e 1930 para consertá-los. Eu adorava ficar no galpão quando era pequena enquanto meu pai trabalhava. Ele tinha um banco alto, com encosto, e usava esses óculos que ampliam tudo. Ainda me lembro de como os olhos dele ficavam grandes. Até hoje, sempre que vou a La Grange, em geral é no galpão em que nós dois conversamos sobre a vida.
– É um hobby diferente.

– Ele acha relaxante – disse, meio nostálgica. – E se orgulha, também. Tem uma seção inteira da oficina com eletrônicos restaurados em exposição.

– Ele vende também?

Ela deu risada.

– Dificilmente. Nem todo mundo é fascinado por antiguidades eletrônicas. Ele fala em abrir um pequeno museu, anexo à farmácia, mas isso já tem anos.

– E o que sua mãe faz enquanto seu pai se distrai?

– Fica assando coisas – respondeu. – Essa é a razão de eu saber fazer uma torta maravilhosa. E ela vende o que faz na mercearia, isso quando a gente não come tudo.

– Seus pais parecem ser boas pessoas.

– Eles são – disse ela. – Se preocupam comigo.

Fiquei calado, esperando que Natalie continuasse, mas ela permaneceu em silêncio. Dei, por fim, uma deixa:

– É porque você é policial?

– Em parte – reconheceu.

Depois, como se percebendo que a conversa havia enveredado por um caminho indesejável, ela deu de ombros.

– Pais sempre se preocupam. É da natureza deles. E isso me fez lembrar que devo ir. Eles devem estar esperando por mim.

– Claro – falei. – Acompanho você até o carro.

Saímos do galpão e seguimos pelo caminho que levava à garagem. Ela tinha um Honda prateado, modelo antigo, um bom carro, que ela provavelmente pretendia manter até que parasse de funcionar. Abri a porta do lado do motorista para ela; dentro, vi sua bolsa sobre o banco do carona e um pequeno crucifixo pendurado no espelho retrovisor.

– Adorei o dia – comentou Natalie. – Obrigada.

– De nada. Também adorei – admiti.

O sol estava atrás dela, dificultando a visão de seu rosto, mas, quando pôs de leve a mão no meu braço, senti que Natalie, assim como eu, não queria que o dia terminasse ali.

– Quanto tempo você vai ficar nos seus pais?

– Não muito – respondeu ela. – Uma visita de umas duas, três horas, depois volto para casa. Trabalho amanhã cedo.

– Que tal a gente se encontrar para jantar mais tarde, quando você voltar?

Ela me examinou com atenção antes de responder, evasiva:

– Não sei bem que horas vou voltar.

– Qualquer hora está bom – falei. – Me mande uma mensagem quando estiver saindo e eu te encontro em algum lugar.

– Eu... hum...

Ela não terminou a frase, enfiando a mão no bolso para tirar a chave.

– Não gosto de sair em New Bern – disse, por fim.

Embora pudesse ter perguntado a razão, não o fiz. Em vez disso, dei um passo para trás, dando-lhe espaço.

– É só um jantar, sem compromisso. Todo mundo precisa comer.

Natalie não respondeu, mas parte de mim começou a suspeitar que ela queria aceitar meu convite. Por que estava se contendo, eu não sabia.

– Posso te encontrar na praia se for mais fácil – ofereci.

– É fora de mão para você.

– Não vou à praia desde que voltei para cá – repliquei. – Estava mesmo querendo ir.

Na verdade, não estava. Não até agora, pelo menos.

– Não sei de nenhum restaurante bom na praia – retrucou ela.

– Que tal em Beaufort então? Deve ter algum lugar de que você goste lá.

Enquanto esperava pela resposta, ela balançava as chaves.

– Tem um lugar... – começou, a voz quase inaudível.

– Qualquer lugar – reiterei.

– O Blue Moon Bistrô – disse às pressas, quase como se estivesse com medo de mudar de ideia. – Mas não pode ser muito tarde.

– Diga a hora. Eu te encontro lá.

– Que tal seis e meia?

– Perfeito.

– Obrigada outra vez pela aula de apicultura hoje.

– Foi um prazer. Adorei a companhia.

Ela deixou escapar um suspiro enquanto se sentava no banco.

– Eu também.

Fechei a porta, e ela deu partida. O motor ganhou vida, e, olhando por sobre o ombro, ela saiu de ré. Enquanto o carro se afastava, eu refletia sobre o mistério que era Natalie Masterson. Alternando entre confiante e vulnerável, reveladora e misteriosa, parecia ser uma mulher complexa.

Assim, o que tinha começado como um simples flerte agora ia se transformando em algo mais profundo, um desejo de compreender aquela mulher que eu não conseguia desvendar. Não conseguia também afastar o desejo de me conectar à verdadeira Natalie – pular o muro que ela parecia obstinada a manter entre nós – e talvez estabelecer uma relação ainda mais significativa. Até para mim, soava como uma ideia romântica que beirava o ridículo – afinal, eu nem a conhecia de verdade –, mas, ao mesmo tempo, sei o que meu avô teria dito.

Confie nos seus instintos, como as abelhas fazem.

Ao chegar à varanda, vi que Natalie se esquecera de levar os potes de mel. Deixei-os no carro, depois passei o resto da tarde na varanda dos fundos com um livro no colo, tentando não pensar em Natalie nem nos meus sentimentos, mas sem conseguir me concentrar. Em vez disso, ficava reprisando as horas que havíamos passado juntos, admitindo por fim que estava contando os minutos para vê-la outra vez.

6

O que vestir?

Normalmente, não pensaria duas vezes sobre isso, mas me peguei pesquisando o restaurante no Google para ter uma ideia do traje mais apropriado. Pelo que sabia, o Blue Moon Bistrô era requintado e aconchegante. Estabelecido numa casa histórica, as fotos mostravam piso de madeira, mesas pequenas com toalhas brancas e muita luz natural entrando pelas janelas. Poderia recorrer à calça jeans, mas, no fim, acabei me decidindo por um estilo mais clássico: calça bege, camisa social branca, blazer azul-marinho e tênis. Só precisava de um cachecol para sair por aí dizendo: *"Alguém a fim de passear de iate?"*

Levaria quase uma hora para chegar lá, mas, sem querer me atrasar, cruzei a ponte que levava a Beaufort com pelo menos 45 minutos de antecedência. A cidade ficava situada na estrada costeira e estacionei perto da orla, bem na esquina do restaurante. Vi dois cavalos selvagens pouco além da margem, pastando em um dos muitos bancos de areia que compõem o litoral da Carolina do Norte. Meu avô me contava que aqueles cavalos eram descendentes dos que sobreviveram aos naufrágios espanhóis na costa, mas quem sabia se isso era verdade?

Decidi usar o tempo extra para visitar as galerias de arte ao longo da orla. A maioria dos trabalhos era de artistas locais, retratando temas marinhos ou da arquitetura histórica de Beaufort. Em um deles, vi a pintura de uma casa onde o pirata Barba Negra teria supostamente morado; lembrava-me vagamente de que os destroços de seu navio, o *Queen Anne's Revenge*, fora descoberto na enseada de Beaufort. O dono da galeria confirmou minhas reminiscências, embora admitisse que havia alguma incerteza em torno do tema. Os destroços mostravam que o tamanho correspondia ao do navio desaparecido, e os canhões encontrados no fundo do oceano eram do mesmo período, mas não havia qualquer indicação do nome do navio. Não era como abrir o porta-luvas e pegar o documento, e em trezentos anos, o oceano pode causar muitos danos.

Dirigindo-me outra vez à beira-mar, notei que o sol estava se pondo devagar, lançando um prisma dourado sobre a água. Meu avô costumava chamar isso de "luz celestial", e sorri recordando-me de todas as vezes que ele me trouxera para passar a tarde na praia, com direito a sorvete de casquinha em Beaufort e tudo. Até hoje me impressiono com a quantidade de tempo que ele conseguia reservar para mim sempre que eu vinha visitá-lo. Peguei-me outra vez pensando em sua estranha viagem a Easley, meu último encontro com ele e suas últimas e incompreensíveis palavras para mim.

Vai embora...

Afastei esses pensamentos. Àquela altura, já eram quase seis e meia, então me encaminhei para o bistrô, perguntando-me se ela realmente apareceria. Na mesma hora, vi o carro de Natalie estacionando perto do meu SUV. Fui até lá, alcançando o veículo justo quando Natalie saltava.

Ela estava usando um vestido florido sem manga, de gola alta, que acentuava sua silhueta, e botas de cano médio e salto pretas, com um suéter pendurado no braço. Uma fina corrente de ouro no pescoço brilhava na luz do entardecer. Quando se esticou para pegar a bolsa, notei como cada movimento seu era gracioso. Os braços e as pernas eram esbeltos e torneados, moldando de maneira irresistível o tecido fino do vestido.

Fechando a porta do carro, ela tomou um susto quando se virou.

– Ah, oi – falou. – Não estou atrasada, estou?

– Na verdade, está alguns minutos adiantada – respondi. – Você está linda.

Ela ajeitou o fino colar, como se para ter certeza de que o... camafeu?, medalhão?... estava oculto.

– Obrigada. Você também acabou de chegar?

– Cheguei um pouco mais cedo. Como foi a visita aos seus pais?

– O de sempre. – Ela soltou um suspiro. – Quando está na praia, meu pai gosta de ficar lendo na varanda. Minha mãe vem redecorando aos poucos a casa desde que a compraram e estava ansiosa para me mostrar como ficou o quarto de hóspedes. Eu amo os dois, mas às vezes ficar com eles parece aquele filme *Feitiço do tempo*, em que todo dia é igual.

Apontei com a cabeça em direção ao restaurante.

– Vamos?

– Vou colocar o suéter primeiro. Está um pouco frio hoje, não acha? – Ela estendeu a bolsa. – Pode segurar um segundo?

Enquanto vestia o agasalho, perguntei-me se ela não estaria se sentindo constrangida por causa do vestido, aquela adorável peça reveladora. Eu não estava sentindo o menor frio.

Ajeitando o suéter, pegou a bolsa de volta e atravessamos a rua juntos. Havia poucas pessoas circulando; a cidade era ainda mais pacata que New Bern.

– Quando foi a última vez que você comeu no Blue Moon Bistrô?

– Já tem um tempo – respondeu ela. – Um ano e meio, talvez.

– Por que tanto tempo?

– A vida. O trabalho. Os compromissos. Se eu não estiver visitando meus pais, é meio fora de mão. No geral, prefiro passar a noite em casa.

– Você nunca sai com os amigos?

– Não muito, na verdade.

– Por que não?

– A vida. O trabalho. Os compromissos – repetiu ela. – Como ainda sou nova no trabalho, meu horário muda muito. Às vezes, trabalho de dia; outras vezes, à noite, e isso está sempre mudando. Programar encontros com os amigos acaba se tornando um desafio.

– Isso não é nada bom – comentei.

– Eu sei – concordou ela. – Mas é o que paga as contas. E sou muito responsável.

– Sempre?

– Tento ser.

– Isso é ruim.

– Não, não é.

– Peço licença para discordar – falei. – No final, as pessoas geralmente se arrependem das coisas que não fizeram, e não das que fizeram.

– Quem disse isso? – zombou ela.

– O senso comum?

– Jura?

– Meu psiquiatra?

– Ele disse mesmo isso?

83

– Não, mas sei que diria. É um cara muito inteligente.

Ela riu, e notei como a postura de Natalie estava diferente, comparada à da noite em que a tinha conhecido. Era quase como se o uniforme transformasse sua personalidade. Mas percebi depois que o mesmo se aplicava a mim. Com jaleco ou roupa cirúrgica, eu era uma pessoa; vestido de iatista, era outra.

Quando chegamos ao restaurante, uma jovem nos cumprimentou. Cerca de metade das mesas estava ocupada. Ela tirou dois cardápios do estande e mostrou o caminho até uma mesa pequena perto de uma das muitas janelas. Enquanto andava, eu ouvia o piso ranger de velhice e história.

Puxei a cadeira para Natalie e me sentei de frente para ela. Pela janela, a vista não oferecia muito: só uma casa histórica do outro lado da rua. Nada de vista para o mar, um possível pôr do sol ou cavalos selvagens. Como se lesse meus pensamentos, ela se inclinou sobre a mesa.

– É antiquado, mas a comida é muito boa – disse ela. – Pode confiar.

– Alguma dica?

– Tudo do cardápio é ótimo – garantiu ela.

Assenti e, após abrir o guardanapo no colo, examinei as opções. Então me lembrei do que havia deixado no carro.

– Você se esqueceu de levar os potes de mel.

– Percebi assim que cheguei em casa.

– De qualquer forma, trouxe para você. Me lembre quando a gente for embora.

A garçonete chegou para perguntar o que iríamos beber. Pedimos chá gelado e água. Quando ficamos sozinhos de novo, tentei não encará-la, ignorar o halo resplandecente de seu cabelo à luz das velas emoldurando os traços delicados e os olhos de cor incomum. Em vez disso, dediquei-me a saber mais sobre ela, ávido por detalhes do passado e de tudo que moldou a pessoa que havia se tornado.

– Então seu pai conserta aparelhos eletrônicos antigos, sua mãe faz tortas e decoração – resumi. – E seus irmãos? O que pode me contar sobre eles?

Ela deu de ombros.

– Os dois estão muito distraídos com meus sobrinhos agora – respondeu. – Os bebês estão começando a andar, então dá para imaginar o desespero. Ambos têm dois filhos com menos de 3 anos. Mesmo comparando comigo, eles não têm nenhuma vida pessoal.

– E você?

– Já te contei sobre minha vida.

Algumas coisas, mas não tudo.

– Como você era na infância?

– Não tem nada de emocionante para contar. Sempre fui muito tímida, embora gostasse de cantar – explicou ela. – Mas muitas garotas gostam de cantar, e eu não fiz nada com isso. Meio que desabrochei no ensino médio e finalmente consegui escapar da sombra dos meus irmãos mais velhos. Ganhei o papel principal no musical da escola, fiz parte do comitê do anuário, até joguei futebol.

– Temos isso em comum – comentei. – A música e o futebol.

– Eu me lembro. Mas não acho que era tão boa quanto você em nenhum dos dois. Jogava futebol mais para passar tempo com minhas amigas. Comecei quando já era veterana e acho que só marquei um gol em toda a temporada.

Escolhi rapidamente tomates verdes fritos de entrada e atum como prato principal, pondo o cardápio de lado.

– Você fez o ensino médio em La Grange?

– La Grange é muito pequena e não tem uma escola de ensino médio, então acabei indo para a Salem Academy. Já ouviu falar? – Fiz que não com a cabeça e ela continuou: – É um colégio interno para meninas em Winston-Salem. Minha mãe e minha irmã mais velha, Kristen, estudaram lá. Meu irmão foi para Woodberry Forest, na Virgínia. Meus pais levavam a educação muito a sério, mesmo que isso significasse mandar a gente para um colégio interno.

– Você gostava?

– No início, não. Mesmo minha irmã estando lá, sentia saudade de casa e minhas notas eram horríveis. Acho que durante meses chorei até dormir. Mas acabei me acostumando. Quando me formei, já adorava aquilo lá e ainda mantenho contato com algumas amigas. Ter estudado fora me ajudou ao entrar para a Universidade da Carolina do Norte. Já estava habituada a viver sem meus pais quando fui morar no alojamento, o que acabou facilitando a transição. Mas não tenho certeza se faria o mesmo com meus próprios filhos. Quer dizer, se algum dia eu tiver. Acho que sentiria muita falta deles.

– Você quer ter filhos?

Ela demorou um pouco a responder.

– Talvez – respondeu, por fim. – Não agora. Pode ser que nunca aconteça. O futuro é uma incógnita, certo?

– Acho que sim.

Ela pôs o cardápio sobre o meu na beirada da mesa. Vi seus olhos pousarem sobre minha mão acidentada. Em vez de escondê-la, abri os dedos remanescentes.

– Estranha, não é? – comentei.

– Não – disse, balançando a cabeça. – Desculpe. Não foi educado olhar...

– É compreensível. Mesmo já estando acostumada a ela, ainda acho que é estranha. Mas perder os dedos ainda é melhor do que perder a orelha.

Diante do olhar perplexo, apontei para a lateral da cabeça.

– Esta não é de verdade – falei. – É uma prótese.

– Eu não notaria se você não tivesse contado.

– Não sei por que falei.

Mas eu sabia. Por mais que quisesse conhecê-la, queria também que me conhecesse de verdade; queria descobrir se poderia ser completamente sincero com ela. Natalie ficou em silêncio por um instante e pensei que fosse mudar de assunto, ou até pedir licença para ir ao banheiro. Em vez disso, surpreendeu-me ao seguir gentilmente com o dedo o caminho dos tocos desfigurados da minha mão. O toque foi elétrico.

– A explosão deve ter sido... terrível – comentou, a ponta do dedo ainda sobre minha pele. – Venho pensando nisso desde que me contou. Mas você não deu nenhum detalhe. Gostaria de saber mais, se não se importar em falar.

Apresentei uma versão condensada da história: a explosão aleatória do morteiro após eu ter saído do prédio, um instante súbito de calor e abrasamento e depois mais nada até acordar após as primeiras cirurgias. Os voos para a Alemanha e depois de volta para os Estados Unidos, a série de operações adicionais e a reabilitação no Walter Reed e na Johns Hopkins. A certa altura, enquanto eu falava, ela retirou a mão da minha, mas, mesmo após eu terminar, ainda podia sentir a eletricidade de seu toque.

– Sinto muito que você tenha passado por isso tudo – disse ela.

– Se pudesse voltar no tempo, eu sairia do hospital alguns minutos antes ou depois. Mas não posso. Quanto ao presente, estou tentando seguir em frente de forma positiva.

– Aposto que seus pais têm muito orgulho de você.

Eu sabia que devia contar o que havia acontecido a eles de forma evasiva, sem entrar em detalhes, mas, da forma como Natalie estava me olhando, percebi que não queria mais guardar essa história dentro de mim.

– Meus pais morreram um mês antes de eu me formar na faculdade. Estavam fazendo uma viagem para Martha's Vineyard, algum evento social político provavelmente sem sentido no final das contas. Um cliente tinha fretado um voo, mas eles nunca chegaram. O avião caiu na Virgínia menos de cinco minutos depois de decolar.

– Ah, meu Deus. Que horror!

– Sim, foi um horror – concordei. – Um dia eles estavam aqui e no outro tinham partido. Fiquei arrasado. A coisa toda pareceu surreal, e às vezes ainda parece. Eu tinha 22 anos, mas me sentia mais adolescente que adulto. Ainda me lembro de quando meu comandante entrou no meio de uma aula e me pediu para que fosse até a sala dele para me contar.

Hesitei, as recordações ainda muito vívidas.

– Como eu já tinha terminado a maioria dos cursos, a Academia me deu uma licença para organizar o funeral, e isso me pareceu ainda mais surreal. Meu avô veio ajudar, mas, mesmo assim... Precisei procurar uma funerária, escolher um caixão, um vestido para minha mãe, um terno para meu pai, e imaginar de que tipo de cerimônia eles gostariam. Tinha falado com eles dias antes por telefone.

– Ainda bem que seu avô estava com você.

– Precisávamos um do outro, sem sombra de dúvida. Ele já tinha perdido a esposa, e agora acabava de perder a única filha. Voltamos de carro para New Bern depois da cerimônia, e acho que nenhum de nós dois disse uma palavra a viagem inteira. Só depois que chegamos à casa dele é que conseguimos conversar, e derramamos muitas lágrimas. Foi muito triste pensar em todas as coisas que eles nunca teriam chance de fazer, ou no que seria do meu futuro sem eles.

– Não consigo imaginar perder meus pais assim.

– Às vezes nem eu mesmo consigo. Já faz dez anos, mas tem momentos em que ainda parece que posso pegar o telefone e ligar para eles.

– Não sei o que dizer.

– Ninguém sabe. É difícil. Quem se torna órfão aos 22 anos? Não existem muitas pessoas que tiveram que lidar com uma coisa dessas.

Natalie olhou para outro lado, como se ainda estivesse processando o que eu dissera, justo quando a garçonete chegou para anotar nossos pratos. Sem prestar muita atenção, ela pediu uma salada de beterraba e pargo, e eu, o que já havia escolhido. Quando a garçonete se afastou, Natalie me olhou.

– Quando eu era criança, minha melhor amiga morreu. Sei que nem se compara, mas me lembro de como foi terrível.

– O que aconteceu?

– Tínhamos 12 anos na época. Ela morava a duas casas da minha, e seu aniversário era só uma semana antes do meu. Nossos pais eram amigos, e crescemos muito unidas. Fomos para a mesma escola, éramos da mesma turma, fazíamos até aula de dança juntas. Na época, acho que eu era mais próxima de Georgianna do que dos meus irmãos. Quando não estávamos juntas, falávamos ao telefone o tempo todo. Um dia, voltamos caminhando da escola. Estávamos falando de um garoto chamado Jeff, que Georgianna achava bonitinho, e ela se perguntava se ele gostava dela também. Nós nos despedimos na porta da minha casa, e me lembro de dar um abraço nela. Sempre nos abraçávamos. Mais ou menos uma hora depois, ela quis tomar um sorvete e resolveu ir até a loja de conveniência, que ficava a uns três quarteirões dali. Foi atropelada por um motorista bêbado e morreu.

Pela sua expressão, dava para ver que revivia aquele momento, e fiquei em silêncio. Quando percebeu por fim que eu não tinha reagido, Natalie balançou a cabeça.

– Como falei, não é a mesma coisa que perder os pais.

– Mas eu nunca perdi meu melhor amigo quando era garoto. Lamento sua perda.

– Obrigada. – Depois, exibindo uma animação um pouco forçada, acrescentou: – Mas olhe só para nós. A conversa não podia estar mais depressiva!

– Prefiro achar que estamos sendo honestos um com o outro.

– Mesmo assim, não é o melhor assunto para um jantar.

– Sobre o que gostaria de conversar?

– Qualquer coisa.

– Tudo bem – falei. – O que mais você tem para me contar sobre sua infância? Coisas boas, claro.

– Tipo o quê?

– Teve algum animal de estimação? – Quando ela pareceu desconfiada, acrescentei: – Só estou tentando ter uma ideia de como você era.

– Tivemos um cachorro e um gato a maior parte da minha infância. Se chamavam Fred e Barney.
– Dos *Flintstones*?
– Exatamente.
– E as viagens de família?
– Viajávamos o tempo todo – respondeu ela. – Íamos à Disney World a cada dois anos, esquiávamos na Virgínia Ocidental ou no Colorado e alugávamos uma casa em Outer Banks duas semanas por ano. Meus avós de um lado moravam em Charlotte e do outro, perto de Boone, então íamos visitá-los também. Havia muitos passeios longos de carro e eu não curtia muito... mas hoje penso que isso ajudou a estreitar os laços de família.
– Parece maravilhoso.
– E era – retrucou ela, aparentemente ficando mais confortável com as confidências. – Não tenho do que reclamar de nossa vida em família.
– Não conheço muitas pessoas que podem dizer isso. Achava que todo mundo tinha problema com os pais.
– Não estou dizendo que eles eram perfeitos, mas foi mais fácil para mim e meus irmãos porque eles se davam muito bem. Considerando que trabalhavam juntos o dia todo e depois iam juntos para casa, é de se pensar que fossem ficar cansados um do outro. Mas meu pai ainda é louco pela minha mãe, e ela o idolatra. Dávamos muita risada em casa, e jantávamos junto toda noite.

Sorri, admirando-me de como nossa infância tinha sido diferente.
– O que levou você a escolher a Universidade da Carolina do Norte depois que terminou o ensino médio?
– Foi onde meu pai estudou – respondeu. – Minha mãe foi para Meredith, que é uma faculdade só de garotas em Raleigh. Mas, depois da Salem Academy, eu queria uma instituição mista, pública, grande. Sabia que meu pai ficaria feliz. Na verdade, todos nós, meu irmão e minha irmã, fomos para a Universidade da Carolina do Norte. Éramos fãs de carteirinha do time de lá, Wolfpack. Até minha mãe se converteu. Meu pai tem cadeiras cativas para a temporada de futebol americano e organizamos sempre uma caravana em família uma ou duas vezes por ano. Meus pais vão a todos os jogos na cidade.
– E foi onde você conheceu o cara que te trouxe para New Bern, certo?
– Mark – disse ela, sem acrescentar mais nada.

– Você o amava?

– Sim – respondeu, baixando os olhos. – Mas não quero falar sobre ele.

– Tem todo o direito. Acho que já tenho uma ideia boa de quem você é, mesmo sem essa parte da sua vida.

– Tem, é?

– Um pouco.

– O que está te deixando confuso?

– Ainda não sei por que resolveu ser policial. Acho que tem mais jeito de professora ou enfermeira. Talvez contadora.

– Devo ficar ofendida?

– Não estou dizendo que não é durona o bastante. Acho que é porque me parece inteligente, cuidadosa e atenciosa. É uma coisa boa.

Natalie me examinou atentamente por um segundo.

– Já expliquei que meio que caí de paraquedas nisso. Mas, quanto a ter jeito de enfermeira, ouço muito isso, embora não saiba por quê. Para mim, hospitais... são... – Ela hesitou. – São deprimentes. Odeio hospitais. Além disso, não gosto de ver sangue.

– Mais uma razão para não estar na sua profissão.

– Pensei que já estava claro que não me envolvo em tiroteios a cada plantão.

– Mas, caso se envolvesse, não haveria problema. Já que é ótima atiradora.

– Meu apelido é Olho de Lince – retrucou ela, dando uma piscadela. – Pelo menos na minha cabeça.

A garçonete voltou com o couvert, desculpando-se por não ter trazido antes. Peguei um pedaço de pão e passei manteiga. Natalie fez o mesmo.

Enquanto comíamos, a conversa continuou fluindo, com a facilidade típica de pessoas que se conheciam havia muito mais tempo. Conversamos sobre as abelhas e as colmeias, trocamos recordações de nossas experiências na faculdade, falamos da vida na cidade pequena em comparação com a vida na cidade grande, conversamos sobre a Marinha, as atrações favoritas da Disney e um pouco sobre meus pais e meu avô. Mencionei até aquela estranha viagem a Easley e suas últimas palavras.

Quando a garçonete trouxe os pratos principais, a comida estava tão deliciosa quanto Natalie tinha prometido. Mesmo sendo distante, voltaria ao lugar com o maior prazer. Especialmente se fosse com ela.

Embora nossa afinidade continuasse ao longo de todo o jantar, nunca avançou para o território do flerte – era difícil dizer se Natalie sentia algum interesse romântico por mim. Eu não tinha dúvida de que ela estava gostando do jantar e da companhia. Mas se iria querer jantar comigo outra vez, não fazia ideia.

No entanto, não conseguia me lembrar da última vez em que havia tido uma noite tão agradável. Não era só porque Natalie dissera as coisas certas quando lhe contei sobre meus pais ou porque me confidenciara a perda da amiga na infância. Percebi que eu admirava o valor que ela dava a certas coisas – família, educação, amizade e bondade, entre outras –, e ficou claro que tinha dificuldades em relação a determinadas questões que encarava regularmente no trabalho – dependência química, violência doméstica, brigas de bar. Ela admitiu que isso às vezes a deixava agitada e sem conseguir dormir após o fim de um plantão.

– Por que não pede demissão? – perguntei, por fim. – Você tem diploma e experiência profissional. Tenho certeza de que vai encontrar outra coisa.

– Talvez – concordou ela. – Mas, por enquanto, acho que é melhor continuar onde estou.

– Porque você quer fazer a diferença?

Natalie tocou na corrente fina de ouro que trazia ao pescoço.

– Claro, mas vamos mudar de assunto.

Nenhum de nós estava a fim de sobremesa, mas pedimos café. Um pouco de cafeína ajudaria na volta para New Bern. Enquanto ela mexia a colher na xícara, percebi que, além de falar de trabalho e família, havia contado pouco sobre si mesma desde que chegara à cidade, anos antes. Na verdade, não tinha dito praticamente nada sobre sua vida ali.

Talvez ela não achasse tão interessante assim. Mas, enquanto eu analisava esses fatos, Natalie olhava pela janela. Por causa das luzes do restaurante, eu tinha uma visão de seu perfil refletido no vidro. E, naquele momento, notei que, em vez de pensar na noite que acabávamos de passar juntos, ela estava com outra coisa na cabeça.

Algo que a entristecia.

Como sou antiquado e a convidei, paguei a conta. Ela me deixou fazer isso com um gracioso "Obrigada".

A noite tinha esfriado enquanto caminhávamos até nossos carros. O céu estava claro, com um borrifo de estrelas e a Via Láctea iluminando o caminho em direção ao horizonte. As ruas se encontravam vazias, mas, dos restaurantes da orla, eu ouvia o burburinho difuso de conversas e copos tilintando. As ondas batiam gentilmente contra o quebra-mar.

Ainda não estava tão tarde e cheguei a pensar em sugerir que nos sentássemos na varanda do restaurante, com sua vista gloriosa, mas tinha quase certeza de que Natalie iria declinar. Até aquele momento, ainda não havíamos tomado uma taça de vinho juntos, não que isso fosse importante. Era apenas mais uma característica interessante dos instantes que compartilhávamos.

– Eu estava pensando sobre o que você me contou antes – disse ela, por fim. – Sobre seu avô.

– Que parte?

– A última viagem dele e o fim no hospital – respondeu ela. – Tem certeza de que ele nunca mencionou Easley antes?

– Para mim, não. Claude não sabe de nada também, mas ainda não falei com o pai dele.

– Então, até onde você sabe, ele poderia estar a caminho de outro lugar – observou Natalie.

Àquela altura, havíamos chegado à orla. Ela parou, seus olhos procurando os meus. Uma mecha de cabelo dourado caiu sobre seu rosto, e fiquei tentado a colocá-la atrás de sua orelha. Sua voz rompeu meu devaneio:

– Já pensou em tentar encontrar a caminhonete?

– Não, por quê?

– Pode ter alguma coisa na cabine – explicou ela. – Talvez um itinerário, o nome da pessoa que ele ia visitar ou até do lugar aonde estava indo. Anotações, mapas, qualquer coisa.

Antes mesmo de ela terminar de falar, perguntei-me por que não tinha pensado nisso antes. Mas eu não era policial nem fã de livros de suspense. Talvez fosse por isso.

– Tem razão. Mas como eu encontraria a caminhonete?

– Eu começaria pelo hospital. Deve haver um registro de onde a ambulância o pegou. Dependendo de onde for, a caminhonete ainda pode estar por lá. Ou ter sido rebocada. Mas pelo menos você teria um ponto de partida.

– Ótima ideia – concordei. – Obrigado.

– De nada. – Ela assentiu. – Não se esqueça de me atualizar. Também estou interessada.

– Claro. Mas, falando nisso, não tenho seu celular. Seria bom, caso eu precise ligar.

Ou caso *quisesse* ligar, o que era mais provável.

– Ah – falou Natalie, e fiquei com a impressão de que não sabia bem o que achava daquilo.

Sem querer lhe dar muito tempo para pensar, peguei meu telefone e abri a lista de contatos. Após um instante, ela o pegou – com óbvia relutância – e digitou o número antes de devolvê-lo para mim.

– Tenho que ir – anunciou. – Amanhã começo bem cedo no trabalho e ainda preciso lavar roupa.

– Sem problema – repliquei. – Também tenho um dia cheio amanhã.

– Mais uma vez, obrigada pelo jantar.

– De nada. Foi um prazer poder conhecer você melhor.

– Sim. Foi legal.

Legal? Não era exatamente a descrição que eu esperava.

– Ah, o mel.

Tirei os potes do carro e os entreguei a Natalie, sentindo um choque quando nossos dedos se esbarraram. Lembrei-me do modo como tocara mais cedo minha cicatriz. Eu queria beijá-la, mas ela deve ter lido meus pensamentos e deu um passo para trás. No espaço que de repente se criou entre nós, detectei uma energia, como se ela também tivesse tido vontade de me beijar. Talvez eu estivesse imaginando coisas, mas acho que percebi um toque de arrependimento em seu sorriso de despedida.

– Obrigada por isso também – disse ela. – Meu mel está quase acabando.

Natalie se virou e caminhou até o carro. Enquanto a observava partir, tive uma ideia e tirei o telefone do bolso outra vez. A tela ainda estava na página de contatos, e liguei para seu número. Alguns segundos depois, ouvi o som débil de um telefone começando a tocar. Ela enfiou a mão na bolsa, viu o número e me deu uma olhada por cima do ombro.

– Só para conferir – falei.

Ela revirou os olhos antes de entrar no carro. Acenei quando passou perto e ela retribuiu o gesto antes de pegar a estrada que a levaria de volta a New Bern.

Sozinho, fui até a amurada ver o oceano cintilando ao luar. A brisa estava forte, refrescando a noite, e virei o rosto para senti-la, pensando na relutância de Natalie em me beijar. Teria a ver com sua hesitação anterior em aparecer comigo em público? Será que se preocupava realmente com bisbilhotices de cidade pequena, mesmo a essa distância de New Bern?

Ou já estaria saindo com alguém?

7

Eu não estava mentindo para Natalie quando disse que segunda-feira seria um dia cheio para mim. Na maioria dos dias eu tinha tempo de ficar à toa antes de descansar um pouco e depois ficar à toa outra vez, mas às vezes as responsabilidades da vida se intrometiam, mesmo eu não precisando bater ponto nem dar as caras em um hospital ou consultório. Para começar, já estávamos praticamente em meados de abril e eu ainda não tinha declarado o imposto de renda.

Os documentos estavam esperando havia semanas num envelope entregue pelos correios. Eu usava o mesmo escritório de contabilidade de que meus pais tinham sido clientes, inicialmente porque não sabia nada de finanças e, em segundo lugar, porque imaginava que a mudança traria complicações desnecessárias à minha vida, quando as coisas já estavam suficientemente atribuladas. Honestamente, pensar sobre dinheiro me aborrece, talvez porque nunca tive que me preocupar com isso.

Meus impostos eram complicados por causa dos vários fundos e investimentos que herdara de meus pais, alguns dos quais haviam sido custeados com mais seguros de vida do que eles precisavam. Entretanto, toda vez que via meu patrimônio líquido – os contadores preparavam meticulosos balancetes todo mês de fevereiro –, perguntava-me por que, afinal, insistira tanto em me tornar médico. Não foi por causa do dinheiro. Os rendimentos que recebia anualmente eram muito maiores do que jamais receberia com meu trabalho, mas acho que algo dentro de mim almejava a aprovação de meus pais, mesmo que eles não estivessem mais vivos.

Quando me formei na faculdade de medicina, imaginei-os aplaudindo na plateia; via os olhos de minha mãe se enchendo de lágrimas enquanto meu pai irradiava orgulho diante de uma tarefa bem-feita. Naquele momento, entendi com clareza que preferiria que meus pais estivessem vivos a ter recebido a herança generosa que me deixaram. Quando meus demonstrativos chegam pelo correio todo ano, funcionam como um lembrete dessa perda, e muitas vezes estou assoberbado demais para sequer examiná-los.

Mesmo tendo tentado explicar a Natalie durante o jantar, sabia que não fora capaz de encontrar palavras para expressar de forma adequada a perda e o sofrimento que sentia. Como filho único, não havia perdido apenas meus pais; perdera minha família nuclear também. Ao longo dos anos, comecei a acreditar que família é como sombra em um dia de sol, sempre lá, nas nossas costas, seguindo-nos em espírito, não importa onde nos encontremos ou o que estejamos fazendo. Está sempre conosco. Graças a Deus tive meu avô para cumprir em parte esse papel, como tantos outros quando era mais jovem. Depois de sua morte, no entanto, os dias ficaram interminavelmente nublados, e, quando olho para trás, não vejo mais nada. Sei que há outros na minha situação, mas isso não faz com que eu me sinta nem um pouco melhor. Só me faz pensar que nenhuma sombra os segue também; que eles, como eu, sentem-se muitas vezes completamente sozinhos.

Refletir sobre isso tudo me fazia reconsiderar a venda da propriedade de meu avô. Embora dissesse a mim mesmo que viera a New Bern a fim de preparar o local para o corretor de imóveis, aquela casa era a única ligação que restara com minha mãe e meu avô. Por outro lado, se não a vendesse, o que iria fazer com ela? Não dava para simplesmente largar tudo e trancá-la – alguém poderia acabar arrombando outra vez. Mas também não sabia se deveria alugá-la, porque não queria estranhos arruinando o encanto peculiar do local. No quarto em que eu dormia quando criança, havia marcas a lápis na porta do armário, onde meu avô registrara minha altura de tempos em tempos, ao lado daquelas que tinha feito para minha mãe. Eu não estava disposto a contemplar a ideia de que alguém poderia apagar aquela história com uma simples demão de tinta. O apartamento em Pensacola fora apenas um local onde eu havia morado; esta casa, a casa de meu avô, carregava vestígios de recordações profundas, era um local em que o passado continuaria sussurrando enquanto eu quisesse ouvir.

Sabendo que tinha muito a fazer, dei uma corrida razoavelmente decente, tomei uma ducha e uma xícara de café. À mesa, examinei os documentos enviados pelos contadores. Como de costume, havia uma carta com um resumo explicando tudo de que eu precisava saber e pequenas etiquetas colocadas sobre os vários formulários indicando onde deveria assinar. Meus olhos começaram a cansar na trigésima segunda assinatura, o que era normal, e tomei mais duas xícaras de café antes de, por fim, colocar os documentos em seus envelopes pré-endereçados. No meio da manhã, estava na fila do correio certificando-me de que tudo recebesse o carimbo postal antes de voltar para casa e enviar um e-mail para os contadores avisando-os de que minha parte estava feita.

O próximo item na lista de coisas a fazer eram as abelhas. Após vestir o mesmo traje do dia anterior, coloquei o equipamento de que precisava no carrinho de mão. Depois, fiz a coleta das caixas rasas e verifiquei os exclusores de rainha. Torci para que não fosse tarde demais. Sem o exclusor, a rainha poderia voar para longe em busca de uma colmeia nova, levando o enxame todo com ela. Foi o que aconteceu no Brasil, em 1957, após cientistas criarem abelhas-africanizadas, também conhecidas como abelhas assassinas, achando que prosperariam no clima tropical. Um apicultor visitante, achando que os exclusores de rainha estivessem prejudicando o movimento das abelhas dentro das colmeias, removeu-os, e 26 abelhas-rainhas, junto com seus enxames, escaparam, seguindo para o norte, acabando por chegar aos Estados Unidos.

Empurrei o carrinho pelo mesmo caminho que tinha percorrido no dia anterior, pretendendo trabalhar da esquerda para a direita. Quando me posicionei, olhei na direção da rua e vi Callie caminhando pela calçada, provavelmente a caminho do Trading Post. Como das outras vezes em que a observara, a garota seguia de cabeça baixa e arrastava os pés no que parecia ser uma determinação carrancuda.

Dirigindo-me até o limite do terreno, levantei a mão em um cumprimento.

– Indo para o trabalho?

Minha aparição súbita deve tê-la assustado, porque se deteve.

– Você de novo?

Foram as mesmas palavras que Natalie dissera no parque à beira do rio, e me dei conta de que Callie era igualmente misteriosa e fechada.

– Sim, eu de novo. – Depois, dando-me conta de que estava vestindo o macacão de apicultor, apontei para as colmeias – Preciso fazer alguns ajustes para que as abelhas continuem felizes.

Ela continuou me olhando com desconfiança. Quando cruzou os braços, notei um hematoma perto do cotovelo.

– São abelhas. Não sabem cuidar de si mesmas?

– Está certa – admiti. – Não são como o gato Termite, que você precisa alimentar, mas mesmo assim necessitam de um pouco de cuidado de vez em quando.

– Elas gostam de você?

– Quem? As abelhas?

– Sim, as abelhas.

– Não sei. Mas são legais comigo.

– Você está usando macacão. Nunca vi seu avô usando.

– Ele era mais corajoso que eu.

Pela primeira vez desde que a conhecera, ela abriu um sorriso tímido.

– O que você queria?

– Nada. Vi você passando e quis dar um oi.

– Por quê?

Por quê? Não esperava aquela pergunta e, por um momento, não consegui encontrar uma resposta.

– Para ser um bom vizinho, acho.

Seu olhar era penetrante.

– Não somos vizinhos – disse ela. – Eu moro bem mais para lá.

– Tem razão.

– Preciso ir. Não quero chegar atrasada no trabalho.

– Tudo bem. Também não quero que você chegue atrasada no trabalho.

– Então por que me parou para conversar?

Pensei que já tivesse respondido a isso com minha teoria do bom vizinho, mas, pelo jeito, não. Porém, sentindo que Callie queria terminar a conversa o mais brevemente possível – como Natalie na feira; as duas eram semelhantes em temperamento –, dei um passo para trás em direção ao carrinho de mão.

– Por nada – respondi. – Espero que tenha um bom dia.

Ela esperou até que eu tivesse me afastado alguns passos para retomar a caminhada. E, embora não me virasse para conferir, sabia que Callie não lançaria um olhar sequer em minha direção. Não que eu me importasse.

Coloquei o capuz e as luvas, depois empurrei o carrinho para mais perto da primeira colmeia. Acendi o fumigador, usando-o apenas para acalmar as abelhas, e esperei um minuto antes de remover as duas tampas. Inseri o exclusor de rainha no alto da câmara superior, então acrescentei a caixa rasa e recoloquei as tampas. Fiz o mesmo com a segunda, a terceira e a quarta colmeias. Recarreguei o carrinho várias vezes, imerso na rotina e recordando meu avô, até ter tratado todas as colmeias.

Felizmente, as rainhas ainda estavam por lá – alimentando-se e pondo ovos, fazendo sua parte – e consegui terminar em menos de três horas. A essa altura, já estava na hora do almoço e, considerando que minha manhã fora excessivamente produtiva, decidi me presentear com uma cerveja para acompanhar meu sanduíche.

Às vezes, é tudo de que precisamos.

Depois do almoço, havia mais duas coisas na minha agenda que eu julgava importantes para minha paz de espírito.

Natalie estava certa sobre eu ter grandes chances de encontrar respostas na caminhonete de meu avô. Também foi inteligente ao sugerir que eu ligasse para o hospital primeiro. De acordo com as informações, ele fora socorrido em outro município. Encontrei o telefone na internet e falei com uma senhora mais velha, de sotaque forte, que não fazia a menor ideia de como ajudar. Após idas e vindas por uns dois minutos – além do sotaque, era inacreditavelmente lenta ao falar –, ela mencionou, por fim, o nome de um dos administradores do hospital e se propôs a me transferir para ele. Enquanto a senhora fazia isso, por infelicidade, a ligação caiu.

Liguei outra vez, pedi que me transferissem diretamente para o administrador e caí numa caixa postal. Deixei nome, número, uma mensagem rápida e solicitei que retornasse.

Por causa da experiência que tivera com a primeira senhora, não estava muito certo se receberia ou não retorno. Ainda assim, senti como se tivesse dado o primeiro passo para descobrir as respostas de que precisava.

Nas várias fases de minha vida – ensino médio, Academia Naval, faculdade de medicina, residência e Marinha –, fiz amizade com algumas pessoas extraordinárias. Em cada uma dessas fases, fiquei particularmente íntimo de um pequeno círculo de indivíduos, e imaginava que as coisas permaneceriam as mesmas para sempre. Porque andávamos juntos na época, pensava eu, andaríamos juntos para sempre.

Mas, como acabei aprendendo, amizades não são assim. As circunstâncias mudam, as pessoas também. Os amigos ficam mais velhos, se mudam, casam e têm filhos; outros se tornam médicos, são enviados para o Afeganistão ou suas carreiras vão para o saco. Com o passar do tempo, quando se tem sorte, alguns – ou apenas uns dois – permanecem de cada uma dessas fases. Tive sorte; ainda tenho alguns amigos da época do ensino médio e, mesmo assim, surpreendo-me às vezes pensando por que algumas pessoas ficam na vida da gente enquanto outras vão embora. Não tenho outra resposta para isso a não ser que a amizade é uma via de mão dupla. As duas pessoas precisam querer investir nela a fim de mantê-la viva.

Estou mencionando isso porque às vezes me pergunto se devo considerar o Dr. Bowen um amigo. Em alguns aspectos, sim. Conversamos toda semana e ele me conhece melhor do que ninguém. É a única pessoa que sabe quão verdadeiramente contemplei a ideia de suicídio após meus ferimentos – todo dia, se alguém tem curiosidade – e que me sinto muito deprimido todos os anos no dia em que o avião em que meus pais estavam caiu. Sabe quantas horas consigo dormir, quantas cervejas tomo ao longo da semana e a dificuldade que costumava ter para controlar a raiva em situações em que eu deveria apenas revirar os olhos e seguir em frente.

Uma vez, cerca de nove meses antes, eu estava na fila do caixa na loja de decoração Home Depot quando o caixa ao lado ficou livre. O funcionário disse que atenderia "o próximo da fila", que era eu, mas o cara atrás de mim se adiantou. Nada de mais, certo? Talvez um motivo de irritação, mas que importância tinha? Perder alguns poucos minutos num dia em que não estava fazendo nada? A questão é que isso não deveria ter me perturbado, mas perturbou. Primeiro fiquei incomodado, depois zangado e então, enquanto a emoção continuava a crescer, furioso. Fixei a parte de trás de sua cabeça emitindo raios mortais e acabei seguindo-o para fora da loja. Vendo-o no estacionamento, tive que lutar contra a necessidade visceral de partir para cima e jogá-lo no chão. Imaginei socá-lo, mesmo só conseguindo fechar uma das mãos, e enfiar o joelho nos seus rins ou no estômago; visualizei arrancar sua orelha, como havia perdido a minha. Já estava com os dentes cerrados, o corpo se preparando para um confronto e acelerando o passo quando de repente ficou claro que eu estava tendo um dos sintomas de estresse pós--traumático do qual Bowen me alertara repetidas vezes.

Eu já estava fazendo terapia havia um tempo na época e, como uma equilibrada voz da razão em meio a uma orquestra de ruídos emocionais, ouvi Bowen me dizendo o que fazer, falando-me para mudar de comportamento. *Pare e dê meia-volta. Obrigue-se a sorrir e relaxar os músculos. Respire fundo cinco vezes. Sinta a emoção e deixe-a partir, observando-a se dissipar. Pese os prós e os contras da atitude que quer tomar. Analise os fatos e perceba que, no amplo esquema das coisas, o que aconteceu não tem importância.*

Quando minha raiva se dissipou a um nível gerenciável, consegui pegar o carro e voltar para casa. Dias depois, despejei a história toda para meu psiquiatra, mas, nos meses seguintes, não contei nada aos amigos. Nem sobre os pesadelos, a insônia e as outras coisas que estavam fazendo da minha vida um inferno. E me perguntava: *por que consigo contar ao Dr. Bowen mas não às pessoas que considero minhas amigas?*

Acho que tem a ver com medo: de ser rejeitado, de decepcionar os outros, de que se irritem ou do que vão falar. Isso diz mais sobre mim do que sobre eles, mas não me sinto assim quando converso com o Dr. Bowen. Não sei por quê. Talvez tenha a ver com o simples fato de que estou lhe pagando. Ou com a ideia de que, apesar de todas as nossas conversas, sei muito pouco sobre ele.

Sob esse aspecto, não somos amigos. Como ele usa aliança, suponho que seja casado, mas não faço ideia de quem seja o cônjuge, de quanto tempo estão juntos ou de qualquer outra coisa nesse sentido. Não sei se tem filhos. Pelos diplomas na parede do consultório, sei que se formou em Princeton e fez faculdade de medicina em Northwestern. Mas não conheço seus hobbies, nem o tipo de casa em que mora, a comida de que gosta ou os livros e filmes que aprecia. Em outras palavras, é como se fôssemos amigos, mas na verdade não somos.

Ele é só meu terapeuta.

Olhando para o relógio, vi que estava quase na hora do nosso encontro semanal. Após lavar a louça, abri a porta dos fundos para que entrasse um pouco de ar fresco e coloquei o computador na mesa da cozinha. O Dr. Bowen gostava de ver meus olhos enquanto conversávamos, para poder dizer se eu estava mentindo ou escondendo algo importante. Da minha parte, era muito mais fácil assim do que encontrá-lo pessoalmente.

Na hora certa, abri o Skype e solicitei a chamada. Quando a conexão foi feita, o Dr. Bowen apareceu na tela. Como sempre, estava sentado à sua mesa no consultório, lugar que eu visitara mais vezes do que podia contar. A ligeira calvície e os óculos redondos com armação de metal faziam-no parecer mais um professor de matemática do que um psiquiatra. Acreditava que ele era pelo menos uns 15 anos mais velho que eu.

– Tudo bem, doutor?

– Olá, Trevor.

– Como vai?

– Bem, obrigado. E você?

Quando eu perguntava, era só uma forma de saudação. Quando ele perguntava, era sério mesmo.

– Acho que estou bem – respondi. – Sem pesadelo, insônia, dormindo bem. Bebi uma ou duas cervejas em quatro dias diferentes semana passada. Saí para correr cinco vezes. Nenhum episódio de raiva, ansiedade ou depressão. Continuo usando as técnicas de terapia comportamental toda vez que sinto que preciso.

– Ótimo – elogiou. – Parece bastante saudável.

Bowen fez uma pausa; ele usava muito esse recurso.

– Devemos continuar conversando? – perguntei, por fim.

– Você quer continuar falando?

– Vai me cobrar?

– Sim.

– Ah, tenho uma piada nova. Quantos psiquiatras são necessários para trocar uma lâmpada?

– Não sei.

– Só um. Mas a lâmpada tem que *desejar* ser trocada.

Ele riu, como sempre fazia. Bowen ri de todas as minhas piadas, mas depois fica calado de novo. Diz que as piadas podem ser minha forma de manter as pessoas afastadas.

– Enfim... – comecei, passando a atualizá-lo sobre os acontecimentos básicos da minha vida na semana anterior.

Quando iniciei a terapia, perguntava-me como isso tudo poderia ser útil; com o tempo, aprendi que compartilhar minha rotina permitia a Bowen ter uma ideia melhor do meu nível de estresse naqueles últimos dias, o que era importante no controle do estresse pós-traumático. Bastava acrescentar estresse demais, esquecer as técnicas, os comportamentos saudáveis e *bum*: poderia voltar a experimentar o que tive com o cara da Home Depot ou exagerar na bebida e no *GTA*.

Então falei tudo. Contei que desde a última vez que havíamos conversado vinha sentindo falta de meu avô e de meus pais mais que o normal. Ele respondeu que meus sentimentos eram totalmente compreensíveis – que cuidar das abelhas e consertar o motor do barco teriam provocado uma mistura de nostalgia e sensação de perda em qualquer um. Mencionei que estava quase certo de que alguém havia entrado na casa e morado lá por um tempo. Quando me perguntou se eu me sentia incomodado com isso, repliquei que achava mais curioso do que preocupante, já que, tirando a porta dos fundos, não houvera dano e nada tinha sido roubado. Mencionei também as coisas que Claude dissera sobre meu avô, e, como sempre nos últimos tempos, falamos sobre as últimas palavras de meu avô e minha confusão recorrente acerca delas.

– Isso ainda preocupa você – observou ele.

– Preocupa – admiti. – Não faz sentido.

– Porque ele mandou você ir embora?

O Dr. Bowen, assim como Natalie, parecia se lembrar de tudo.

– Não era do feitio dele dizer esse tipo de coisa – insisti.

– Talvez você tenha entendido mal.

Bowen já havia sugerido isso. Era uma possibilidade.

– Ele também disse que amava você, não foi? – acrescentou ele.

– Foi.

– E você mencionou que ele teve um derrame. E estava sob efeito de medicação forte, possivelmente muito confuso.

– Pois é.

– E que ele precisou de quase um dia inteiro para conseguir falar qualquer coisa.

– Exato.

Quando não disse mais nada, ele concluiu com a mesma questão que continuava a me infernizar.

– Você ainda acha que ele queria comunicar alguma coisa importante.

Na tela, Bowen estava me observando. Concordei, mas não disse nada.

– Você tem plena consciência – continuou ele – de que talvez nunca venha a saber a que ele se referia?

– Ele era tudo para mim.

– Seu avô parece ter sido um homem muito íntegro.

Olhei para outro lado. Pela porta aberta, o riacho parecia negro na luz suave do Sul.

– Eu deveria estar lá – balbuciei. – Deveria ter ido com ele. Se tivesse, talvez ele não tivesse sofrido o derrame. Talvez a viagem de carro tenha sido demais para ele.

– Talvez – disse Bowen. – Ou não. Não tem como saber ao certo. E, apesar de ser normal se sentir culpado, é importante lembrar também que a culpa é só uma emoção e, como todas as emoções, é passageira. A não ser que você escolha se apegar a ela.

– Eu sei. – Ele já tinha falado aquilo. Mesmo aceitando essa verdade, às vezes parecia que minhas emoções tinham vontade própria. – Enfim... Natalie disse que é possível encontrar algumas respostas na caminhonete dele. Talvez o motivo de ele ter ido até a Carolina do Sul, para início de conversa. Agora estou no processo de tentar descobrir onde está a caminhonete.

– Natalie? – perguntou ele.

– Ela é auxiliar do xerife aqui na cidade – comecei, e depois contei a ele como havíamos nos conhecido e um pouco sobre as conversas que tivemos no parque, em casa, e, por fim, sobre o jantar.

– Vocês têm passado um bom tempo juntos desde que nos falamos pela última vez – comentou ele.

– Ela queria ver as colmeias.

– Ah... – disse Bowen, e como conversávamos com muita frequência, eu sabia exatamente o que ele estava pensando.

– Sim – falei –, ela é bonita. E inteligente. E, sim, gostei das horas que passamos juntos. Mas não sei o que Natalie sente por mim, e não há muito mais o que dizer.

– Tudo bem – retrucou ele.

– Estou falando sério – insisti. – Além do mais, acho que Natalie está saindo com outra pessoa. Não tenho certeza, mas há indícios.

– Entendi.

– Por que parece então que você não acredita em mim?

– Acredito em você – afirmou ele. – Só acho interessante.

– O que é interessante?

– Natalie é a primeira mulher que você menciona desde que terminou com Sandra.

– Isso não é verdade – protestei. – Comentei com você sobre a garota da ioga.

Era uma mulher com quem havia saído duas vezes no outono, justo na época em que fora aceito no programa de residência. Passamos duas noites agradáveis, mas sabíamos ao final do segundo encontro que aquela relação não ia dar certo.

Vi-o ajeitar os óculos no nariz.

– Eu me lembro – disse, por fim, a voz saindo com um suspiro. – E sabe do que você a chamou? Quando a mencionou para mim pela primeira vez?

– Não me lembro mais – admiti.

Tentei também lembrar o nome. Lisa? Elisa? Elise? Alguma coisa assim.

– Você a chamou de *garota da ioga* – falou ele. – Não usou o nome dela.

– Tenho certeza de que disse o nome dela para você.

– Não disse – reafirmou ele. – Na hora, achei interessante também.

– O que está tentando dizer? Que acha que posso estar me apaixonando por alguém do departamento de polícia local?

Um leve sorriso aflorou em seus lábios quando nós dois notamos que de repente evitei falar o nome dela.

– Não faço ideia – continuou ele. – E não cabe a mim dizer.

– Nem sei se vou vê-la outra vez.

O relógio do meu computador mostrava, surpreendentemente, que já havia se passado quase uma hora e que nossa sessão estava no fim.

– Por falar em se ver – acrescentou ele –, é possível que nos vejamos pessoalmente na semana que vem. A não ser que você prefira continuar a se comunicar por videochamada.

– Acha que preciso ir a Pensacola?

– Não, nada disso. Não fui claro. Vai haver uma conferência em Camp Lejeune, em Jacksonville, sobre transtorno do estresse pós-traumático. Um dos palestrantes teve que cancelar e fui convidado para falar no lugar dele. É na terça-feira, mas tenho que pegar o avião na segunda. Se você quiser, podemos nos encontrar em Jacksonville, ou posso ir até New Bern, se for mais fácil.

– Seria ótimo – falei. – Que horas?

– Mesmo horário? – perguntou ele. – Posso pegar um voo de manhã e alugar um carro.

— Não é muito fora de mão para você?

— Imagine. Estou ansioso para visitar a casa do seu avô. Você fez uma descrição muito impressionante.

Sorri, pensando que, mesmo que tivesse, ainda assim não teria feito justiça a ela.

— Então vejo você semana que vem, doutor. Quer que eu ensine o caminho até aqui?

— Acho que não vou ter problemas. Cuide-se.

Duas horas depois, meu celular tocou. Embora não reconhecesse o número, o código de área era do norte do estado. O administrador do hospital?

— Trevor Benson — atendi.

— Olá. Quem está falando é Thomas King, do Hospital Batista de Easley. Recebi sua mensagem, mas não entendi exatamente de que informação precisa.

Ao contrário da recepcionista, seu sotaque não era tão forte nem difícil de entender.

— Obrigado por retornar a ligação — comecei, antes de explicar a situação.

Quando terminei, ele me pediu que esperasse um instante.

Demorou um pouco mais que um instante. Fiquei escutando música de fundo por pelo menos cinco minutos.

— Desculpe demorar tanto, mas precisei falar com algumas pessoas. Em geral, nós usamos dois serviços de ambulância — explicou ele, antes de me dar os nomes.

Enquanto eu anotava, ele prosseguiu:

— Infelizmente, não temos detalhes sobre o caso do seu avô. Acho que sua melhor opção seria ligar diretamente para esses serviços de ambulância. Talvez eles tenham as informações de que precisa. Sei que elas são necessárias para o cadastro.

Exatamente como Natalie havia sugerido.

— Agradeço pela ajuda. Foi muito útil.

— Disponha. E meus pêsames pelo falecimento do seu avô.

— Obrigado.

Desliguei, pensando em ligar para as empresas de ambulância pela manhã.

Gostaria de ter pensado nisso quando meu avô ainda estava no hospital; depois de quase meio ano, quem sabia quanto tempo levariam para encontrar as respostas de que eu precisava.

Meus pensamentos voltaram para Natalie. Desde minha sessão com Bowen, imagens dela ficavam ressurgindo na minha cabeça: sua expressão de espanto enquanto a abelha se arrastava sobre seu dedo, o ondulado sensual da saia do vestido ressaltando as longas pernas e a linha graciosa do corpo quando saltou do carro em Beaufort. Lembrando-me de nossa conversa calorosa e das brincadeiras leves durante o jantar, intrigava-me o vislumbre de tristeza que pensei ter notado mais ao final do encontro. Pensei na energia que senti entre nós e soube exatamente por que a chamara pelo nome quando falei com Bowen.

Por mais que tivesse minimizado a possibilidade para o Dr. Bowen, sabia que queria vê-la outra vez, o mais breve possível.

Após o jantar, resolvi ler um pouco na varanda de trás. Mas, me dando conta de que Natalie já deveria ter encerrado o expediente havia um tempo, acabei pegando o celular. Primeiro pensei em ligar, mas depois decidi escrever uma mensagem de texto breve.

Pensei em você e espero que seu dia tenha sido bom.

Está livre para jantar este fim de semana?

Sem pôr o telefone de lado, esperei para ver se Natalie leria a mensagem imediatamente. Logo vi a indicação de que havia visualizado e imaginei que escreveria de volta. Mas não houve resposta.

Fiquei checando o telefone o resto da noite. Infantil. Compulsivo. Talvez imaturo. Às vezes, consigo ser isso tudo ao mesmo tempo. Como diz Bowen, somos todos obras em andamento.

Por fim, quando já estava me preparando para entrar em casa, ouvi a notificação de mensagem no celular.

Obrigada. Dia típico. Nada de especial.

Fiquei olhando para a tela, pensando que aquelas palavras estavam longe de indicar uma inegável paixão e atração por mim, em especial porque ela havia ignorado totalmente meu convite.

Larguei o telefone na mesa de cabeceira, sentindo-me um tanto confuso e magoado. Afastei aqueles sentimentos, sabendo que era muito cedo para sentir-me assim. Além do mais, se ela não quisesse falar comigo de novo, não teria respondido nada, certo?

Apaguei a luz, ajeitei as cobertas e ouvi outra notificação de mensagem. Peguei o celular.

Vou pensar no assunto.

Não era um sim, mas também não era um não. Continuei olhando para a tela, até que vibrou de novo com outra mensagem.

:-)

Sorri. Entrelaçando as mãos atrás da cabeça, olhei para o teto, mais curioso sobre ela do que nunca.

8

Não tive notícias de Natalie na terça-feira e fiquei decepcionado, mas meu convite havia sido feito. Sabia que estava ocupada, trabalhando, e eu também tinha coisas para fazer. Bem, mais ou menos. Mas não enviei mensagem. Não que eu ficasse pensando nela o tempo todo, apenas... mais do que era aconselhável.

Entrei em contato com as duas empresas de ambulância. Como no hospital, fui transferido algumas vezes até conseguir falar com alguém que pudesse ajudar. Sim, havia registro dos locais de retirada dos pacientes transportados para o hospital; não, eles não tinham essa informação prontamente disponível. Levariam alguns dias para encontrar, talvez até o final da semana, e, se eu não recebesse nenhum retorno, deveria ligar outra vez.

Era sentar e esperar.

Como tantas outras coisas na vida.

Esperando uma chance de conversar com o pai de Claude, decidi ir ao Trading Post para almoçar. Após estacionar, vi que não havia ninguém na frente, nas cadeiras de balanço.

No interior, Claude estava de volta ao lugar habitual, atrás da caixa registradora, e levantou a mão para me saudar. Como de costume, todas as mesas estavam ocupadas, então sentei-me ao balcão. Um cara enorme – no mínimo uma cabeça mais alto que eu e duas vezes mais largo – cumprimentou-me e me entregou uma pequena vasilha com amendoim cozido. Imaginei que fosse Frank, o chapeiro oficial. Ao contrário de Claude, não era um grande conversador, o que funcionava para mim.

Em homenagem a meu avô, pedi um sanduíche de bacon, alface e tomate com batata frita e picles. Atrás de mim, ouvi dois caras falarem sobre a pescaria do final de semana anterior, lamentando a falta de sorte e discutindo sobre lugares melhores para tentar. Olhei por cima do ombro. Ambos usavam boné; um tinha os braços musculosos típicos dos trabalhadores da construção civil, e o outro usava o uniforme de uma empresa distribuidora de propano. Quando um deles mencionou ter visto um jacaré recentemente, agucei os ouvidos.

– Quatro, na verdade – continuou ele. – Tomando sol na margem, entre as árvores.

– Grandes? – perguntou o amigo.

– Não. Filhotes, provavelmente.

– Onde?

– Sabe onde fica a rampa para os barcos? Duas curvas do rio depois, à direita. Lembra o ninho de águia que vimos no cipreste? Bem ali.

– Que ninho de águia?

– O mesmo do ano passado.

– Não vi ninho nenhum ano passado.

– Porque você não presta atenção em nada.

– Eu presto atenção na pescaria – respondeu ele. – Não fico olhando a paisagem.

– Já tentou a pedreira? Estou me dando bem com a perca lá ultimamente…

A conversa voltou para pescarias e me desliguei. Fiquei, no entanto, interessado nos jacarés e nas águias, e me perguntei se Natalie gostaria de me acompanhar num passeio de barco.

Àquela altura, meu pedido estava pronto, e Frank colocou o prato na minha frente. Provei, confirmando que era melhor do que em qualquer outro lugar. Terminei o sanduíche e os picles, mas comi só um pouco das batatas. Senti as artérias endurecerem só de provar, mas minhas pupilas gustativas ficaram felizes.

Quando acabei, olhei pela janela para a frente da loja e vi dois idosos nas cadeiras de balanço da varanda. Exatamente o que eu estava esperando. Levantei-me e me aproximei do caixa. Claude, sem o avental e o rosto brilhoso, parecia bem mais contente do que da última vez em que eu estivera ali.

– Oi, Claude – cumprimentei. – Aquele lá fora é o seu pai?

Ele se inclinou para a frente, olhando por cima do meu ombro.

– É, é ele. O de macacão. O outro cara é o Jerrold.

– Acha que seu pai se importaria se eu falasse com ele sobre meu avô?

– Fique à vontade. Mas não garanto que ele vá entender tudo, mesmo que consiga ouvir o que você está perguntando.

– Claro.

– Quer um conselho? Cuidado com Jerrold. Na maioria das vezes, não faço ideia do que está falando nem do que acha tão engraçado.

Não sei se entendi direito o que ele queria dizer, mas assenti.

– Por quanto tempo acha que seu pai vai ficar aqui?

– Eles não comeram ainda, então imagino que fique pelo menos mais uma hora.

– O que ele costuma almoçar?

– Sanduíche de carne desfiada com salada de repolho. E bolinho de milho.

– Que tal eu comprar para ele?

– Por quê? Eu não iria cobrar. Ele ainda é dono de parte da loja.

– Acho que, se vou tentar conseguir alguma informação com ele, é o mínimo que posso fazer.

– O dinheiro é seu – disse Claude, dando de ombros.

Tirei umas notas da carteira e entreguei a ele, observando-o colocá-las na gaveta. Claude pôs as mãos em concha na altura da boca e gritou para o outro lado da loja:

– Ei, Frank! Faça o de sempre para o meu pai, ok? E entregue para o Trevor. Ele vai levar lá para fora.

Não demorou muito para a refeição ficar pronta. Quando passei pelo caixa segurando o prato, Claude abriu a tampa de uma garrafa de achocolatado Yoo-Hoo e depois a apertou só um pouco antes de entregar para mim.

– Você vai precisar disto também.

– Yoo-Hoo?

– É o preferido dele. Toma desde que me entendo por gente.

Peguei a garrafa e, com as mãos ocupadas, usei o quadril para abrir a porta. Quando cheguei perto, Jim levantou a cabeça, o rosto tão enrugado e carcomido quanto as mãos, todo ele pele, osso e manchas senis. Usava óculos e lhe faltavam alguns dentes, mas achei ter visto uma fagulha de curiosidade em sua expressão que me fez crer que fosse mais astuto e consciente do que a descrição de Claude parecia indicar. Pensando bem, talvez eu estivesse apenas sendo otimista.

– Oi, Jim. Resolvi trazer seu almoço – comecei. – Gostaria de lhe fazer algumas perguntas.

Ele semicerrou os olhos para mim.

– Hein?

Jerrold se inclinou na direção dele.

– O garoto aqui quer falar com você! – gritou ele.

– Falar sobre o quê? – perguntou Jim.

– Como é que eu vou saber? Ele acabou de chegar.

– Quem é ele?

Jerrold olhou para mim. Não era tão velho quanto Jim, embora possivelmente já tivesse se aposentado havia tempos. Notei o aparelho para surdez, o que poderia – ou não – tornar as coisas mais fáceis.

Ele se inclinou para Jim outra vez.

– Estou achando que é vendedor! – gritou Jerrold. – Talvez venda calcinha de mulher.

Fiquei sem saber se ficava ofendido ou não, mas me lembrei do que Claude dissera.

– Diga a ele para falar com Claude – retrucou Jim. – Estou aposentado. Não preciso de nada.

– Que mentira – disse Jerrold. – Você precisa de uma mulher, dessas que ganharam na loteria, se quer saber.

– Hein?

Jerrold se recostou na cadeira com ar brincalhão.

– Calcinha de mulher – cacarejou, claramente satisfeito consigo. – Você vende calcinha de mulher?

– Não – respondi. – Não sou vendedor. Só quero falar com o Jim.

– Sobre o quê?

– Sobre o meu avô – falei. – E eu trouxe o almoço dele.

– Então não fique aí parado – falou, balançando a mão ossuda. – Dê logo para ele.

Abaixei-me e entreguei a Jim o sanduíche. Ao mesmo tempo, Jerrold franziu o cenho, os sulcos da testa tão fundos que poderiam segurar um lápis.

– E o meu? – perguntou ele.

Não esperava aquilo e percebi que deveria ter levado em conta o fato de que gostariam de comer juntos.

– Desculpe. Não me dei conta. O que gostaria de comer? Vou buscar com o maior prazer.

– Deixe-me ver – falou, pondo a mão no queixo. – Que tal um filé-mignon com cauda de lagosta e muita manteiga, acompanhado de arroz *pilaf*?

– Eles servem isso aqui? – perguntei.

– Claro que não. Tem que pedir em um desses lugares chiques.

– Onde? – perguntei.

– O que ele está dizendo? – perguntou Jim.

Jerrold se inclinou para ele outra vez.

– Ele está dizendo que não vai pagar meu almoço! – gritou. – E que vai comprar um Cadillac para você se conversar com ele.

Fiquei com cara de tacho, me perguntando como havia perdido o controle da conversa. *Um Cadillac? De onde saiu aquilo?*

– Eu não disse nada disso – protestei. – E ofereço com o maior prazer qualquer coisa que eles façam aqui, na chapa...

Jerrold deu um tapa na coxa, sem me deixar terminar, e me olhou nos olhos outra vez.

– Garoto, você é muito burro. Um Cadillac! Que diabo ele ia fazer com um Cadillac? Ele mal consegue dirigir – retrucou Jerrold, balançando a cabeça. – Um Cadillac!

Parado ali, fiquei sem saber o que falar. Jerrold estava se divertindo tanto que nem ligava para o que eu poderia estar pensando. Jim parecia alheio a tudo. Decidi tomar a iniciativa.

– Eu queria perguntar ao Jim sobre meu avô, Carl Haverson.

Jerrold enfiou a mão no bolso e tirou uma bolsinha de rapé. Após abri-la, pegou umas folhas e colocou-as entre o lábio e a gengiva. A boca se contorceu um pouco e ele se recostou na cadeira outra vez, dando a impressão de estar com um tumor na mandíbula.

– Está dizendo que é parente do Carl?

– Ele era meu avô – repeti. – Estou tentando descobrir o que ele estava fazendo na Carolina do Sul. Claude disse que Jim e meu avô eram íntimos e eu queria que ele respondesse a algumas perguntas.

– Talvez seja difícil – retrucou Jerrold. – Jim não ouve muito bem. E se perde quando fala. Na metade do tempo, você não entende o que ele quer dizer.

O mesmo se aplica ao senhor, pensei.

– É importante – falei. – Talvez o senhor possa ajudar.

– Não sei como.

– Conhecia meu avô? Falou com ele antes da viagem?

– Claro – respondeu, arrastando as palavras. – Eu vinha aqui para fora e a gente conversava. Mas não tanto quanto com o Jim. E então, teve uma semana que ele não apareceu por aqui, só eu e o Jim. Fiquei surpreso como todo mundo quando soube o que aconteceu com ele. Carl tinha uma saúde boa, pelo que eu sabia.

– E a viagem para a Carolina do Sul? O senhor soube de alguma coisa sobre isso?

– Ele nunca comentou nada comigo.

– Meu avô estava agindo de forma diferente? Alguma coisa assim?

Jerrold balançou a cabeça negativamente.

– Não que eu tivesse notado.

Desanimado, perguntei-me se não estaria perdendo tempo. Para minha surpresa, Jerrold se levantou lentamente. Precisou se apoiar nos dois braços da cadeira, o que pareceu difícil e doloroso.

– Conversem vocês dois – disse ele. – Talvez Jim saiba algo que eu não sei. Ele conhecia o Carl melhor que eu. Mas fala alto, no ouvido direito. Não adianta muito, mas o esquerdo é bem pior.

– O senhor não precisa ir embora.

– Você vai precisar da cadeira. Ele não admite, mas precisa ver os lábios da pessoa para entender o que ela está falando. E vai entender só metade do que você disser, então vai ter que ficar repetindo.

– Aonde você está indo? – perguntou Jim.

– Estou com fome! – exclamou Jerrold. – Quero comer alguma coisa.

– Hein?

Jerrold desistiu de falar com Jim e olhou para mim.

– Não fique aí parado feito uma árvore. Pode sentar. Já volto.

Depois que ele já estava lá dentro, sentei-me na mesma cadeira de balanço e me inclinei para a frente.

– Oi! – gritei. – Eu sou Trevor Benson.

– Hein?

– Trevor Benson – repeti. – Sou neto do Carl.

– Quem?

114

– Carl! – falei mais alto ainda, meio arrependido de não ter pedido a Jerrold que ficasse por perto para traduzir.

– Ah, Carl – disse Jim. – Ele morreu.

– Eu sei. Ele era meu parente – falei, na esperança de que o modo de falar de Jerrold ajudasse.

Jim semicerrou os olhos para mim e vi que estava tentando lembrar. Levou alguns segundos.

– O médico da Marinha? Você era casado com Claire, certo?

– Sim – respondi, mesmo ele estando parcialmente certo, já que Claire era minha mãe.

Não havia razão para complicar.

– Ele gostava muito daquelas abelhas, o Carl – acrescentou Jim. – Tinha há muito tempo. As colmeias. Para o mel.

– Sim – concordei. – Quero falar com o senhor sobre Carl.

– Eu não gosto muito de abelha – continuou ele. – Nunca consegui entender o que ele via nelas.

Tentando manter as coisas simples, optei por uma abordagem direta.

– Tenho umas perguntas.

Jim pareceu não escutar.

– Carl teve problema com o mel verão passado – continuou Jim – Por causa da artrite.

– Provavelmente teve...

– Mas recebeu ajuda da garota – acrescentou Jim, sem me ouvir.

– Garota?

– É – falou. – A garota lá dentro.

– Ok – disse, perguntando-me sobre o que ele estaria falando.

Não tinha visto nenhuma garota na loja aquele dia, mas Claude havia me prevenido de que às vezes Jim ficava confuso. Deixando isso para lá, inclinei-me mais para perto, falando devagar e replicando o volume de Jerrold.

– O senhor sabe por que Carl foi para a Carolina do Sul?

– Carl morreu na Carolina do Sul.

– Eu sei. O senhor sabe por que Carl foi para a Carolina do Sul? – indaguei de novo.

Jim deu uma mordida no sanduíche e mastigou devagar antes de responder:

– Acho que estava indo visitar Helen.

115

Por um segundo, achei que ele não tivesse entendido minha pergunta.

– Helen? Ele ia visitar uma mulher chamada Helen? – gritei.

– É. Helen. Foi o que ele disse.

Ou foi isso que Jim ouvira? Quanto eu podia confiar em sua audição? Ou em sua memória?

– Quando ele lhe contou sobre Helen?

– Hein?

Repeti a pergunta, mais alto desta vez, e Jim pegou um bolinho de milho. Deu uma mordida e levou muito tempo para finalmente engolir.

– Acho que mais ou menos uma semana antes de ele ir. Carl estava trabalhando na caminhonete.

Para ter certeza de que conseguiria chegar lá, sem dúvida, mas... quem era Helen? Como meu avô teria conhecido uma mulher da Carolina do Sul? Não tinha computador nem celular, e raramente saía de New Bern. Nada daquilo fazia sentido...

– Como Carl conheceu Helen?

– Hein?

– Helen!

– Acho que foi isso que ele disse.

– Essa Helen morava em Easley?

– Onde fica Easley?

– É uma cidade na Carolina do Sul.

Ele pegou outro bolinho de milho.

– Não conheço muito a Carolina do Sul. Eu servi lá durante a Guerra da Coreia, mas agradeci a Deus assim que fui embora. Quente demais, muito longe de casa. O sargento de lá... ah, como era mesmo o nome dele... "R" alguma coisa...

Enquanto ele visitava o passado, tentei entender o que contara, supondo que Jim não estivesse completamente louco. Uma mulher chamada Helen morava em Easley e meu avô tinha ido visitá-la?

– Riddle! – gritou Jim de repente. – Era esse o nome dele. Sargento Riddle. Nunca houve cara mais mesquinho e perverso. Uma vez, fez a gente dormir num pântano. Lugar molhado e sujo, cheio de mosquito. Picaram a gente a noite toda até ficarmos inchados. Tive que ir para a enfermaria.

– Você conheceu alguma Helen?

– Não.

Ele pegou o Yoo-Hoo e, mesmo tendo Claude já soltado a tampa, teve dificuldade para abrir. Vi-o tomar um gole, ainda tentando entender, mas suspeitei que não diria mais nada.

– Ok – falei. – Obrigado.

– A garota deve saber mais sobre isso.

Levei um segundo para me lembrar do que ele dissera antes.

– A garota lá dentro?

Ele apontou com a garrafa em direção à janela.

– Não consigo lembrar seu nome. Carl gostava dela.

– Helen?

– Não. A garota lá *dentro*.

Vou admitir que estava completamente perdido àquela altura, e, como se houvesse combinado, Jerrold abriu a porta, carregando uma bandeja parecida com a que eu trouxera para Jim. Quando se aproximou, levantei-me da cadeira, cedendo-lhe o lugar.

– Vocês dois já estão acabando? – perguntou.

Pensei naquilo, perguntando-me se ficara realmente sabendo de algo ou quanto daquilo era verdade.

– Sim – respondi. – Acho que acabamos.

– Eu disse. Ele se perde um pouco quando fala – admitiu Jerrold. – Conseguiu as respostas que queria?

– Não sei bem – retruquei. – Ele disse que meu avô estava indo visitar Helen. E mencionou alguma coisa sobre uma garota aí dentro, mas não faço ideia do que estava falando.

– Acho que tenho parte da resposta.

– Qual parte?

– A garota lá dentro – respondeu Jerrold. – Ele estava falando de Callie. Ela e seu avô eram muito amigos.

Claude ainda estava no caixa quando entrei na loja de novo. Havia alguns fregueses na fila, então esperei até que ele terminasse antes de me aproximar.

– Como foi? – perguntou.

– Ainda tentando entender o que aconteceu – respondi. – Você sabe quando Callie volta?

– Ela está no intervalo. Deve voltar daqui a alguns minutos.

Isso explica por que não a notei antes.

– Sabe onde ela está?

– Se não estiver dando comida para o gato, ela costuma comer na mesa de piquenique perto do cais.

– Obrigado – falei, já abrindo a porta.

Achando que seria mais fácil conversar enquanto ela não estivesse trabalhando, dei a volta na loja em direção ao rio. Sabia que não havia só uma mesa de piquenique ali, mas também algumas bombas de gasolina perto da margem, onde os barcos podiam encher seus tanques. Estivera ali com meu avô várias vezes.

O caminho serpenteava entre árvores e arbustos, mas, quando a vista se abriu, vi Callie sentada à mesa. Enquanto atravessava o gramado, notei o almoço básico que ela claramente trazia de casa. Sanduíche de manteiga de amendoim com geleia, caixinha de leite e uma maçã num saco marrom. Ouvindo meus passos, a garota olhou para mim e depois para o rio outra vez.

– Callie? – chamei quando já estava perto. – Claude me disse que eu encontraria você aqui.

Ela voltou a atenção para mim, a expressão receosa. Perguntei-me por que não estava na escola e notei outro hematoma em seu braço, perto daquele que observara quando passou por minha casa. Em vez de falar, deu outra mordida no sanduíche, quase terminando-o. Lembrando-me de sua desconfiança generalizada, parei a certa distância da mesa, para não deixá-la nervosa.

– Queria falar com você sobre meu avô. Ouvi dizer que você o ajudou a colher o mel no verão passado.

– Quem contou isso?

– Faz diferença?

– Não fiz nada de errado – declarou.

O comentário me pegou desprevenido.

– Não estou insinuando que fez. Só estou tentando descobrir por que ele foi para a Carolina do Sul.

– Por que acha que sei alguma coisa sobre isso?

– Ouvi falar que vocês eram amigos.

Ficando de pé, ela enfiou o último pedaço do sanduíche na boca e tomou o restante do leite antes de guardar as sobras do almoço no saco.

– Não posso conversar agora. Tenho que voltar para o trabalho e não posso me atrasar.

– Entendo – falei. – E não quero causar problema. Como disse, só estou tentando entender o que aconteceu com meu avô.

– Não sei de nada – repetiu.

– Você o ajudou a colher o mel?

– Ele me pagou – disse Callie, a vermelhidão se espalhando pelas bochechas pálidas. – Não roubei nada, se é isso que quer saber. Não roubei nada.

– Sei que não. Por que você não me contou que eram amigos?

– Não conheço você.

– Sabia que éramos parentes.

– E...?

– Callie...

– Não fiz nada de errado! – gritou novamente, interrompendo-me. – Eu estava passando, ele me viu, perguntou se eu não queria ajudá-lo com o mel e eu ajudei. Foram só dois dias. Depois colei os rótulos e guardei tudo na prateleira. Aí ele me pagou. Foi isso.

Tentei imaginar meu avô pedindo-lhe ajuda, num impulso, mas, por alguma razão, não consegui. E, baseado nas conversas que tivéramos até aquele momento, também não conseguia imaginá-la concordando com aquilo. Ao mesmo tempo, *havia* alguma verdade ali; ela tinha, de acordo com as próprias palavras, ajudado a colher o mel. A questão era o que ela *não* estava contando.

– Ele mencionou alguma vez que ia visitar Helen?

Seus olhos se arregalaram, e, pela primeira vez, achei ter visto uma centelha de medo. No entanto, com a mesma rapidez que surgiu, desapareceu num movimento raivoso da cabeça.

– Lamento muito pelo seu avô, ok? Era uma boa pessoa. E fiquei feliz de ter ajudado com o mel. Mas não faço ideia de por que ele foi para a Carolina do Sul e gostaria muito que você me deixasse em paz.

Fiquei em silêncio. Ela ergueu o queixo em desafio antes de dar meia-volta e seguir em direção à loja. No caminho, jogou a sobra do almoço numa lata de lixo sem diminuir o passo.

Observei-a ir embora, perguntando-me o que eu tinha dito para deixá-la tão aborrecida.

Em casa, refleti sobre o que descobrira de fato. Seria possível confiar no que Jim havia me contado? Ou Jerrold? Teria meu avô ido para Easley por causa de uma mulher chamada Helen? E o que poderia concluir de minha conversa com Callie? O que eu teria dito para fazê-la crer que estava em apuros?

Não sabia. E, no entanto, enquanto continuava a relembrar meu encontro com a garota, atormentava-me a sensação de que ela dissera algo – ou de que eu vira algo – importante. Talvez fosse a resposta para uma das minhas muitas perguntas. Porém, quanto mais me concentrava nisso, mais confusos os pensamentos se tornavam. Era como se estivesse tentando agarrar uma nuvem de fumaça.

9

Na quarta-feira, pensando em meu provável mas não garantido encontro com Natalie, decidi pegar o barco de meu avô e tentar achar os jacarés e as águias de que ouvira falar no dia anterior.

Fiz uma inspeção rápida antes de desamarrar a corda e dar a partida no motor. Não havia nenhum outro barco na vizinhança, o que era uma sorte, porque eu precisava me acostumar a pilotar outra vez. Não desejava participar de nenhuma competição de destruição aquática nem encalhar acidentalmente, por isso acelerei de leve e virei o leme, afastando-me do píer. Para minha surpresa, o barco estava bem mais fácil de manobrar do que eu me lembrava, indicando que meu avô devia ter feito alguma melhoria nele. Consegui colocá-lo no rumo certo como era esperado do altamente qualificado profissional de Academia Naval que supostamente eu era.

Quando garoto, sempre adorei sair de barco com meu avô, mas, ao contrário da maioria das pessoas, que preferia os rios Trent e Neuse, mais largos, sempre gostei do riacho Brices. Como serpenteava pela Floresta Nacional Croatan, provavelmente não se modificara desde que os colonos chegaram à área em princípios do século XVIII. De certa forma, parecia uma viagem no tempo, e, quando meu avô desligava o motor, não ouvíamos nada a não ser o som do canto dos pássaros nas árvores, enquanto a todo momento um peixe pulava, criando ondulações na água escura e silenciosa.

Acomodei-me melhor, seguindo pelo meio do rio. Por mais feio que o barco fosse, a navegação era surpreendentemente estável. Meu avô havia construído o barco daquele modo porque Rose tinha medo de cair na água. Epiléptica, nunca aprendera a nadar. E, como os ataques ficaram mais frequentes e intensos conforme envelhecia, meu avô projetou algo impossível de virar ou afundar, com amuradas que a impedissem de cair. Mesmo assim, era necessária uma dose de convencimento para que Rose o acompanhasse, de forma que meu avô muitas vezes ia sozinho, ao menos até minha mãe ficar grande o bastante para acompanhá-lo. Quando comecei a passar os verões com ele, passeávamos de barco quase toda tarde.

Navegar era algo que parecia deixar meu avô num humor contemplativo. Às vezes, contava histórias sobre sua infância, muito mais interessante que a minha; falava sobre abelhas, o trabalho na serraria ou sobre como minha mãe era quando criança. Quase sempre, seu pensamento acabava indo para Rose, e a melancolia se abatia sobre ele como um véu familiar. Quanto mais velho ficava, mais se repetia, e, à época de minha última visita, já conhecia suas histórias o suficiente para recitá-las de cor. Mas as ouvia sem interromper, observando enquanto meu avô se perdia nas memórias, porque eu sabia quanto elas significavam para ele.

Eu tinha que admitir: a história dos dois era linda. Levava a um tempo e lugar que eu conhecia apenas de filmes em preto e branco, um mundo cheio de estradas poeirentas, varas de pescar feitas de bambu e vizinhos que se sentavam nas varandas da frente para aliviar o calor, acenando para quem passava.

Após a guerra, meu avô viu Rose pela primeira vez tomando refrigerante com as amigas em frente à farmácia, e ficou tão impressionado que jurou aos amigos ter visto a mulher com quem um dia iria se casar. Depois disso, passou a ver Rose em todos os lugares – do lado de fora da Igreja Episcopal de Cristo, com a mãe, ou passeando na Piggly Wiggly –, e ela começou a reparar nele também. No final do verão, na feira municipal, haveria um baile. Rose estava lá com as amigas, e, embora ele tenha passado a maior parte da festa tomando coragem para cruzar o salão e convidá-la para dançar, ela dizia que tinha esperado a noite toda que ele fizesse aquilo.

Os dois se casaram menos de seis meses depois. Passaram a lua de mel em Charleston e retornaram a New Bern para começar a vida juntos. Meu avô construiu a casa, e eles queriam um monte de filhos. Entretanto, talvez por causa do problema de Rose, seguiu-se uma série de abortos, cinco no total, ao longo de um período de oito anos. Quando já tinham perdido as esperanças, minha mãe foi concebida, e a gravidez avançou. Os dois consideravam minha mãe uma dádiva de Deus, e meu avô jurava que Rose nunca tinha parecido mais bela do que quando ele via mãe e filha juntas, brincando de amarelinha, lendo ou na varanda batendo a poeira dos tapetes.

Anos mais tarde, quando minha mãe foi para a universidade com bolsa integral, meu avô contava que ele e Rose tiveram uma segunda lua de mel, que durou até o último dia juntos. Toda manhã, saía cedo para colher flores e lhe dar um buquê; ela fazia o café, e os dois iam fazer a refeição juntos na varanda de trás, observando a névoa se erguer lentamente da água. Ele a beijava antes de ir para o trabalho e outra vez quando retornava no final do dia. Caminhavam ao anoitecer de mãos dadas, como se o contato pudesse de alguma forma compensar as horas perdidas passadas longe um do outro.

Meu avô encontrou-a no chão da cozinha num sábado, após ter passado a tarde construindo colmeias extras. Tomou nos braços seu corpo sem vida. Chorou por mais de uma hora antes de chamar as autoridades. Ficou tão arrasado que, pela primeira vez na vida, minha mãe tirou licença de um mês do consultório e veio ficar com ele, que passou parte do ano seguinte esculpindo a lápide. Até nossa última conversa telefônica, eu sabia que meu avô continuava a visitar a sepultura da esposa toda semana.

Só houve Rose e apenas Rose; ele sempre dizia que ninguém poderia substituí-la. Não havia razão para duvidar e nunca duvidei. No final, meu avô já tinha mais de 90 anos, sofria de artrite e possuía uma caminhonete nas últimas; levava uma vida simples, que incluía cuidar das abelhas e mexer no barco, o tempo todo cultivando a lembrança de uma esposa que jamais esqueceu.

Eu revirava na mente todas essas coisas enquanto os pensamentos voltavam para minha conversa com Jim. Tentava conciliar seus comentários com o avô que conheci, mas não conseguia. Apesar do que tinham me dito, soube com uma certeza súbita que ele nunca teria ido, e jamais iria, à Carolina do Sul visitar uma mulher chamada Helen.

Continuei rio acima, navegando de uma curva a outra, alcançando, por fim, a rampa pública para barcos, na Floresta Croatan. Dica interessante sobre a floresta: é um dos poucos lugares no mundo onde se pode encontrar a vênus papa-moscas e outras plantas carnívoras crescendo na natureza. Meu avô costumava me trazer para procurá-las. Não sei como, mas, apesar da extração ilegal constante, elas ainda são relativamente comuns.

A rampa para barcos era um dos pontos de referência que eu tinha ouvido no Trading Post. Aparentemente, as águias e os jacarés ficavam a algumas curvas rio acima, mas, pelo que sabia, poderia ser de zero a dez curvas. A descrição fora um pouco vaga, então reduzi a velocidade e examinei as árvores dos dois lados do rio. O problema, percebi logo, era que eu não tinha ideia do que estava procurando.

A tecnologia, entretanto, é uma coisa maravilhosa. Pegando o celular, fiz uma rápida busca na internet e encontrei imagens de ninho de águia-calva. Para mim, pareciam ninhos de pássaro comuns, só que muito maiores, o que me fez sentir um idiota por não ter pensado nisso logo de cara. No final, avistei um ninho nos galhos altos de um cipreste. Minha façanha se tornou mais fácil porque mamãe ou papai águia estava sentado no ninho, enquanto o outro membro do par estava empoleirado num galho de árvore próximo.

A título de curiosidade: foram quatro curvas do rio depois da rampa para barcos.

Desliguei o motor e examinei as margens em busca dos jacarés, e tive menos sorte nisso. Mas notei um local limpo e barrento com alguns sulcos reveladores. Tendo morado na Flórida, já os tinha visto antes. Infelizmente, não havia nenhum por perto, mas jacarés são territoriais, o que significava que provavelmente retornariam.

Nesse meio-tempo, meu olhar foi atraído para as águias, e tirei algumas fotos com o celular. Com corpos pardos e cabeça branca, pareciam aquelas do brasão dos Estados Unidos, mas eu nunca as tinha visto na natureza. Logo, porém, a visão se tornou entediante. Além de virarem a cabeça de vez em quando, não se moviam muito, e, após um tempo, não eram mais emocionantes de olhar que as árvores. Perguntei-me se haveria ovos, mas logo percebi uma dupla de filhotes. A todo momento, um deles ou os dois pequenos levantavam a cabeça, e eu tinha vontade de contar a alguém sobre isso. Pegando outra vez o celular, digitei uma mensagem rápida para Natalie.

Podemos conversar mais tarde?

Mais uma vez, peguei-me encarando o telefone para ver se ela já tinha lido; para minha surpresa, a resposta veio rápido.

Lá pelas 8.

Sorri, achando que as coisas com Natalie estavam ficando interessantes. Não era exatamente como meu avô e Rose, mas definitivamente interessante.

Não havia ainda nenhuma notícia das empresas de ambulância, mas decidi dar a elas até segunda-feira para entrarem em contato antes de eu ligar outra vez. Apesar disso, o restante da minha tarde foi produtivo, se você considerar produtivo tirar um longo cochilo após um agradável passeio de barco.

Decidi que o jantar seria na Morgan's Tavern. Localizada no centro, era meu tipo de lugar; pisos de madeira, muito tijolo rústico, teto alto de vigas aparentes e um cardápio variado. Estava lotado e acabei me sentando a uma das mesas do bar, mas o serviço era rápido e a comida, saborosa. Bom lugar para se passar o tempo até eu ligar para Natalie.

Sem querer ser pontual demais, liguei sete minutos depois das oito. Talvez não querendo parecer ansiosa demais, Natalie atendeu ao quarto toque. *Ah, os joguinhos bobos que as pessoas fazem...*

– Oi – falei. – Como foi o trabalho?

– Bom, mas estou contente mesmo porque vou trabalhar de dia nas próximas semanas. Acho difícil dormir com o dia claro. Meu corpo não se acostuma.

– Você deveria fazer uma residência. Aí não precisa dormir nunca.

Ela riu.

– Como vão as coisas?

– Passeei pelo rio hoje.

– No barco do seu avô?

– Prefiro pensar que é um iate.

– Ah – disse ela, se divertindo. – Por que está me contando isso?

– Porque eu estava caçando jacarés.

– Não me diga que encontrou um.

– Não, mas tenho certeza de que sei onde encontrá-los. Estava pensando se não poderíamos tentar juntos no sábado. Podemos sair de barco e depois jantar na minha casa. Que tal?

Um segundo de silêncio. Depois:

– O rio não fica muito cheio nos fins de semana?

O barco do seu avô chama muita atenção, ela não precisou acrescentar, *e eu prefiro que ninguém nos veja juntos.*

– Não aonde nós vamos. Seria rio acima, mais ou menos no final da tarde. Costuma ser bem calmo. Depois, jantamos lá em casa. Modéstia à parte, minha carne na grelha é maravilhosa.

– Não como carne vermelha.

Natalie, eu começava a aprender, raramente dizia apenas sim ou não, mas já estava me acostumando.

– Posso grelhar peixe ou frutos do mar se preferir. Você come peixe, certo?

– Como.

– Que tal então chegar lá pelas quatro e meia? Passamos umas duas horas no barco, aí voltamos e acendemos a churrasqueira. Podemos abrir uma garrafa de vinho. E prometo que, mesmo que não encontremos os jacarés, você vai ver algo bem espantoso.

– O que é?

– Surpresa. O que me diz?

– Quatro e meia?

– Podemos ir mais cedo, mas não mais tarde, se não vamos perder a luz do dia.

No silêncio que se seguiu, tentei imaginá-la, mas não consegui. Onde estaria? Na cozinha? Na sala? No quarto? Por fim, ouvi sua voz de novo.

– Tudo bem – disse, ainda parecendo hesitante. – Acho que é melhor ir de carro para sua casa.

– Se preferir, posso te buscar.

– Não precisa.

Por que não quer que eu saiba onde você mora?

– Ótimo – falei, ignorando minha pergunta interior. – Só mais umas perguntas… Você gosta de atum?

– Acho bom.

– E as chances de você vir são maiores do que cinquenta por cento desta vez?

Ela riu.

– Estarei aí às quatro e meia.

Talvez fosse apenas uma ilusão, mas acho que havia uma pequena parte dela que se sentia lisonjeada com minha persistência.

– Boa noite, Trevor.

– Boa noite, Natalie.

Na quinta-feira, recebi notícias da primeira das empresas de ambulância, que me informou não ter atendido nem transportado meu avô.

Na sexta, as notícias da segunda renderam frutos. Após uma conversa rápida, recebi por e-mail uma cópia do relatório.

Li que meu avô, Carl Haverson, fora socorrido próximo ao quilômetro 7, na Rodovia 123, e levado até o Hospital Batista de Easley. Embora pobre em detalhes, o relatório revelava que ele estava inconsciente, o pulso fraco. Foi-lhe administrado oxigênio durante o percurso, e meu avô chegou ao hospital às 8h17.

Não era muita informação e, além do local em que havia sido apanhado, me contava pouca coisa que eu já não soubesse. Uma busca rápida na internet, incluindo o Google Earth, mostrou um trecho de rodovia próximo a um centro comercial decadente, o que não acrescentava nenhuma informação útil, porque eu não fazia ideia do que exatamente havia ocasionado o chamado. Ele poderia estar indo para a caminhonete, ou já dirigindo, ou seguindo para um restaurante. Eu não sabia quem chamara a ambulância nem o que *próximo ao quilômetro 7* significava na prática. Talvez a única forma de descobrir as respostas para todas essas perguntas fosse ir lá e verificar.

Mas, reparando na hora de chegada, surgiu-me uma ideia nova, algo que eu deveria ter percebido antes. Easley ficava no mínimo a uma distância de seis horas de carro; na caminhonete do meu avô, na sua idade, ele devia ter levado umas nove horas para chegar até lá. Teria dirigido a noite toda? Por mais que tentasse, eu não conseguia imaginar isso. Ele sempre gostou de acordar cedo. Na minha cabeça, conseguia visualizá-lo entrando na caminhonete de manhã cedo, após dormir num hotel...

Onde então ele havia passado a noite? Perto de Easley? Mais ao leste?

Além disso, se tinha sido encontrado perto da caminhonete, eu sabia que não havia como ela ainda estar estacionada na rodovia, não depois de seis meses. Como iria encontrá-la agora?

Fiquei me debatendo com essas perguntas durante o resto do dia, sem respostas. O que comecei a aceitar, no entanto, foi que uma viagem de carro até Easley me aguardava num futuro muito próximo. Para entender o que havia acontecido com meu avô, sabia que não tinha outra escolha a não ser ir até lá.

10

Aquele dia de sábado parecia de começo de verão, ao menos quando saí para dar minha corrida. Ao terminar, dava para torcer o suor da camiseta, o que me fez lembrar dos anos em que tinha sido atleta de verdade, em comparação com um cara que estava apenas tentando impedir que as calças apertassem na cintura.

Após o café, limpei a casa outra vez, dando atenção especial à cozinha e aos banheiros, depois arrastei a pequena mesa de jantar e as cadeiras para a varanda de trás. Ajeitei as cadeiras de balanço, mudei a churrasqueira de lugar, vasculhei móveis e armários em busca de toalha de mesa e velas, fazendo o máximo para criar um ambiente sutilmente romântico.

Aprontar o barco foi a tarefa mais difícil. Embora não ligasse que os assentos reclináveis estivessem surrados ou cheios de mofo, imaginava que Natalie se importaria, então corri até a loja para comprar o produto de limpeza de que precisava. Depois desse desvio, levei o barco até as bombas de gasolina, no Trading Post, para encher o tanque, mas isso levou mais tempo que o esperado por conta da fila enorme. Três pessoas diferentes pegaram os telefones para tirar fotos de mim enquanto eu aguardava minha vez, por eu ser tão charmoso e tudo o mais. Mas talvez estivessem mais interessados no barco. Quem sabe?

Arrumei a mesa, coloquei flores colhidas no jardim da frente num vaso e garrafas de vinho na geladeira; cortei verduras e fiz uma salada. Enchi o isopor de gelo, cerveja, refrigerante, água e levei para o barco, junto com uma travessa de petiscos. A essa altura, já era meio da tarde; tentei e não consegui me lembrar da última vez que levara tanto tempo para me preparar para um encontro.

Tomei a segunda ducha do dia e, levando em conta o tempo abafado, meu instinto me dizia que short e camiseta seriam mais apropriados para o passeio. Em vez disso, optei por calça jeans, camisa social azul e sapato sem meia. Arregacei as mangas e torci para que a brisa me impedisse de suar.

Deveria ter ouvido meu instinto. Natalie surgiu minutos depois, saltando do carro de short jeans, óculos escuros, sandália e camiseta dos Rolling Stones, um look sexy e casual. Engoli em seco.

Após pegar uma bolsa de lona do banco de passageiro, virou-se e ficou imóvel ao me ver.

– Pensei que você tinha dito que íamos sair de barco.

– E vamos – falei. – Este é meu uniforme de capitão.

– Vai sentir calor...

Sim, vou, pensei, já sentindo.

– Tudo bem...

Aproximando-me do carro, não sabia se me inclinava para um abraço ou ficava ali de pé que nem um idiota. Optei pelo último. Ela parecia igualmente insegura, o que me fez questionar se estaria tão nervosa quanto eu. Tinha minhas dúvidas, mas mesmo assim isso me fez sentir melhor.

– Não sabia se era para trazer alguma coisa – disse ela, encaminhando-se de novo para o carro. – Mas tenho um isopor no banco de trás com umas bebidas.

– Já coloquei algumas no barco, mas vai ser ótimo levar o que você trouxe, por garantia.

Abrindo a porta de trás, retirei o isopor.

– Como está sendo seu dia? – perguntou ela enquanto caminhava em direção à casa.

– Relaxante – menti. – E o seu?

– Um sábado típico.

– Feira do produtor?

– Entre outras coisas – disse ela, dando de ombros. – Você acha mesmo que vamos encontrar um jacaré?

– Espero que sim – respondi. – Mas não garanto.

– Se encontrarmos, será meu primeiro. Emocionante.

– O que tem nesta bolsa?

– Roupa para mais tarde – respondeu. – Não quero sentir frio.

Sendo bem sincero, preferia que ela ficasse com a roupa que estava, mas fiquei quieto.

Abri a porta da frente.

– Entre. Pode deixar a bolsa onde quiser.

– Quanto tempo acha que a gente vai ficar no barco?

– Difícil dizer. Mas vamos voltar antes de escurecer, com certeza.

Ela pegou um filtro solar na bolsa enquanto me seguia pela casa até a varanda dos fundos. Quando viu tudo que eu tinha feito, ergueu uma das sobrancelhas.

– Uau! – exclamou. – Você andou ocupado.

– Meus pais me ensinaram que devemos causar boa impressão.

– Você já causou ou eu nem concordaria em vir.

Pela primeira vez, fiquei sem saber o que dizer em sua presença. Acho que ela percebeu que tinha me deixado sem jeito, porque riu.

– Então tá – continuou. – Vamos para o barco caçar uns jacarés.

Segui na frente no caminho para o píer e coloquei seu isopor ao lado do meu quando embarcamos. O barco balançava de leve com o deslocamento de nosso peso.

– Nunca estive num iate antes – murmurou ela, pegando a deixa da minha piada de dias antes. – Espero que seja seguro.

– Não se preocupe. Ele está em ótimas condições. – Saltei rapidamente para o píer a fim de soltar as cordas e depois voltei para o lado dela. – Quer tomar uma cerveja ou uma taça de vinho antes de irmos?

– Cerveja é uma boa ideia.

Enfiei a mão no meu isopor e puxei uma garrafa de Yuengling. Tirei a tampa e entreguei a ela. Abri outra para mim, comemorando silenciosamente nosso primeiro drinque juntos.

Estendi minha garrafa em sua direção.

– Obrigado por ter vindo – falei. – Saúde.

Natalie tocou sua garrafa na minha antes de dar um pequeno gole.

– É boa – comentou, examinando o rótulo.

Sem perder mais tempo, fui para a popa e liguei o motor puxando a corda. Na cabine, acelerei e o barco se afastou do píer. Procurei o meio do rio, grato pela brisa. Já sentia uma camada fina de suor começando a se formar, mas Natalie parecia muito confortável. Estava na amurada, olhando a paisagem, o cabelo dela esvoaçando, linda sob a luz do sol. Fiquei admirando suas pernas antes de voltar a atenção para a condução do barco. Um acidente poderia estragar a boa impressão que havia provocado antes, com a toalha de mesa e as velas.

Navegávamos curva após curva. Às casas nas margens sucederam-se pontos de pesca de um lado apenas; e, depois, nada além de vida selvagem. Enquanto isso, apesar da falta de percepção de profundidade, eu evitava os perigos com habilidade, e teria exibido minha maestria como condutor não fosse a presença massiva de boias, com cores berrantes, alertando os pilotos a manter distância segura.

Após aplicar filtro solar nos braços e nas pernas, Natalie se juntou a mim na cabine.

– É a primeira vez que subo o riacho Brices – disse ela. – É lindo.

– Como pode morar aqui e nunca ter vindo para esse lado?

– Não tenho barco – respondeu ela. – Já naveguei no Trent e no Neuse com amigos, mas nunca viemos para este lado.

– Pensei que não saísse muito.

– E não saio – replicou ela. – Não ultimamente, pelo menos.

Embora eu pudesse perguntar por quê, sabia que ela não queria que eu o fizesse.

– Se estiver com fome, ajeitei uns tira-gostos na mesa.

– Obrigada. Estou bem por enquanto. Nem me lembro da última vez em que tomei uma cerveja, então estou aproveitando.

Ela observava a água escura e lenta, segurando a garrafa gelada e desfrutando o sol.

– Como soube onde achar os jacarés? – perguntou.

– Escutei uns caras comentando quando estava almoçando no Trading Post e resolvi conferir.

– Nunca comi lá.

– Acredite ou não, a comida é realmente muito boa.

– Já me disseram. Mas fica meio fora de mão para mim.

– Nada é longe em New Bern.

– Eu sei, mas passo tanto tempo atrás do volante quando estou trabalhando que fico cansada de dirigir.

– Você dirigiu até aqui, e minha casa não fica longe do Trading Post.

– O Trading Post não tem toalha de mesa e velas.

Sorri. Continuávamos seguindo rio acima, as árvores se inclinando nas margens, a água à frente plana como uma mesa de bilhar. Aqui e ali, víamos um píer isolado, apodrecido e coberto de mato, projetando-se no rio. Acima, uma águia-pescadora voava em círculos.

Natalie continuava a meu lado, e eu tinha a sensação de que algo havia mudado entre nós. De tempos em tempos, ela tomava um gole de cerveja e eu me perguntava se estaria nervosa por causa daquele encontro.

Estaria saindo com mais alguém? Eu ainda achava provável, mas, se fosse o caso, por que teria vindo hoje ou saído para jantar comigo? Seria tédio? Ou apenas solidão? E como seria o outro cara? Há quanto tempo estariam se vendo? Era possível também que só estivesse curiosa acerca dos jacarés e me visse como um amigo, mas por que então ficar tão perto de mim? Sabia que eu me sentia atraído por ela. Era meio óbvio que convidá-la de novo para jantar, no segundo fim de semana seguido, significava algo mais que simples amizade, e ainda assim ela concordara em me encontrar mais uma vez. Se estava realmente saindo com outra pessoa, como explicaria sua ausência hoje? Será que ele morava fora da cidade? Estaria nas forças armadas e lotado em outro lugar? Como sempre, eu não tinha as respostas.

O rio continuou a se estreitar até alcançarmos a rampa para barcos e entrarmos na Floresta Nacional. No cais, vi pai e filho pescando; os dois acenaram quando passamos. Embora minha cerveja estivesse ainda pela metade, já estava ficando quente. Inclinando-me sobre a amurada, despejei o resto e joguei a garrafa vazia no cesto de lixo da cabine.

– Quanto tempo falta? – sua voz veio flutuando até mim.

– Quase lá – respondi. – Mais alguns minutos.

Após a curva final, comecei a desacelerar o barco. No alto da árvore, vi uma das águias pousada no ninho, embora o companheiro não estivesse por perto. Mais à frente, no outro lado do rio, na pequena clareira enlameada, havia dois jacarés tomando sol. Eram filhotes, com não mais que um metro e meio do focinho à ponta da cauda, mas ainda assim parecia um golpe de sorte.

– Lá estão eles – falei, apontando.

Ela correu para a proa, vibrando de emoção.

– Não acredito! Estão bem ali!

Girando o leme, tentei posicionar o barco para que pudéssemos nos sentar nas poltronas e apreciar a natureza. Satisfeito, desliguei o motor e fui até a popa jogar a âncora, sentindo a corda se esticar ao alcançar o fundo.

A essa altura, Natalie já tinha pegado o celular e começado a tirar fotos.

– Tem mais uma coisa também – lembrei-a. – A surpresa de que falei.
– O quê?
Apontei para o alto do cipreste.
– Tem um ninho de águia bem ali, e alguns filhotes também. Eles estão meio escondidos, mas fique de olho.

Natalie olhava das águias para os jacarés e depois de volta enquanto eu retirava a tampa da travessa de comida e pegava outra cerveja no isopor. Joguei um morango na boca e me instalei numa das poltronas. Recostando-me, acionei a manivela e ergui o suporte para as pernas.

– Confortável? – brincou Natalie.
– Meu avô era um sábio no que se referia às coisas boas da vida.

Ela pegou umas uvas e se sentou, mas sem reclinar a cadeira.

– Não acredito que finalmente vi um jacaré – maravilhou-se ela.
– Seu desejo é uma ordem. Sou quase um gênio.

Natalie fez uma careta, mas sabia que estava entrando na minha. Equilibrei um pedaço de queijo num biscoito de água e sal enquanto ela pousava a cerveja na mesa.

– Então... esse é o seu estilo? – perguntou.
– Como assim?
– Tudo isso – falou, abrindo os braços. – A toalha de mesa e as velas lá na sua casa, o passeio de barco, a surpresa. É assim que você conquista as mulheres?
– Nem sempre – respondi, tomando um inocente gole de cerveja.
– Por que então todo esse espetáculo hoje?
– Porque achei que você fosse gostar. – Inclinei a cerveja na direção dela. – Aos jacarés.
– E às águias – concordou ela, relutante, pegando sua cerveja e tocando na minha. – Mas não mude de assunto.
– Mas não sei qual é o assunto.
– Tenho a sensação de que você é um verdadeiro conquistador quando se trata de mulheres.
– Porque sou inteligente e carismático?
– Porque não sou ingênua.
– Muito bem. – Eu ri. – Mas você podia ter recusado o convite.

Natalie pegou outra uva.

– Eu sei – concordou, por fim, baixando a voz.

– Está arrependida?

– Na verdade, não.

– Parece surpresa.

– E estou – disse ela, e, pelos próximos minutos, nenhum de nós falou nada.

Em vez disso, apreciamos a paisagem e Natalie viu, por fim, os filhotes de águia no ninho. Pegou o celular para tirar fotos, mas, a essa altura, eles já tinham sumido outra vez. Ouvi-a suspirar, olhando-me de soslaio.

– Você já se apaixonou? – perguntou.

Embora eu não esperasse a pergunta, uma lembrança involuntária de Sandra veio à tona.

– Acho que sim – respondi.

– Acha?

– Quando estávamos juntos, eu achava que sim – admiti. – Mas, agora, não tenho certeza.

– Por quê?

– Se eu estivesse mesmo apaixonado, acho que sentiria mais a falta dela do que sinto. Pensaria mais nela.

– Quem era ela?

Hesitei.

– Era uma enfermeira da ortopedia. Sandra. Inteligente. Bonita. Apaixonada pelo trabalho. Nós nos conhecemos em Pensacola e fomos felizes no início do namoro, mas ficou complicado depois que fui enviado para o Afeganistão. – Dei de ombros. – Quando voltei, eu... – Olhei para ela. – Já contei a você que não estava em boas condições mentais nem emocionais, e descontei nela. Fico espantado por ela ter me aguentado por tanto tempo.

– Quanto tempo ficaram juntos?

– Pouco mais de dois anos. Mas é preciso lembrar que estive longe boa parte desse tempo. No final, eu me perguntava se realmente nos conhecíamos bem. Depois que terminamos, levei um tempo para entender que sentia falta de ter alguém, mas não de Sandra especificamente. Sabia que nunca a havia amado do jeito que meu avô amou minha avó, nem mesmo do jeito que meus pais se amaram. Meu avô era um verdadeiro romântico; meus pais eram parceiros e amigos e se complementavam com perfeição. Não sentia nenhuma dessas coisas com Sandra. Não sei. Talvez ainda não estivesse preparado.

– Ou talvez ela não fosse a pessoa certa.

– Pode ser.

– Mais alguém? Quando era mais jovem, talvez?

Por alguma razão, a garota da ioga me passou pela cabeça.

– Saí com umas garotas durante o ensino médio e a faculdade, mas nada de mais. Depois que meus pais morreram, enquanto estava na faculdade de medicina e fazendo residência, dizia a mim mesmo que estava ocupado demais para qualquer coisa mais séria.

– E provavelmente estava.

Sorri, apreciando a resposta, mesmo que nós dois soubéssemos se tratar de uma desculpa.

– E você? Disse que já esteve apaixonada. É mais do tipo romântica ou do tipo parceira e amiga?

– As duas coisas – respondeu. – Eu queria tudo.

– Conseguiu?

– Sim – respondeu ela, erguendo a garrafa ainda pela metade. – O que eu faço com isso?

– Pode deixar que jogo fora depois.

Eu me levantei da poltrona, esvaziei o restante da cerveja no rio e coloquei a garrafa vazia ao lado da minha no cesto de lixo. Ao retornar, apontei para o isopor.

– Quer mais uma?

– Tem água?

– Claro. Vim preparado.

Dei a garrafa de água para ela antes de voltar a me sentar. Continuamos a conversar enquanto comíamos os petiscos, evitando qualquer assunto mais pessoal. Nossa discussão prévia sobre amor parecia ter esbarrado em algum tipo de limite de Natalie, então falamos sobre New Bern, o estande de tiro em que ela gostava de praticar e sobre algumas das cirurgias mais complicadas que fiz no passado. No final, ela conseguiu tirar fotos dos filhotes de águia e as mandou para mim, que só soube quando senti o celular vibrar no bolso e olhei a tela.

Enquanto flutuávamos pelo rio, uma camada fina de nuvens começou a se formar, transformando a luz do sol de amarela em laranja, e, quando o céu foi adquirindo um tom violeta, vi que era hora de voltar.

Levantei âncora e liguei o motor, enquanto Natalie tampava a travessa de comida e se juntava a mim na cabine. Pilotei mais rápido na volta, para tornar o percurso mais curto. O tempo tinha voado. Quando prendi o barco no píer, o crepúsculo caía, o céu era uma paleta brilhante e os grilos haviam começado a cantar. Ajudei Natalie a saltar e depois passei o isopor menor para ela. Equilibrando a travessa em cima do maior, caminhei a seu lado em direção à varanda de trás.

Chegando lá, abri a tampa do isopor.

– Quer outra água? – perguntei.

– Você tem vinho?

– Branco ou tinto?

– Branco.

Entrei, peguei o vinho na geladeira e encontrei um saca-rolha. Servindo duas taças, retornei à varanda. Ela estava em pé perto do parapeito, observando o pôr do sol.

– Pronto – falei, entregando-lhe uma das taças. – Sauvignon blanc.

– Obrigada.

Tomamos um gole ao mesmo tempo, apreciando a vista.

– Liguei para o hospital, como você sugeriu – contei. – Para descobrir algo sobre meu avô.

– E...?

– Você estava certa. Foi uma ótima ideia.

Contei a ela o que descobri. Natalie escutou atentamente, sem tirar os olhos de mim.

– Aonde acha que ele estava indo, se não era para Easley?

– Não sei.

– Mas você não acredita que ele foi ver essa tal de Helen?

– A não ser que ele tenha passado por uma mudança radical, não consigo imaginá-lo interessado em outra mulher. Não na sua idade, nem tão longe, e não do jeito que ele ainda falava sobre minha avó.

– Ele me falou sobre ela uma vez – comentou Natalie. – Disse que ela costumava cantarolar quando estava cozinhando e que, às vezes, imaginava ainda poder ouvi-la.

– Quando ele disse isso?

– Ano passado, talvez. Foi na feira do produtor, e não sei como o assunto surgiu, mas me lembro de pensar nessa história quando cheguei em casa. Dava para ver que ele ainda a amava muito.

– É isso que eu acho – concordei. – Ele era um cara de uma mulher só.

Ela deu outro gole no vinho.

– Acredita nisso? Que duas pessoas podem continuar apaixonadas durante toda a vida? Nessa coisa toda de alma gêmea?

– Acho que é possível para alguns casais, como no caso deles ou até de meus pais, mas provavelmente é mais exceção do que regra. Penso que a maioria das pessoas se apaixona mais de uma vez na vida.

– E, no entanto, você nem sabe se já se apaixonou.

– Não é justo repetir para mim minhas próprias declarações.

Ela riu.

– O que vai fazer com relação a seu avô?

– Estou pensando em pegar o carro e ir até Easley na terça-feira. Quero descobrir em que ponto da rodovia meu avô foi socorrido pela ambulância e tentar localizar a caminhonete. Talvez me ajude a entender o que aconteceu com ele.

– É uma boa distância a percorrer sem ter muito de concreto – observou ela.

– Só vai levar uns dois dias.

Enquanto falava, vi que ela tremia. Natalie apoiou a taça na balaustrada e esfregou os braços.

– Desculpe. Acho que estou ficando com um pouco de frio. Tem um banheiro onde eu possa trocar de roupa?

– Os banheiros são pequenos. Sinta-se à vontade para usar um dos quartos, se preferir. Já está com fome? Quer que eu vá preparando a churrasqueira?

– Seria ótimo. Estou ficando com fome. Pode me servir um pouco mais de vinho antes de eu entrar?

– Claro.

Na cozinha, servi-lhe mais vinho – ela me fez parar quando a taça estava ainda pela metade – e a observei pegar a bolsa na sala e entrar num dos quartos. Sem saber o que ela gostaria de jantar além do atum, tinha colocado um monte de opções no carrinho de compras mais cedo. Além de salada verde, havia vagem, arroz *pilaf* e maionese de repolho. Antes que alguém fique muito impressionado, o arroz *pilaf* tinha na caixa a informação "fácil de preparar" e comprei a maionese pronta na delicatéssen.

Sandra me ensinara a preparar vagem com azeite, alho e lascas de amêndoas. Fervi água no fogão para o arroz, despejei a maionese numa travessa de vidro e, junto com a salada verde e um frasco de molho pronto, levei tudo para a mesa do lado de fora. Acendi o fogo na churrasqueira, temperei minha carne com sal e pimenta e coloquei o arroz e os condimentos na panela. Após misturar molho de soja e wasabi para o atum, acomodei a carne na grelha e voltei à cozinha para pegar a vagem.

A carne, o arroz e a vagem cozinharam rápido; cobri-os com papel-alumínio e coloquei-os no forno para mantê-los aquecidos, mas não havia ainda nenhum sinal de Natalie. Seu atum levaria apenas um minuto para selar, então não me preocupei em começá-lo. Enquanto isso, trouxe uma caixa de som para a varanda e usei o iPhone para tocar minhas músicas preferidas dos anos 1980. Sentei-me na cadeira de balanço bebericando o vinho que já havia me servido e observando a lua subir, brilhando sobre as árvores. Era uma daquelas pela metade, linda – crescente ou minguante, não sabia qual.

Em algum momento do ano anterior, tinha baixado um aplicativo que contava tudo sobre constelações e onde encontrá-las à noite no céu; ocorreu-me que poderia abri-lo e tentar impressionar Natalie com meu conhecimento sobre astronomia.

Mas logo descartei a ideia. Ela descobriria a verdade de cara. Estranhamente, quanto mais Natalie revirava os olhos, mais sentia que poderia ser apenas quem eu realmente era. Gostava disso. Caramba, ela parecia perfeita... mas de que adiantava? Eu estava indo embora, então não existia a menor chance de um relacionamento duradouro. Ia me jogar de cabeça na minha carreira, Natalie continuaria a viver sua vida, e isso tudo significava que não havia razão para ficar entusiasmado. Certo?

Aquele era um exercício que eu conhecia muito bem. No ensino médio, mantinha certa distância emocional das garotas que namorava, e a mesma coisa acontecera na faculdade. Com Sandra, podia ter sido diferente no começo, mas, no final, eu mal conseguia dar conta de mim mesmo, quanto mais de um relacionamento. Embora todas essas mulheres tivessem seus encantos, impressionava-me o fato de que eu estava sempre pensando na próxima fase da minha vida, a qual não as incluiria. Isso pode parecer superficial e talvez até fosse, mas eu acreditava de verdade que todo mundo deveria se esforçar para ser a melhor versão possível de si mesmo, crença que às vezes impõe escolhas difíceis. Mas Natalie estivera errada ao pensar que isso me transformava num conquistador. Eu era mais um namorador em série do que um conquistador. A garota da ioga (*Lisa? Elisa? Elise?*) foi a exceção, não a regra.

Na varanda, sentia o chamado do meu histórico comportamental, alertando-me para não me apaixonar por uma mulher que abandonaria em breve. Não tinha como acabar bem. Ela se machucaria e eu também e, mesmo que tentássemos de algum modo dar continuidade, eu tinha aprendido que a distância joga uma pressão enorme em qualquer relacionamento. E mesmo assim...

Alguma coisa *tinha* mudado entre nós, não havia como negar. E eu nem sabia exatamente quando acontecera. Talvez fosse algo simples, tipo um nível de conforto mais intenso, mas eu percebia que ansiava por mais do que um relacionamento físico com ela. Queria o que havíamos experimentado quando lhe mostrei as colmeias, navegamos no barco ou bebemos vinho na varanda dos fundos. Queria as brincadeiras leves, a comunicação profunda e os longos períodos em que nenhum de nós sentia necessidade de dizer nada. Queria me perguntar o que ela estaria sentindo e me surpreender muitas vezes; queria que ela passasse suavemente os dedos sobre a cicatriz na minha mão e mostrar a ela outras que marcavam minha pele. Tudo isso me parecia estranho, até um pouco assustador.

Lá fora, a lua continuava a subir devagar, transformando o gramado num lago azul-prateado. Uma brisa morna remexia suavemente as folhas, como um sussurro. As estrelas, no alto, refletiam-se nas águas do rio, e entendi de repente por que meu avô nunca quisera ir embora dali.

Atrás de mim, senti uma diminuição súbita da luz, indicando a aproximação de Natalie, vinda de dentro da casa. Virando-me para falar com ela, sorri de forma automática antes de reconhecer por completo a mulher parada diante de mim na porta. Por um momento, só consegui olhá-la, certo de que jamais vira algo tão belo.

Natalie colocara um vestido vinho justo, sem mangas e decotado, que se colava a suas curvas elegantes. A corrente que trazia sempre em torno do pescoço tinha sumido; ela usava grandes brincos de argola e delicados sapatos de salto. Mas foi seu rosto que me hipnotizou. Passara rímel, realçando os cílios espessos, e a maquiagem habilmente aplicada dava a sua pele uma qualidade luminosa. Senti vestígios de perfume, algo que sugeria flores silvestres. Na mão, segurava a taça de vinho vazia.

Meu olhar deve ter lhe causado hesitação, porque franziu ligeiramente o nariz.

– Exagerei?

Sua voz foi o suficiente para me tirar daquele estupor.

– Não – respondi. – Você está... deslumbrante.

– Obrigada. – Ela sorriu, parecendo quase tímida. – Sei que não é verdade, mas fico contente.

– Estou falando sério – afirmei, e de repente eu soube: era aquilo que eu queria.

Queria Natalie, não só por uma única noite, mas para uma vida inteira de dias e noites como aquela. A sensação era inegável, e entendi de repente o que meu avô devia ter sentido quando viu Rose pela primeira vez em frente à farmácia, tantos anos antes.

Estou apaixonado por ela, ecoou com clareza uma voz em minha mente. Parecia um pouco surreal, e ainda assim mais verdadeiro do que qualquer coisa que já experimentara. Mas então escutei aquela voz de advertência outra vez, dizendo-me para terminar tudo naquele momento, antes que virasse algo mais sério. Para tornar as coisas mais fáceis para nós dois. A voz de alerta era só um murmúrio, porém, e desapareceu diante da força dos meus sentimentos. *Então é assim*, pensei. *Era disso que meu avô estava falando.*

Enquanto isso, Natalie permanecia calada, mas, pela primeira vez, eu sabia o que ela estava pensando. Podia ver em seu sorriso radiante que sentia exatamente o mesmo por mim.

Forcei-me a desviar o olhar quando Natalie adentrou a varanda. Pigarreando, perguntei:

– Quer mais uma taça? Acho que vou tomar outra.

– Só um pouquinho – murmurou.

– Já volto.

Na cozinha, foi como se eu enfim pudesse soltar o fôlego que estava prendendo. Tentei me recompor, concentrando-me no simples ato de servir o vinho. Consegui de alguma forma retornar à varanda segurando as duas taças, esforçando-me desesperadamente para ocultar minha agitação.

Entreguei-lhe a taça.

– Podemos comer quando você quiser. Só tenho que grelhar o atum, mas é rápido.

– Precisa de ajuda?

– Tem umas coisas prontas na geladeira e no forno, mas preciso começar com o atum.

Na grelha, desembrulhei o peixe, nervoso com a proximidade de Natalie.

– Como gosta do atum? – perguntei roboticamente. – Malpassado ou ao ponto?

– Malpassado – respondeu.

– Misturei um pouco de molho de soja e wasabi para você.

– Perfeito – disse ela, arrastando a voz num tom rouco, cutucando-me gentilmente e me deixando tonto.

Preciso me controlar.

Após conferir a temperatura, coloquei o atum na grelha. Natalie pegou a deixa, retornando à cozinha para apanhar os outros pratos e levá-los à mesa.

Olhei por cima do ombro.

– Pode me trazer seu prato? É para pôr o atum.

– Claro – respondeu, vindo em minha direção.

Servi o atum e fomos juntos para a mesa. Enquanto se sentava, apontou com a cabeça para a comida.

– Você fez o suficiente para quatro pessoas. – Depois, inclinando-se para a frente, acrescentou: – Eu me diverti muito no barco hoje. Obrigada por ter me convidado.

– Um dia perfeito – concordei.

Servimo-nos, passando os vários acompanhamentos para lá e para cá em calma familiaridade. A conversa ia dos jacarés, das águias e da vida na Flórida aos lugares que gostaríamos de visitar um dia. Seus olhos faiscavam um fogo oculto, fazendo-me sentir intensamente vivo. Como eu me apaixonara por ela tão rápido, sem nem perceber?

Depois, Natalie me ajudou a levar os pratos para a cozinha e guardar as sobras. Quando terminamos, voltamos ao parapeito da varanda e ficamos olhando o rio, meu ombro quase tocando o dela. A música continuava, uma balada melancólica do Fleetwood Mac. Embora desejasse passar o braço pelos seus ombros, hesitei. Ela pigarreou antes de levantar os olhos para encontrar os meus.

– Tem uma coisa que preciso contar para você – disse ela.

Seu tom era suave, mas sério, e senti um nó no estômago. Já sabia o que Natalie ia dizer.

– Você está saindo com outra pessoa – falei.

Ela ficou absolutamente imóvel.

– Como você sabe?

– Ninguém me disse nada. Mas suspeitei. – Encarei-a. – Faz diferença?

– Acho que não.

– É verdade? – perguntei, odiando querer descobrir.

– É – respondeu, virando para o lado, incapaz de me olhar nos olhos. – Mas não é o que você provavelmente está pensando.

– Há quanto tempo estão juntos?

– Há alguns anos – respondeu.

– Você o ama?

Ela pareceu lutar com a resposta.

– Sei que o amei por um tempo. E, até duas semanas atrás, ainda achava que amava, mas então... – Ela passou a mão pelo cabelo antes de se virar e me encarar. – Conheci você. Mesmo naquela primeira noite, quando conversamos bem aqui, me senti atraída. Para ser sincera, fiquei aterrorizada. Mas, por mais assustada que estivesse e por mais que soubesse que era errado, havia um lado meu que queria estar com você. Tentei fingir que esse sentimento não existia; disse a mim mesma para ignorar e esquecer. New Bern é uma cidade muito pequena, mas eu quase nunca saio, então era pouco provável que nos víssemos de novo. Mas aí... você estava na feira do produtor. E eu sabia exatamente por que estava lá. E todo aquele sentimento voltou a aflorar.

Ela fechou os olhos, um cansaço visível sobre os ombros caídos.

– Vi você andando – falou Natalie. – Depois de comprar um café. Bem na hora em que eu saía da feira, lá estava você. Eu disse a mim mesma para esquecer. Esquecer você. Mas, quando dei por mim, estava indo na mesma direção e te vi entrar no parque.

– Você me seguiu?

– Senti que não tinha escolha. Era como se alguma coisa, ou alguém, me empurrasse. Eu... eu queria conhecer você melhor.

Apesar da seriedade das palavras, eu sorri.

– E por que me acusou de seguir você?

– Pânico – admitiu ela. – Confusão. Vergonha. Pode escolher.

– Você é uma boa atriz.

– Talvez. Não sei por que não consegui dizer o que queria. Começamos a conversar sobre outros assuntos com tanta naturalidade... e, quando você se ofereceu para me mostrar as colmeias, soube que tinha que aceitar. Tentei me convencer de que não significaria nada, mas, lá no fundo, sentia que não era verdade. E a coisa continuou acontecendo... com o jantar em Beaufort, o barco e agora isso. Toda vez que estou com você, digo a mim mesma que não deveria estar, que deveríamos parar de nos ver. E, toda vez, as palavras não saem.

– Até agora.

Natalie assentiu, os lábios apertados formando uma linha fina, e senti a garganta se apertar no silêncio que se seguiu. Instintivamente, eu me vi procurando sua mão; percebi os dedos se endurecerem antes de, por fim, relaxarem. Virei-a suavemente para mim. Com a outra mão, acariciei seu rosto com delicadeza.

– Olhe para mim – sussurrei. Quando Natalie ergueu devagar os olhos, continuei: – Você quer ir embora?

Diante de minhas palavras, seus olhos ficaram úmidos. O queixo tremeu levemente, mas ela não se afastou de mim.

– Quero – murmurou Natalie. E depois, engolindo em seco, ela fechou os olhos. – Não, não quero.

Ao fundo, os acordes de uma canção cujo nome eu havia esquecido flutuavam no ar. A luz da varanda lançava um brilho dourado sobre sua pele beijada pelo sol. Aproximei-me mais, pondo a outra mão em seu quadril, notando a confusão, o medo e o amor em sua expressão, depois coloquei os braços em torno da cintura. Seus olhos estavam fixos nos meus enquanto nossos corpos se juntavam, então a senti tremer quando comecei a acariciar suas costas. Sob o tecido fino do vestido, sua pele estava quente e tive plena consciência das curvas de seu corpo colado ao meu.

Ela parecia perfeita para mim – inegavelmente real, elementar até, como se tivéssemos sido forjados da mesma matéria-prima. Eu inalava seu perfume, incapaz de permanecer em silêncio.

– Eu amo você, Natalie – sussurrei. – E não quero que vá embora nunca mais.

Aquelas palavras deixaram o sentimento ainda mais real, e de repente senti a possibilidade de uma vida juntos. Eu sabia que faria qualquer coisa para que tudo desse certo entre nós, mesmo que isso significasse ficar em New Bern. Poderia transferir minha residência para a Universidade de East Carolina, que ficava a menos de uma hora da casa de meu avô; poderia até desistir de uma vez por todas da prática da medicina. A alternativa era um futuro sem ela, e, naquele instante, não havia nada mais importante do que ficar com aquela mulher, agora e para sempre.

Pela sua expressão, soube que ela reconhecia a intensidade dos meus sentimentos. Embora pudesse tê-la assustado, não se afastou. Em vez disso, inclinou-se para mim e enlaçou meu pescoço, apoiando a cabeça em meu ombro. Eu sentia seus seios, grandes e macios, apertando-se contra meu peito. Ela inspirou e soltou devagar a respiração, uma espécie de libertação.

– Também amo você, Trevor – sussurrou. – Não deveria, e sei que não posso, mas amo.

Ela levantou a cabeça do meu ombro quando meus lábios encontraram seu pescoço. A pele era delicada como seda sob a ponta da minha língua. Com um gemido, puxou-me para ainda mais perto, até eu finalmente colar meus lábios nos seus.

Beijei-a, deleitando-me com o tremular hesitante de seus lábios quando correspondeu. Nossas línguas se tocaram, e foi a sensação mais deliciosa que já tinha experimentado. Comecei a explorar seu corpo com as mãos, seguindo delicadamente a curva da cintura, depois a lateral do seio, descendo até o quadril, já memorizando suas formas. Durante todo esse tempo, estava consciente de meu amor por ela, junto com o fluxo de desejo mais poderoso que já sentira na vida. Queria Natalie por inteiro. Quando consegui me afastar um pouco, nossos corpos ainda colados, seus olhos estavam semicerrados, a boca entreaberta em antecipação sensual. Depois, num movimento que pareceu completamente natural, segurei a mão dela e dei um pequeno passo para trás. Seus olhos não se desviavam dos meus e, com um puxão leve, levei-a para dentro, em direção ao quarto.

11

— Interessante – disse Bowen durante nossa sessão de segunda-feira.
Estávamos sentados à mesa da sala de jantar, que eu colocara de volta dentro da casa, dois copos de água com gelo entre nós. Ele tinha chegado quase uma hora antes e andáramos pelo terreno e pela casa. De longe, mostrei-lhe as colmeias e o barco. Quando a sessão teve início, comecei a conversa como de hábito – com uma atualização sobre vários temas relacionados ao estresse pós-traumático – antes de relatar meu encontro com Natalie. Contei-lhe praticamente tudo, mas sem os detalhes *íntimos*, é claro.

— É tudo que tem a dizer sobre isso? – perguntei. – Que é interessante?
— O que você gostaria que eu dissesse?
— Não sei. Alguma coisa. Qualquer coisa.
Bowen levou a mão ao queixo.
— Acredita realmente que está apaixonado por ela?
— Acredito – respondi. – Sem dúvida.
— Você a conhece há menos de duas semanas.
— Meu avô se apaixonou por minha avó na primeira vez em que se falaram – argumentei. Mas, para ser sincero, eu vinha me fazendo a mesma pergunta a manhã toda. – Natalie é... diferente de qualquer mulher que já conheci. E sei que não faz sentido. Mas, sim, eu a amo.
— E desistiria da residência por causa dela?
— Sim – respondi.
— Interessante – repetiu ele.
A fala evasiva e neutra de Bowen podia ser frustrante, para dizer o mínimo.
— Você não acredita em mim?

– Claro que acredito.
– Mas está preocupado com alguma coisa.
– Você não está?

Eu sabia exatamente a que ele estava se referindo, claro.

– Você está falando do outro cara.
– Isso acrescenta implicações bastante desafiadoras.
– Entendo. Mas os sentimentos dela por mim são reais. E Natalie disse que me ama.

Bowen ajustou os óculos.

– Baseado no que você descreveu, parece que ela ama mesmo.
– Você acha?
– Não me surpreenderia nem um pouco. Às vezes você subestima como os outros o veem. Você é jovem, inteligente, bem-sucedido, rico, e alguns o consideram um herói pelo serviço militar que prestou.
– Poxa. Obrigado, doutor.
– De nada. No entanto, minha questão é que, enquanto imagino com facilidade uma mulher se apaixonando por você, isso não significa necessariamente que não seja complicado para ela. Nem que o relacionamento de vocês vá seguir o caminho que você está esperando. As pessoas são complexas, a vida raramente se desenrola da forma como imaginamos, e as emoções podem ser contraditórias. Pelo que me disse, ela parecia em conflito por causa do relacionamento entre vocês dois. Até ela resolver esse conflito, pode ser um problema.

Tomei um gole de água, processando o que Bowen acabara de dizer.

– O que devo fazer? – perguntei, por fim.
– Sobre o quê?
– Sobre Natalie – respondi, ouvindo a frustração na minha voz. – O que eu faço em relação ao outro cara?

Bowen ergueu uma das sobrancelhas. Ficou em silêncio, esperando que eu respondesse à minha própria pergunta. Conhecia-me bem o suficiente para saber que eu conseguiria entender tudo sozinho, o que fiz.

– Preciso aceitar que não tenho controle sobre outra pessoa – falei. – Só posso controlar meus próprios comportamentos.
– Exatamente. – Bowen sorriu. – Mas desconfio de que isso não faça você se sentir muito melhor.

Não, pensei, *não faz mesmo*. Respirei fundo algumas vezes, desejando que não fosse verdade, antes de repetir automaticamente muito do que aprendera em sessões anteriores.

– Você vai me dizer que agora devo me esforçar para ser a melhor versão de mim mesmo. Que preciso dormir, me exercitar, comer coisas saudáveis e manter ao mínimo o consumo de substâncias que alteram o humor. Praticar as estratégias da terapia comportamental quando estiver me sentindo no limite. Entendo tudo isso. E estou fazendo tudo isso. O que quero saber é o que devo fazer em relação a Natalie, para não enlouquecer de preocupação.

Se Bowen ouvia a emoção em minha voz, não demonstrou. Em vez disso, da forma calma que sempre adotava comigo, deu de ombros.

– O que pode fazer a não ser continuar a fazer o que já está fazendo?
– Mas eu a amo.
– Sei que ama.
– Nem sei se ela mora com ele, ou se só namoram.

Bowen parecia quase triste.
– E quer mesmo saber?

No dia seguinte, dirigindo pela estrada, eu ruminava minha conversa com o Dr. Bowen. Sabia o que queria – que Natalie largasse o cara –, mas eu era só metade daquela equação. Ou, talvez, apenas um terço, o que era ainda pior. Acreditava às vezes que o mundo funcionaria melhor se eu ficasse encarregado de tudo e pudesse controlar de fato as pessoas, mas, conhecendo a mim mesmo, provavelmente ficaria cansado da responsabilidade.

Estava com o GPS ligado, mesmo que provavelmente não fosse precisar dele até chegar à fronteira da Carolina do Norte. Era uma linha reta até lá – Rodovia 70 até a Interestadual 40 perto de Raleigh, depois a Interestadual 85 perto de Greensboro, passando por Charlotte, e entrando na Carolina do Sul, até chegar a Greenville. O computador calculava que eu chegaria a meu destino entre uma e duas da tarde, tempo suficiente, esperava eu, para obter algumas respostas.

O percurso era fácil, relativamente plano, passando por fazendas e florestas. Perto das cidades, o congestionamento era pior, embora nada que se comparasse à área de Washington D.C., onde eu crescera. Enquanto seguia em frente, tentava imaginar meu avô pegando o mesmo caminho, mas não conseguia. A caminhonete dele tremia e sacudia se andasse a velocidades superiores a 60 quilômetros por hora, e dirigir devagar nas interestaduais era perigoso. Naquela idade, ele deveria saber que sua visão e seus reflexos já não eram mais os mesmos. Quanto mais pensava sobre isso, mais achava que teria optado por estradas secundárias, com apenas uma pista para cada mão. Isso aumentaria ainda mais o tempo de viagem, e, pelo que eu sabia, ele levara dois dias para chegar a Easley.

Parei para almoçar ao sul de Charlotte, depois peguei outra vez a estrada. Segundo o GPS, a Interestadual 85 cruzava a Rodovia 123 em Greenville, e de lá era uma reta até meu destino. Antes de sair, soube que a rodovia também levava à Universidade Clemson, que ficava um pouquinho mais a oeste, o que me fez pensar se Helen não seria uma aluna.

Era um pensamento absurdo, mas, após mais de seis horas no volante, me fez rir um pouco.

Encontrei a Rodovia 123 sem problemas, preparei-me para o trecho final, e, cinco minutos depois, comecei a conferir os marcos de quilômetro. Na minha cabeça, se o derrame houvesse ocorrido mais para leste, ele teria sido transportado para Greenville, que era uma cidade muito maior e com mais hospitais. Chegar aos arredores de Easley trouxe recordações, mas nenhuma da cidade propriamente dita. Nada pareceu familiar; não conseguia nem rememorar o caminho exato que fizera até o hospital, lembranças suprimidas por completo pelo nervosismo que senti meses antes.

Comecei a desacelerar quando vi o marcador do quilômetro 9, perscrutando ambos os lados da rodovia. Diferente da maior parte do percurso, havia mais que fazendas e florestas ali; residências, casas de penhor, revendedoras de carros usados, ferros-velhos, postos de gasolina e até uma loja de antiguidades. O quadro era desanimador: encontrar alguém em algum daqueles estabelecimentos ou casas que se lembrasse de meu avô mais de seis meses antes – ainda mais alguém capaz de dar uma pista útil – poderia levar dias, até semanas. Ao mesmo tempo que estava interessado no mistério, já sabia que não estava disposto a um compromisso daquele. Comecei a pensar se a viagem realmente valera a pena.

No entanto, quando passei pelo marcador do quilômetro 8, meu coração se acelerou. À direita, havia uma filial da Waffle House – meu avô era fã dessa cadeia de restaurantes – e, depois, coisa de um minuto, uma placa menor do lado oposto da estrada anunciava o Evergreen Motel. Lembrava-

-me de aprender na faculdade que derrames tinham mais probabilidade de ocorrer durante duas janelas de duas horas, uma de manhã e outra à noite. Levando em conta a hora em que ele costumava acordar, um possível café da manhã na Waffle House e a chegada ao hospital, talvez estivesse diante do hotel onde ele passara a noite.

Meu pressentimento ficou mais forte quando me aproximei. Vi a mesma rua que pesquisara no Google Earth, mas, na vida real, tudo fazia mais sentido. O que pensei ser um centro comercial era na verdade um hotel velho localizado bem atrás do marcador do quilômetro 7, o tipo de lugar que preferia receber em dinheiro vivo, o que era uma coisa boa, já que meu avô não tinha cartão de crédito. Mais que isso, conseguia sem problema imaginá-lo lá. A construção tinha um andar só, em forma de U, com talvez doze quartos no total. O exterior cor de oliva havia desbotado até um verde sombrio e havia umas cadeiras de balanço decrépitas colocadas do lado de fora, em frente aos quartos, provavelmente numa tentativa de dar uma sensação mais acolhedora ao local. Parecia uma mistura da casa do meu avô com o Trading Post, e pude imaginá-lo dando um suspiro de alívio ao dar de cara com um lugar tão familiar.

Uma pequena placa numa janela próxima à rodovia indicava a recepção, e parei o carro em frente. Havia apenas três outros veículos no estacionamento, o que mesmo assim me pareceu demais. A hora do checkout já havia passado, ou seja, quem estava no quarto pretendia ficar mais uma noite ali, algo difícil de acreditar. Ou estavam pagando por hora, curtindo uma aventura sexual à tarde, o que parecia mais provável. Não que os estivesse julgando, quem sou eu...

Abri uma porta de tela com um rangido, um sino tilintou, e entrei numa sala pequena e mal iluminada, dominada por um balcão à altura do peito. Na parede atrás havia ganchos com chaves em chaveiros de plástico. Notei um corredor parcialmente obscurecido por uma cortina de contas, e dava para ouvir uma televisão no volume máximo. O som diminuiu e uma mulher baixa, ruiva, que podia ter entre 30 e 50 anos, surgiu por detrás da cortina de contas. Parecia decepcionada, como se minha chegada a afastasse da única fonte de prazer existente, a televisão.

– Você quer um quarto?

– Não – respondi –, mas espero que a senhora possa me ajudar.

Fiz-lhe um breve resumo das informações que queria. Enquanto falava, seus olhos iam da deficiência em minha mão à cicatriz no meu rosto, a expressão abertamente curiosa. Em vez de responder, perguntou:

– Você era do Exército?

– Da Marinha – falei.

– Meu irmão era do Exército – disse ela. – Esteve no Iraque três vezes.

– Lugar complicado – comentei. – Eu estive no Afeganistão.

– Que também não é muito fácil.

– Não, não é – concordei. – Mas pelo menos não fui para lá três vezes.

Pela primeira vez, ela sorriu.

– O que estava dizendo sobre seu avô?

Contei de novo a ela sobre meu avô e acrescentei que a empresa de ambulâncias informou que ele passou mal próximo ao marco de quilômetro em frente, de manhã cedo – tornando possível, se não provável, que tivesse ficado no Evergreen.

– Gostaria que a senhora desse uma olhada nos registros.

– Isso foi quando?

Disse-lhe a data, mas ela balançou negativamente a cabeça.

– Sinto muito. Por mais que eu queira ajudar, você vai ter que perguntar para o Beau. Eu tenho ordens para não deixar as pessoas verem os registros a menos que tenham um mandado. Posso perder meu emprego.

– Beau é o dono?

– Gerente – respondeu. – Ele toma conta em nome do tio, que mora na Virgínia Ocidental.

– Você tem o número dele?

– Tenho, mas não posso ligar. Ele está dormindo. Não gosta que o incomodem. Trabalha à noite. De oito às oito.

Com um horário daqueles, eu também não gostaria de ser incomodado.

– Não tem nada que a senhora possa saber sobre meu avô? Estava trabalhando aqui na época? Talvez tenha ouvido alguma coisa.

Ela tamborilou os dedos no balcão.

– Lembro-me de ouvir sobre um homem velho precisando de uma ambulância lá fora, no estacionamento. Talvez tenha sido ele. Talvez não. Algumas pessoas morreram aqui nos últimos dois anos, uma situação bem parecida. Ataque do coração, a maioria. Uma vez, suicídio.

Fiquei pensando se isso seria característica daquele lugar ou dos motéis e hotéis em geral.

– Beau trabalha hoje à noite?

– Sim. – Ela assentiu. – Não se assuste quando o encontrar. Ele parece meio estranho, mas é uma ótima pessoa. Tem bom coração.

– Obrigado pela ajuda.

– Não pude ajudar muito – retrucou. – O que posso fazer é deixar um bilhete para Beau avisando que você vem e pedindo que o ajude.

– Agradeço muito.

– Como é mesmo seu nome?

– Trevor Benson.

– O meu é Maggie – disse ela. – Obrigado por servir ao país. E desculpe não ter ajudado mais.

Com algumas horas sobrando, dirigi de volta até Greenville e passei um tempo percorrendo a Barnes & Noble antes de jantar um bife no Ruth's Chris. Imaginando que teria que passar a noite ali, reservei um quarto no Marriott. Apesar de o Evergreen ser bom o bastante para os padrões de meu avô, eu preferia um local um pouco mais confortável.

Voltei ao hotel às 20h15. Àquela altura, já estava escuro, e meus faróis iluminaram quatro carros no estacionamento, diferentes dos que tinham estado lá antes. Estacionei na mesma vaga e entrei na recepção. Ouvi outra vez a televisão trovejando antes de Beau surgir do quarto dos fundos.

Minha primeira impressão foi: *"Agora entendi o que Maggie quis dizer."* O homem que se aproximou do balcão parecia exatamente o tipo de cara que trabalhava no turno da noite num lugar chamado Evergreen Motel numa rodovia tranquila no meio do nada. Desconfiei que tivesse a mesma idade que eu ou fosse mais jovem; era magro como um palito, com uma barba desleixada e um cabelo que não via um chuveiro havia pelo menos uma semana. A camiseta branca estava suja e ele trazia a carteira presa a uma pequena corrente pendurada no passador do cinto. Sua expressão variava entre indiferença e irritação, e senti cheiro de cerveja no seu hálito.

– Você é o Beau?

Ele limpou o queixo com as costas da mão e suspirou.

– Quem quer saber?

– Trevor Benson – respondi. – Estive aqui mais cedo e falei com Maggie.

– Ah, é. Ela me deixou um bilhete e disse que eu devia ajudar você porque é veterano. Alguma coisa sobre seu avô.

Contei a história outra vez. Antes mesmo de terminar, ele já estava assentindo.

– Sim, eu me lembro dele. Um velhinho. Tipo bem velho mesmo, certo? Dirigindo uma caminhonete antiga?

– Provavelmente – falei. – Parece ser ele.

Ele enfiou a mão sob o balcão e tirou um caderno, do tipo que se vê em qualquer papelaria.

– Qual foi a data?

Eu respondi, observando-o folhear o caderno.

– O problema é que só pedimos a identidade quando nos pagam com cartão de crédito. Com dinheiro vivo e depósito de chave, não vale a pena checar. Tem muito zé-ninguém por aqui, então não posso garantir nada.

Surpresa nenhuma.

– Tenho certeza de que ele usaria o próprio nome.

Ele continuou folheando até parar na data certa.

– Como era mesmo o nome dele?

– Carl Haverson.

– Isso – disse ele. – Pagou em dinheiro por uma noite. Devolveu a chave e recebeu de volta o depósito.

– Você se lembra de alguma coisa que ele possa ter dito? Aonde ele poderia estar indo?

– Não posso te ajudar nisso. Sinto muito. São muitos hóspedes, entende?

– Pode me dizer do que você lembra?

– Eu me lembro de encontrá-lo – respondeu. – Estava na caminhonete, o motor ainda ligado. Não sei quanto tempo estivera lá, mas me lembro de olhar pela janela e ver o carro pronto para pegar a estrada. Dois minutos depois, ele continuava lá. Lembro porque soltava muita fumaça. Como a caminhonete estava bloqueando a saída do estacionamento, fui lá ver, e já ia bater no vidro quando o vi caído sobre o volante. Abri a porta e ele não parecia bem. Não sabia se estava vivo ou morto, então voltei e liguei para a emergência. A polícia chegou, veio uma ambulância e a equipe fez seu trabalho e o colocou na parte de trás. Ele ainda estava vivo. Mas foi a última vez que o vi.

Após ele terminar, olhei pela janela em direção à saída, visualizando a cena. Estranho ou não, Beau tinha sido prestativo.

– Você sabe o que aconteceu com a caminhonete?
– Mais ou menos.
– Como assim?
– Perguntei ao xerife se podia manobrá-la, porque estava atrapalhando a saída. Como disse, ainda estava ligada. Ele me disse que tudo bem, mas que colocasse a chave num envelope, para o caso de o cara voltar. Manobrei a caminhonete até uma vaga bem lá no fundo do estacionamento e fiz o que ele falou.
– Ainda está com a chave?
– Não – respondeu Beau, balançando a cabeça.
– Por quê?
– Não quero problemas. Esperei duas semanas para ver se o cara, quer dizer, seu avô, ia voltar. Mas ele não voltou e eu não soube de mais nada.
– Não estou chateado e você não está com nenhum problema. Só estou tentando encontrar a caminhonete dele, na esperança de que exista alguma coisa dentro que me diga aonde ele estava indo.
Ele me encarou em silêncio por um tempo.
– Meu tio mandou que eu chamasse o reboque – confessou, por fim. – Dei a chave para o motorista.
– Por acaso você se lembra de quem chamou?
– AJ – respondeu. – Reboques AJ.

Provavelmente já era muito tarde para fazer uma visita ao AJ, então voltei para o Marriott de Greenville. Tomei uma ducha e assisti a um filme de ação no pay-per-view antes de ir para a cama. Pegando o telefone, enviei uma mensagem a Natalie.

> Oi. Viagem longa, mas foi bom ter vindo. Consegui algumas informações. Descobri que a caminhonete foi rebocada. Vou checar isso amanhã.
> Te amo.

Cansado demais para mandar outra mensagem se ela respondesse, silenciei o telefone e desliguei o abajur. Adormeci em minutos, e meu último pensamento consciente foi me perguntar outra vez aonde meu avô teria ido.
De manhã, não havia resposta de Natalie.

Após o café da manhã, fiquei pensando se telefonava para AJ ou se ia pessoalmente lá. Escolhi a segunda opção. O GPS me guiou até uma zona industrial de Easley, e, embora tenha encontrado o endereço, não avistei nenhuma placa indicando o nome do estabelecimento nem achei a entrada para um escritório. Em vez disso, vi um prédio amplo, retangular, pré-fabricado, com três portões de enrolar grandes plantados no centro de um pátio de asfalto dilapidado, tudo atrás de altas cercas de alambrado. Embora houvesse um portão que levava à propriedade, estava com corrente e cadeado. Do outro lado do pátio, vi três carros empoeirados estacionados em fila. Não parecia haver ninguém em atividade.

Era horário comercial, mas, quando pensei melhor, pareceu-me lógico que o estabelecimento se encontrasse fechado. A menos que alguém estivesse com o veículo confiscado no pátio, não havia razão para manter pessoal de escritório, nem mesmo um recepcionista para atender o telefone. Provavelmente, as ligações para a firma caíam direto em algum celular.

Digitei o número, escutei tocar e, após ouvir a voz ríspida de AJ na caixa postal, deixei uma mensagem mencionando a informação de que precisava e pedindo-lhe que me ligasse.

Com pouco a fazer além de esperar, passeei por Easley, descobrindo que era mais bonita do que esperava. Também vi de novo o hospital e, mesmo sem sair do carro, enviei agradecimentos silenciosos às pessoas boas que trabalhavam ali. Meu avô havia sido bem cuidado em seus últimos dias de vida por médicos e enfermeiros dedicados, gente que se importou com ele a ponto de me localizar.

Ao meio-dia, dirigi de volta a Greenville e almocei no centro, num lugar que servia um caranguejo excepcional e parecia ser frequentado por pessoas que trabalhavam em prédios comerciais próximos. Como já tinha fechado a conta no hotel, fiz hora no restaurante até começar a ficar sem graça, depois dei uma caminhada.

Três horas se passaram sem saber notícias de AJ. Depois quatro e cinco. Pensei em retornar a New Bern, mas me sentia obrigado a falar com ele cara a cara. De qualquer forma, mesmo que fosse embora àquela hora, só chegaria em casa já quase meia-noite.

Voltei ao Marriott e me registrei outra vez. Enquanto carregava o celular, deixei o toque no volume mais alto. Enviei outra mensagem a Natalie:

Pensando em você. Provavelmente volto para casa amanhã, chego só à tarde.

Resolvi jantar comida mexicana num restaurante perto do hotel. Na volta, liguei uma segunda vez para o número de AJ. Dessa vez ele atendeu. Identifiquei-me, mencionei que havia ligado mais cedo por causa da caminhonete do meu avô, e a ligação foi interrompida abruptamente. Ou AJ tinha desligado na minha cara ou a ligação tinha caído. Telefonei outra vez e, como acontecera mais cedo, de manhã, a chamada foi direto para a caixa postal. Desliguei.

Já no hotel, fiquei deitado na cama pensando naquilo. Parecia que AJ não queria falar comigo, embora eu não soubesse por que e nem tivesse ideia do que fazer. Como ele não estava no local de trabalho e eu não sabia seu sobrenome, não fazia ideia de como encontrá-lo. Imaginei se não conseguiria descobrir seu nome completo no alvará de funcionamento da empresa, ou então poderia ligar para algum órgão do município para tentar conseguir seu endereço residencial, mas será que ele falaria comigo se eu simplesmente aparecesse na sua porta? Ou a bateria na minha cara? Com base na forma como ele encerrara nossa conversa, considerei a última opção a mais provável. Pensei momentaneamente em pedir um reboque, mas imaginei que, quando AJ descobrisse a razão do chamado, ficaria logo irritado e menos inclinado ainda a ajudar.

Isso me dava três opções. Poderia continuar deixando mensagens, encontrar um bom advogado ou contratar um detetive particular. Tudo isso poderia ser feito de casa, mas decidi avaliar essas possibilidades pela manhã.

Queria pensar em Natalie porque, estranhamente, ainda não tivera notícias dela.

12

Tendo saído cedo de Greenville, consegui chegar em casa no início da tarde. Como ainda não decidira o que fazer em relação a AJ, fui dar uma corrida mais longa que o normal, seguida de uma hora de alongamento. Passar tanto tempo no carro nos últimos dias não fizera bem às minhas costas.

No chuveiro, pensava se deveria mandar outra mensagem a Natalie. Já tinha enviado duas sem obter resposta e não sabia o que isso queria dizer. Era possível que ela fosse dessas pessoas que não gostavam de trocar mensagens, ou talvez tenha achado melhor não me incomodar pensando que eu estaria atarefado. E era também possível que o trabalho a tivesse mantido ocupada – e também muito cansada, impedindo-a até de olhar para o telefone. Esse comportamento me fora familiar no passado; lembrava-me de que Sandra e eu tínhamos brigado por causa disso. Ela me dissera que ser ignorada a incomodava muito, que uma resposta curta já faria diferença. Na época, achava que Sandra estava exagerando; agora, era mais fácil entender sua frustração.

Fiz um sanduíche e comi em frente à televisão, assistindo a reprises de programas policiais de Nova York. Estava cansado da viagem e esperava dormir cedo. Já estava escuro lá fora, o luar entrando pelas janelas. Tinha deixado o telefone carregando na cozinha e foi só depois de lavar e secar a louça que me dei ao trabalho de pegá-lo.

Já chegou em casa?

Foi atencioso da parte dela perguntar, pensei. No entanto, confesso que fiquei um pouco ofendido com a demora e a natureza impessoal da mensagem. Sentindo-me ligeiramente passivo-agressivo, não respondi de imediato. Tinha certeza de que Bowen e eu falaríamos sobre essa decisão na nossa próxima sessão e se ela indicava de fato que eu estava me esforçando para ser a melhor versão de mim mesmo.

Na varanda de trás, fiquei lendo por mais meia hora, mas não conseguia me concentrar e acabei abandonando o livro. Peguei o telefone, decidido a escrever uma resposta breve e sucinta.

Cheguei

Perguntei-me se ela notaria a irritação que pairava na minha resposta seca. Não se diz por aí que todo início de namoro tende a ser cheio de ansiedade e desejo? Se era assim, onde estava a animação dela?

Talvez, ouvi uma voz dentro de mim sussurrar, o desejo esteja presente, mas, desde que você se ausentou, ele esteja focado no *outro cara*.

Não quis nem pensar naquilo, e, um momento depois, Natalie mandou mensagem:

Estou em Green Springs. Quer vir me encontrar?

Um dilúvio de recordações da infância me veio à mente. Green Springs era conhecido em grande parte do leste da Carolina do Norte como uma estrutura no estilo do filme *Waterworld*, uma amostra dos antigos parques aquáticos comuns no Sul tempos atrás. Construída com madeira de alta resistência e equilibrada sobre estacas enterradas fundo na lama, a atração ficava às margens do rio Neuse – ou, mais precisamente, no rio Neuse. Eram três lados, cada um com cerca de 20 metros de comprimento e dois níveis, exceto a torre, que tinha cinco andares, proporcionando às pessoas a chance de testarem a coragem pulando lá do alto. Havia cordas para se balançar, tirolesa, balanços e largas estacas enfileiradas e fincadas no chão para as crianças atravessarem aos pulos. Eu tinha passado muitos dias de verão ali, nadando, escalando, balançando-me e pulando até ficar exausto a ponto de não conseguir me mexer. Meu avô, que já estava com mais de 70 anos naquela época, pulou uma vez comigo do segundo nível, arrancando uma salva de palmas dos espectadores.

Não havia taxa de entrada, mas bebidas e drogas eram proibidas, e nada sexual era permitido, nem sequer beijos. Estranhamente, porém, fumar era permitido, e me lembro de ver adolescentes acendendo cigarros empoleirados nos níveis superiores em dias quentes de verão.

Nunca havia estado lá à noite. Nem sabia que ficava aberto, mas talvez Natalie tivesse privilégios especiais como policial. Ou vai ver o dono de Green Springs nem fizesse ideia de que ela estava lá, apesar do fato de a estrutura ficar nos fundos de sua propriedade. Para chegar, era preciso atravessar seu quintal e um píer comprido que avançava até as águas mais profundas do Neuse.

Não precisei de muito tempo para tomar uma decisão. Apesar do orgulho ferido, queria vê-la. Na verdade, percebi que sentia sua falta.

Claro. Chego aí em 15 minutos.

Vesti um casaco – a temperatura estava caindo outra vez, uma oscilação típica da primavera –, peguei a chave, a carteira e fui para o carro.

Apesar de me lembrar mais ou menos da área em que Green Springs ficava, encontrá-lo levou mais tempo do que eu previra. O lugar não estava no Google Maps, então acabei dirigindo por várias estradas em James City, perto do rio Neuse, até achar a entrada. Parei no estacionamento de cascalho e notei logo o carro de Natalie. Esperei que o dono da casa fosse aparecer para ver quem estava chegando tão tarde, mas, além de uma pequena luminária acesa numa janela do andar superior, não vi qualquer evidência de que houvesse alguém acordado.

Havia luar suficiente para iluminar o caminho quando passei pelo gramado, que descia suavemente em direção à água. Na casa do vizinho, ouvi um cachorro latindo, e os grilos me saudaram enquanto eu inspirava a fragrância de pinho e grama recém-cortada, que sempre me fazia lembrar do verão.

Cheguei ao píer baixo. A luz das estrelas salpicava sulcos e ondulações e fazia o curso d'água parecer iluminado por baixo. Meu avô dissera certa vez que o Neuse era o rio mais largo dos Estados Unidos até desaguar na baía de Pamlico – mais largo até que o Mississippi –, mas ali, em James City, tinha apenas um quilômetro e meio de largura. Reprimindo um mau pressentimento, perguntava-me por que Natalie tinha vindo ali naquela noite.

Na metade do píer, a estrutura começou a aparecer, fazendo-me sorrir. Green Springs estava como eu lembrava, o tipo de lugar onde as crianças brincavam por sua conta e risco. Não havia grades de proteção nem degraus entre um nível e o outro; pelo contrário, as pessoas tinham que escalar uma série de tábuas e ainda evitar as cabeças dos pregos. O dono substituía as pranchas de madeira e executava outros reparos durante os meses de inverno, um projeto de construção permanente que fazia Green Springs parecer um lugar perpetuamente inacabado.

Ao alcançar, por fim, a estrutura principal, procurei Natalie, sem sucesso. Chamei seu nome baixinho na escuridão.

– Estou aqui em cima – respondeu ela, a voz vindo do alto.

Parecia que estava no segundo nível. Quando subi até os últimos acessos, vi-a sentada na beirada da plataforma, os pés balançando. Como eu, vestia calça jeans e casaco. Vi também uma garrafa de vinho a seu lado.

Ela se virou, abrindo um sorriso.

– Você veio – disse ela, os olhos brilhando ao luar. – Estava começando a achar que tinha mudado de ideia.

– Demorei para encontrar isto aqui. Faz tempo que não venho.

Quando me sentei na beirada ao lado dela, Natalie pegou seu copo e tomou um gole. Senti o cheiro de vinho em seu hálito e percebi que a garrafa estava quase vazia.

– Como foi a viagem? – perguntou com voz melodiosa.

– Foi boa – respondi. – O que você está fazendo aqui?

Ela ignorou a pergunta.

– Achou a caminhonete do seu avô?

– Mais ou menos – falei. – Sei quem rebocou, mas ainda não consegui falar com ele. Há quanto tempo está aqui?

– Não sei. Duas horas, talvez? Não sei realmente. Que horas são?

– Quase dez.

– Está ficando tarde – declarou ela.

Observei-a tomar outro gole. Não parecia estar bêbada, mas estava claro que a garrafa de vinho chegou cheia, e senti o primeiro sinal de nervosismo. Alguma coisa estava acontecendo, algo que eu não sabia se iria gostar.

– Não deveria ir para casa? Descansar um pouco para amanhã?

– Não trabalho amanhã – respondeu ela. – Meus plantões mudaram, porque outro agente vai precisar depor no tribunal. Vou dar plantão no fim de semana. Esta noite é meu sábado à noite.

– Ah... – falei.

Ela me ofereceu o copo.

– Quer um pouco de vinho?

– Obrigado, estou bem.

Ela assentiu.

– Acho que devia ter trazido uma Yuengling para você.

Não respondi. Em vez disso, examinei seu perfil, tentando descobrir pistas do motivo de estarmos ali.

Ela terminou de beber, depois esvaziou o restante da garrafa no copo.

– Você está bem? – perguntei. – Aconteceu alguma coisa hoje?

– Não. Não aconteceu nada hoje. E não, não estou bem.

– Tem alguma coisa que eu possa fazer?

Ela soltou uma gargalhada amarga, mas não respondeu. Em vez disso, mirou o copo.

– Sabia que, até o fim de semana que passamos juntos, eu não tomava uma gota de álcool havia mais de seis meses? Agora, esta é a segunda vez em uma semana. Você deve achar que eu tenho algum problema.

– Você não tem nenhum problema, mas parece que alguma coisa está te incomodando.

– Pode ser. Eu costumava pensar que tinha tudo sob controle, mas agora sei que estava só me enganando. – Ela riu outra vez, mas o som era angustiante. – Não deve estar fazendo nenhum sentido o que estou falando.

Não, pensei, *não está mesmo*. Mas eu entendia de confusão emocional e, por experiência, sabia que conversar sobre isso só ajudava se ela fosse a que falasse mais. Meu papel era apenas escutar e demonstrar empatia, mesmo que não compreendesse totalmente o que estava acontecendo.

– Você acredita em Deus? – perguntou ela, por fim.

– A maior parte do tempo. Mas não sempre.

Notei um lampejo de tristeza em seu rosto.

– Eu acredito. Sempre acreditei. Quando era criança, ia à igreja toda noite de domingo e quarta. Igreja batista. Eu gostava, e achava que entendia como as coisas funcionavam. Mas, à medida que fui crescendo, percebi que não. Sei que Deus nos criou com livre-arbítrio, mas nunca compreendi por que há tanto sofrimento no mundo. Por que Deus, que é considerado bondade e amor, permite que pessoas inocentes sofram? Eu me lembro de procurar a explicação na Bíblia, mas não está lá. Essa é a grande pergunta sem resposta. Vejo isso o tempo todo no trabalho. Em todo lugar. Mas... por quê?

– Não sei. E nem posso dizer que conheço muito sobre a Bíblia. Minha parte favorita de ir à igreja era ficar olhando as garotas.

Ela soltou uma risadinha, segurando o copo com ambas as mãos. Depois, numa voz contida, disse:

– Sabe por que vim até aqui?
– Não faço ideia.
– Porque este é um dos últimos lugares onde me lembro de ter sido realmente feliz. Nunca tinha ouvido falar dele até me mudar para cá, mas me recordo de vir aqui no final do verão. A água era perfeita, e eu gostava de estender uma toalha para pegar um pouco de sol. Enquanto ficava ali, pensava em como tudo era maravilhoso. Minha vida era tudo que eu queria que fosse, e eu me sentia tão... tão *contente*. Queria me sentir desse jeito outra vez, por um instante que fosse.

– E...?
– E o quê?
– Você conseguiu?
– Não – respondeu ela. – Foi por isso que trouxe o vinho. Porque não conseguia me sentir feliz, então não queria sentir mais nada.

Não gostava do que ela estava dizendo e ia ficando cada vez mais preocupado. Talvez Natalie tenha percebido isso, porque colocou a garrafa atrás de nós e chegou mais perto de mim. Instintivamente, coloquei o braço ao redor de seus ombros, e nenhum de nós dois disse nada. Ficamos olhando o rio, observando a luz celestial fazer a água cintilar de modo hipnótico.

– É gostoso ficar aqui à noite, não é? – disse ela, soltando um suspiro.
– É – concordei. – Não sabia que era permitido.
– Não é. Mas não me importo.
– Isso está claro.
– Sabe em que mais eu estava pensando, antes de você chegar?
– Não faço ideia.
– Nas abelhas. E nos jacarés, nas águias, no jantar na varanda. Eu também estava feliz lá. Talvez não perfeitamente contente, mas... feliz. Pela primeira vez em muito tempo, meio que me senti eu mesma outra vez e, enquanto estava sentada aqui, percebi quanto sinto falta disso. Mas...

Ela se calou. Como não concluiu o pensamento, perguntei o óbvio.

– Mas o quê?

– Percebi que não nasci para ser feliz.

O comentário me sobressaltou.

– Por que está dizendo isso? Claro que nasceu. Por que pensaria uma coisa dessas?

Em vez de responder, ela tomou outro gole.

– Está na hora de a gente ir. Pelo menos, eu tenho que ir. Está ficando tarde.

– Por favor, não mude de assunto. Por que acha que não nasceu para ser feliz?

– Você não entenderia.

– Talvez sim, se soubesse do que está falando.

No silêncio, ouvia o som suave de sua respiração, sentia o movimento sutil sob meu braço.

– Às vezes, na vida, somos confrontados com uma decisão impossível, sem final feliz, não importa nossa escolha. Por exemplo... Imagine que você é casado, tem três filhos e vai escalar uma montanha com sua esposa. Alguma coisa dá errado. Você fica pendurado no penhasco, sem a corda; com uma das mãos está se segurando na pedra e, com a outra, segurando sua esposa, mas você está ficando mais fraco e sabe que não tem como salvar os dois. Ou você solta sua esposa e vive com essa culpa, ou vocês dois morrem e deixam os filhos órfãos. Nessa situação, nenhuma das duas decisões vai deixá-lo feliz. Esse tipo de coisa...

Pensei no que ela estava evitando dizer.

– Você está falando sobre escolher entre mim e o outro cara.

Natalie assentiu, a boca cerrada.

– Mas não quero falar sobre isso agora, ok? Só penso nisso desde a última vez que nos vimos. Estou cansada e já bebi demais. Não é a hora certa. Não estou pronta.

– Ok – falei com dificuldade.

Eu amava Natalie. Desejava falar sobre nós, sobre nosso futuro. Queria convencê-la de que podia ser feliz comigo, de que eu faria todo o possível para lhe mostrar que tinha tomado a decisão certa ao me escolher.

– Sobre o que você gostaria de falar?

– Nada – respondeu ela. – Podemos só ficar aqui abraçados?

Puxei-a para mais perto, e ficamos sentados em silêncio naquela noite fresca e escura de primavera.

Ao longe, via carros passando pela ponte; luzes brilhavam nas casas do outro lado do rio. O ar estava ficando úmido, denso, e previ uma camada pesada de névoa pela manhã, obscurecendo a paisagem verdejante num mundo de sombras.

Natalie despejou o restante do vinho na água, quase sem ruído; concentrei-me no calor de sua pele e no modo como seu corpo se colava ao meu. Pensei em nosso encontro e na suavidade de seus lábios na primeira vez em que nos beijamos. Fechei os olhos. Sabia que a amava, apesar de tudo.

Superaríamos aquilo, falei para mim mesmo. Seria difícil para ela, mas queria lhe dar o tempo e o espaço de que precisava. Sabia que me amava da mesma forma que eu a amava. Poderia levar um tempo, mas sentia que Natalie chegaria à mesma conclusão e que encontraríamos um modo de ficar juntos.

E ainda assim, por mais que tentasse me convencer de tudo isso, temia estar errado.

Mas eu não disse nada. Nem ela. E ficamos sentados lado a lado, numa noite que deveria ter sido nossa, mas que não seguiu esse caminho. Por fim, ouvi-a expirar com força.

– Está na hora de ir – disse Natalie, outra vez. – Tenho umas coisas para resolver de manhã, já que não vou ter tempo no fim de semana.

Assenti com relutância. Erguendo-me, ofereci a mão para ajudá-la e então peguei a garrafa de vinho e o copo. Caminhei até o local por onde havíamos subido, e, apesar de estar com medo de que o vinho a tivesse deixado grogue, Natalie desceu com facilidade. Eu a segui, largando a garrafa e o copo na lata de lixo do primeiro nível, e começamos a atravessar o píer. Enquanto andávamos, Natalie segurou minha mão, e uma onda de alívio me invadiu. Sabia que tinha tomado sua decisão e me senti leve pela primeira vez aquela noite.

Atravessamos o gramado em direção a nossos carros. Quando chegamos ao dela, pigarreei e disse:

– Acho que não é uma boa ideia você dirigir.

– Não – concordou ela –, não é. Preciso pegar a bolsa, mas você pode me levar em casa?

– Com o maior prazer – respondi.

Natalie pegou a bolsa no banco do carona enquanto eu seguia para o meu carro. Abri a porta e esperei que ela se acomodasse, depois dei a volta e me sentei atrás do volante. Quando saímos para a rua, virei-me para Natalie e perguntei:

– Por onde eu vou?

– Pegue a estrada que vai para New Bern. Moro na região de Ghent. Sabe onde fica?

– Não tenho a menor ideia.

– Pode pegar a primeira saída depois da ponte e virar à direita.

Após uns minutos, Natalie me orientou para entrar na Spencer Avenue. Era uma rua bonita, com árvores antigas e casas da primeira metade do século passado. Por fim, disse-me que parasse na frente de uma casa bonita de dois andares.

Desligando o motor, saltei. Natalie fez o mesmo e juntos caminhamos até a porta da frente.

– Então é aqui que você mora.

– Por enquanto – replicou ela, enfiando a mão na bolsa.

– Está pensando em se mudar?

– Talvez – respondeu, pegando a chave. – Ainda não decidi. Esta casa é um pouco grande demais e acho que prefiro uma térrea.

– Já está procurando?

– Ainda não – falou.

– Muitos compromissos?

– Claro – retrucou. – Vamos dizer que sim.

Àquela altura, já estávamos nos degraus da porta. Hesitei, tentando decifrar sua expressão naquela entrada escura.

– Fiquei feliz por você ter mandado a mensagem.

– Por quê? Eu estava um caco esta noite.

– Não notei.

– Mentiroso.

Sorri e depois me inclinei para beijá-la. Ela pareceu hesitar, mas acabou retribuindo antes de nos separarmos de novo.

– Fico feliz por ter você na minha vida, Natalie. Quero que saiba disso.

– Eu sei.

Sem querer parecer ansioso, fingi não perceber que ela não tinha correspondido à minha declaração.

– Quer que eu passe aqui de manhã para irmos pegar seu carro?

– Não – respondeu. – Eu dou um jeito.

– Tem certeza?

– Alguém do trabalho pode fazer isso para mim. Fica fora do seu caminho, e tem um agente que mora bem perto. Não é problema.

Usando a chave, ela abriu uma brecha da porta.

– Já que você vai trabalhar no fim de semana, podemos jantar amanhã?

Ela pareceu vasculhar a rua calma e arborizada antes de se voltar para mim.

– Acho que não vou poder. Depois desta noite, acho melhor ficar em casa.

– Tudo bem – falei, querendo saber o motivo mas ciente de que não deveria perguntar.

– Deixamos para a semana que vem, ok?

Ela levou a mão até a corrente em volta do pescoço, o que eu sabia ser um tique nervoso. Quando falou, foi em voz baixa, quase um murmúrio:

– Sei que você me ama, Trevor, mas você também se importa comigo? Quer dizer, realmente, de verdade?

– Claro que me importo com você.

– Se eu pedir que faça uma coisa, mesmo que seja algo que não quer fazer, você faria? Se fosse a coisa mais importante do mundo para mim?

Eu vi o ar de súplica autêntico em sua expressão.

– Claro.

– Então, porque você me ama e porque se importa comigo, quero que faça algo por mim. Quero que me prometa.

– Certo, tudo bem – respondi, a tensão tomando conta do meu corpo feito uma inundação. – Qualquer coisa. Prometo.

Ela sorriu, pesarosa, e se aproximou de mim. Trocamos um segundo beijo, seu corpo tenso contra o meu. Senti seus ombros tremerem e a ouvi se esforçando para normalizar a respiração antes de se afastar. Seus olhos estavam úmidos quando ela tocou a cicatriz no meu rosto.

– A gente tem que parar – disse ela. – Eu tenho que parar.

– Parar o quê?

– Isso. Você e eu. Isso tudo. A gente precisa parar.

Senti uma pontada na barriga.

– Como assim?

Natalie secou uma lágrima, sem tirar os olhos dos meus. Levou muito tempo para ela encontrar as palavras.

– Por favor, nunca, nunca mais me procure.

O choque me deixou mudo, mas ela parecia já esperar por isso. Com um sorriso triste, Natalie entrou na casa, fechou a porta e me deixou pensando em como o mundo tinha acabado de desabar ao meu redor.

13

Passei a sexta-feira num torpor, assim como todo o fim de semana. Embora tenha me forçado a me exercitar, não consegui fazer muito mais do que isso. Sentia um embrulho no estômago, a comida me causava náusea, e, enquanto parte de mim ansiava por beber até o esquecimento, tive o cuidado de não ir além de uma única cerveja. Não estudei, não limpei a casa, nem lavei a roupa; em vez disso, fiz longas caminhadas à tarde, relembrando cada momento que Natalie e eu tínhamos passado juntos, tentando entender onde a coisa tinha dado errado. O que eu havia feito de errado.

Todos os sinais apontavam para o *outro cara*, mas eu ainda não conseguia aceitar isso plenamente. Menos de uma semana havia se passado desde o dia e a noite inesquecíveis que tivéramos juntos; mesmo que ela tivesse resolvido reatar o outro relacionamento em vez de fazer uma tentativa comigo, por que não dissera nada? Por que só o pedido para não procurá-la mais? Será que não tinha passado de uma brincadeira para Natalie? Mesmo sempre agindo de forma bastante reservada, ela não me parecia uma manipuladora nata. Parte de mim tinha certeza de que Natalie mudaria de opinião. Ela telefonaria e poria a culpa de suas palavras no fato de que andou bebendo; admitiria que não pensou com clareza. Iria se desculpar, e conversaríamos sobre o que estava acontecendo. Resolveríamos as coisas, e mais cedo ou mais tarde, tudo voltaria ao normal.

Carregava o telefone comigo aonde fosse, mas ele permanecia em silêncio. Também não tentava fazer contato. Natalie havia pedido e honrei minha promessa, mesmo que isso me deixasse irritado e confuso, de coração partido.

Aos poucos, meu apetite foi voltando, mas eu não dormia bem. Nas horas que passava acordado, sentia-me nervoso como havia muito não me sentia, e era grato por poder falar com Bowen às segundas-feiras. Pela primeira vez em muito tempo, compreendia que precisava realmente de sua ajuda.

– É claro que você está chateado – disse Bowen. – Qualquer um na sua situação se sentiria assim.

Eu estava sentado à mesa da cozinha na frente do computador. Contara-lhe rapidamente sobre minha ida a Easley, antes de mergulhar nos acontecimentos envolvendo Natalie e eu. Falava em círculos, repetia-me mais de uma vez, levantando de forma contínua as mesmas questões, sem esperar respostas.

– Estou mais magoado e confuso do que qualquer outra coisa – falei, passando a mão no cabelo. – Não consigo entender o que aconteceu, doutor. Ela disse que me ama. O que acha que aconteceu?

– Acho que não posso responder a essa pergunta – disse ele. – Tudo que eu sei, de acordo com você, é que ela manifestou sua vontade.

– Acha que é por causa do outro cara?

– Você não acha?

Claro que acho. Por que mais ela terminaria com alguém que ama?

Como não respondi, Bowen pigarreou.

– Como tem dormido?

– Não muito bem, esses últimos dias. Talvez três ou quatro horas, um sono inquieto.

– Sonhos ruins?

– Acho que não estou dormindo o suficiente para sonhar.

– E durante o dia?

– Nervoso. Tenso. Mas não bebo e tenho feito exercícios. Mesmo não sentindo fome, me obrigo a comer.

– E as mãos? Algum tremor?

– Por quê? Esperava que eu virasse um desastre completo? – retruquei.

– Só perguntei. Acho que a resposta é não.

Apertei a ponte do nariz.

– Claro que é não. Pode acreditar em mim. Sei da minha situação e das coisas que preciso fazer para me manter são. Estou estressado agora, mas tentando dar o meu melhor, ok? Só quero saber o que fazer em relação a Natalie.

Senti seu olhar me encarando pela tela antes de, por fim, dizer com a voz neutra:

– Se é tão importante assim para você entender, acho que poderia ir até a casa dela e tentar conversar.

– Está sugerindo que eu faça isso?

– Não – respondeu. – Se quer saber minha opinião, eu não recomendaria isso. Não agora, pelo menos. Com base em como você descreveu a situação, Natalie foi muito firme na decisão que tomou. Tentar voltar ao assunto contra a vontade dela provavelmente não daria certo e só pioraria as coisas.

– Acho que não tem como piorarem mais.

– Por mais estranho que pareça, as coisas quase sempre podem piorar.

Girei os ombros para trás umas duas vezes antes de me obrigar a respirar fundo.

– Eu só quero…

Quando não consegui terminar a frase, o olhar de Bowen foi solidário.

– Eu sei o que você quer. Quer que Natalie sinta por você o que você sente por ela. Quer ver seu amor correspondido e quer um futuro com ela.

– Exatamente.

– E, no entanto, você mesmo desconfiava de que ela estava namorando alguém e de que podia ser um relacionamento sério, antes mesmo de ela admitir isso. Em outras palavras, você nunca soube o que esperar. Agora, aconselhamento de casais não é exatamente minha especialidade no contexto do estresse pós-traumático, mas, se existe uma coisa que aprendi no decorrer da vida, é que não se pode forçar uma pessoa a ter um interesse romântico por outra.

– Mas esse é o ponto. Eu tenho a impressão de que ela está interessada em mim.

– Mesmo tendo deixado claro que queria terminar tudo?

Agora ele tinha me pegado.

– O melhor que você pode fazer é esperar até ela mudar de ideia – continuou Bowen. – Nesse meio-tempo, é fundamental cuidar de si mesmo e continuar tocando sua vida. É importante não ficar remoendo o passado, já que isso só o faria se sentir ainda pior.

– E como é que eu paro de pensar nisso?

– Uma solução é permanecer ocupado. Concentre-se nas coisas que precisa fazer. Lembre-se de que comportamentos positivos podem ajudar a diminuir a crise emocional. Por exemplo, já encontrou um lugar para morar em Baltimore? Amanhã é primeiro de maio.

– Ainda não. Tenho que resolver isso.

– Talvez se sinta melhor saindo um pouco da cidade. Novos ares, ainda mais quando combinados a um propósito específico e importante, podem ajudar você a se distrair dessas emoções.

Eu sabia que aquilo era verdade, embora me perguntasse se minha ida à Carolina do Sul não teria tornado mais fácil a decisão de Natalie de terminar tudo. Se eu tivesse ficado com ela mais tempo no começo da semana, talvez nada disso tivesse acontecido. Mas como saber?

– Está certo, doutor. Vou tratar disso.

– Você ainda tem amigos lá, certo?

– Dois caras da época da residência ainda moram na região.

– Que tal ir a um jogo de futebol ou marcar um almoço? Reencontrar velhos amigos sempre faz bem à alma.

Bowen era partidário de qualquer forma de distração saudável.

– Vou pensar nisso.

– Você disse também que queria falar com o dono da firma de reboques.

Falar com AJ tinha se tornado uma prioridade menor, quase inexistente, nos últimos dias. Tudo que eu conseguia fazer era tentar juntar os pedaços do meu coração partido.

– Vou fazer isso também – murmurei.

– Bom – disse ele. – Tenha em mente que, por mais difícil que seja a situação, é possível encontrar coisas agradáveis para fazer e ser grato pelas oportunidades que a vida apresenta.

Bowen dizia isso com frequência, e, apesar de eu reconhecer a importância de divertimento e gratidão no que se referia à saúde mental, em alguns momentos – como aquele – me irritava.

– Tem algum outro conselho?

– Em relação a quê?

– Ao que devo fazer sobre Natalie.

– Acho – disse ele, devagar – que você está dando conta de tudo tão bem quanto é possível. Mas me pergunto se não seria uma boa ideia prescrever alguma coisa que ajude você a dormir melhor. Períodos longos sem qualidade de sono podem afetar muito a forma como o estresse pós-traumático se manifesta. Tem alguma opinião sobre o assunto?

Eu já tinha tomado remédios para dormir, junto com antidepressivos. Entendia bem os benefícios que podiam oferecer, mas achava melhor evitá-los.

– Acho que estou bem, doutor. Vamos ver no que vai dar.

– Se mudar de ideia, me avise. Lembre-se de que estou aqui se sentir que precisa conversar antes da próxima sessão.

– Certo.

Apesar da conversa com Bowen, não me sentia inclinado a descobrir coisas para me distrair ou a procurar formas de ser grato.

Em vez disso, continuei a remoer a situação enquanto andava de um lado para outro da casa. Tentei refletir sobre o que Bowen recomendara; fiz o máximo para aceitar a ideia de que Natalie tinha que tomar a decisão que fosse melhor para ela. Enquanto isso, minhas emoções permaneciam anestesiadas, e eu sentia a tensão no maxilar evoluir para dor.

Para meu desgosto, Bowen estava certo de novo. Ele era como nossos pais quando nos diziam para comer verduras na infância: não gostávamos, mas sabíamos que era algo indiscutivelmente bom para a saúde.

Eu era esperto o suficiente para não me arriscar a sair em público, no caso de alguém furar a fila na minha frente ou desafiar de alguma outra forma meu precário equilíbrio. Era consciente o bastante para entender que, às vezes, era melhor se proteger e evitar todo contato humano.

E foi exatamente o que fiz.

De manhã, acordei me sentindo mais irritado comigo mesmo do que com Natalie. Embora não tivesse dormido bem, sabia que estava na hora daqueles quatro dias de autopiedade terminarem. Isso não significava que eu estava grato – nem um pouco. Mas aprendera ao longo do tempo que as terapias cognitiva e dialética funcionavam. Em outras palavras, precisava me manter ocupado e resolver uns itens da minha lista de pendências.

Depois dos exercícios e do café da manhã, mergulhei na internet, analisando descrições e fotos de imóveis mobiliados nos arredores da Johns

Hopkins. Como já tinha morado lá, conhecia bem os bairros e encontrei oito unidades diferentes que despertaram meu interesse.

Achando que Bowen também estava certo quanto a sair da cidade, liguei para vários corretores a fim de marcar visitas aos imóveis no final da semana. Em seguida, reservei um hotel e entrei em contato por e-mail com um cirurgião ortopédico que ainda morava em Baltimore, e ele concordou em me encontrar para jantar no sábado à noite. Tentei comprar ingressos para um jogo do Orioles também, mas eles estavam jogando em outra cidade. Então, comprei entradas para o Aquário Nacional. Podia sentir Bowen praticamente me dando tapinhas nas costas pelo trabalho bem-feito.

No final do dia, liguei para a Reboques AJ e deixei uma mensagem um pouco diferente. Sem rodeios, disse que, após a morte de meu avô, eu havia herdado a caminhonete e a queria de volta. Se AJ não respondesse, presumiria que fora roubada e alertaria as autoridades. Deixei meu número de telefone e endereço, e dei a ele até a segunda-feira seguinte para retornar a ligação, sugerindo que entrasse em contato o mais cedo possível.

Deixar uma mensagem tão agressiva poderia não ser a coisa mais sensata a fazer. Em geral, as pessoas não reagem bem a ameaças, embora no meu estado de espírito atual fizesse bem descontar minha raiva em alguém.

Na quarta, arrumei a bagagem, joguei na mala do carro e lá pelas sete já estava na estrada. É uma viagem que tende a deixar as pessoas reflexivas e me fez voltar a pensar em Natalie. De pavio curto, tive ainda mais dificuldade para encarar o inevitável engarrafamento de Washington. Fiquei convencido de que certos motoristas estavam tentando me irritar de propósito.

Felizmente, apesar de tudo, cheguei a Baltimore sem incidentes e me dirigi ao primeiro imóvel agendado, onde o corretor já me esperava. Ambiente funcional, estrutura razoavelmente boa, mas, embora fosse o bastante, minha animação em relação ao apartamento parava por aí. A decoração era antiquada e os estofamentos, gastos, sem mencionar que a pequena varanda dava para um beco cheio de lixo. Foi basicamente a mesma situação com o segundo, embora aquele tivesse uma vista melhor caso você fosse do tipo que gostava de olhar para a casa do vizinho e pedir uma xícara de açúcar emprestado pela janela. Tirei os dois apartamentos da lista.

Tenso e mal-humorado, fiquei andando pelos corredores do hotel durante uma hora até me decidir pelo serviço de quarto. Embora tivesse ido dormir cedo, despertei no meio da noite e fiz um treino extralongo na academia antes que aparecesse qualquer pessoa. Tomei um café da manhã reforçado, vi mais três imóveis para alugar na quinta-feira, dos quais o segundo me agradou. Após manifestar forte interesse, prometi dar notícias ao corretor até sexta-feira no final do dia.

Na sexta, dois dos três apartamentos foram igualmente promissores, mas eu ainda estava inclinado para o que tinha visto no dia anterior. Liguei outra vez para o corretor, marquei um encontro no final da tarde e assinei o contrato. Feliz por ter tomado a decisão e resolvido aquela pendência, optei por celebrar comendo no bar em vez de pedir novamente comida pelo serviço de quarto. Puxei conversa com uma mulher que vendia produtos veterinários. Bonita, boa de papo e obviamente insinuante, deixou claro que estaria interessada em qualquer coisa que eu propusesse para o final da noite. Mas eu não estava no clima, e, após terminar o segundo drinque, me despedi. No quarto, deitei-me na cama com as mãos entrelaçadas atrás da cabeça, pensando se Natalie estaria sentindo algum remorso.

A visita ao aquário valeu a pena, apesar da multidão; o jantar com meu amigo e a esposa foi mais divertido ainda. Joe e Laurie estavam casados havia três anos e tinham uma filha pequena. Laurie passou parte da noite tentando me persuadir a conhecer uma amiga sua.

– Vocês dois se dariam super bem – comentou. – Ela é exatamente seu tipo.

Eu hesitei. Afinal, estava indo embora na manhã seguinte, lembrei a eles, mas para Laurie isso não fazia diferença.

– Você vai vir morar aqui em breve. Podemos sair todos juntos.

Quem sabe? Talvez até lá eu estivesse num estado de espírito melhor.

Naquele momento, não conseguia nem imaginar.

Voltei para casa no domingo. Após jogar a roupa suja na máquina de lavar, peguei a correspondência que havia se acumulado em minha ausência. Em geral, não havia muito – contas diversas e propaganda –, mas fiquei surpreso ao encontrar a carta de um advogado chamado Marvin Kerman, da Carolina do Sul, endereçada a mim.

Após abrir o envelope, li o conteúdo enquanto caminhava até a varanda da frente. O remetente, que representava a Reboques AJ, havia escrito para informar que a caminhonete de meu avô fora leiloada por falta de pagamento do reboque e pelos custos de armazenamento, de acordo com as leis do estado. Fui informado também de que uma carta fora enviada para a casa de meu avô em dezembro, explicando que, na ausência de pagamento, o veículo seria considerado abandonado e a firma de reboques tomaria as medidas cabíveis. No final, o advogado declarava que, se eu não parasse de importunar o proprietário, uma queixa criminal ou civil seria prestada contra mim.

Era mais do que provável que a notificação original estivesse na correspondência que eu havia jogado fora sem prestar muita atenção quando me mudei, e, como meu instinto antecipara, ameaçar AJ fora uma péssima ideia. Isso me deixava num impasse.

Mas não de todo.

Com a carta, havia uma perspectiva a mais para ser explorada, mesmo não tendo certeza se levaria a algum lugar. Eu tinha o nome e o número do advogado, afinal de contas.

Com o apartamento garantido, a mudança para Baltimore parecia iminente, mesmo que ainda faltasse um mês ou mais para eu ir embora de New Bern. Sentindo-me nostálgico, decidi passar um tempo com as abelhas antes de minha sessão com Bowen.

Vesti o macacão, juntei tudo de que precisava e escolhi quatro colmeias ao acaso. Retirando os quadros, notei que o armazenamento de mel estava bem adiantado; as abelhas haviam estado ocupadas nas últimas semanas. Embora minha residência fosse estar a pleno vapor, decidi retornar a New Bern no princípio de agosto para colher o mel. Podia fazer isso durante o fim de semana, e imaginei ser algo de que meu avô gostaria. Claude então, imaginava eu, ficaria encantado.

Ao tomar aquela decisão, percebi que não tinha intenção de vender nem alugar a propriedade. Havia lembranças demais com que me reconciliar e, enquanto não soubesse o que significariam para mim no futuro, não conseguia imaginar ninguém mais morando ali. Perguntei-me se a decisão não era uma espécie de desejo inconsciente de estar perto de Natalie, mas descartei a ideia.

Estava mantendo a casa por meu avô, não por ela, o que também implicava a necessidade de fazer reformas. Ficar durante uns meses era uma coisa; tornar a casa permanentemente habitável era outra. Ainda tinha que refazer o telhado e trocar o piso da cozinha. Eu também achava que havia cupim e infiltrações afetando a fundação, e, se um dia quisesse passar uma temporada ali no futuro, a casa precisava com urgência de um banheiro maior na suíte e de reparos na cozinha. Pelo que tinha visto, poderia haver problemas de encanamento e na parte elétrica. Tudo isso manteria um empreiteiro ocupado durante meses. Teria que chamar também um mestre de obras, alguém para supervisionar o local e manter a reforma em andamento, além de me enviar fotos dos progressos.

Pensei então se Callie poderia me ajudar a tomar conta das colmeias, colocando os exclusores de rainha e as caixas rasas na primavera, já que ela passava pela propriedade no caminho para o trabalho. Estava disposto até a pagar mais do que o trabalho valia. Tinha certeza de que ela apreciaria o dinheiro extra, mas queria falar com Claude primeiro. Mesmo já tendo ajudado meu avô uma vez, gostaria de saber se ela era confiável.

Minha lista de coisas para fazer, que eu imaginava já estar terminada, de repente se encheu outra vez. Empreiteiro, mestre de obras, Callie e Claude – pessoas com quem falar, responsabilidades para distribuir. Aquele era um bom dia para dar início às coisas; além de minha sessão com Bowen, só tinha mais um item na agenda.

Telefonei para Marvin Kerman, o advogado da Reboques AJ, logo que acabei o trabalho nas colmeias. A recepcionista disse que ele estava no tribunal, mas que retornaria minha ligação à tarde.

Entrei em contato com o mesmo empreiteiro que eu tinha contratado meses antes, e ele disse que poderia vir na semana seguinte. Recomendou que conseguisse de antemão uma vistoria, oferecendo-me o nome de alguém de confiança. O responsável, felizmente, estava menos ocupado, e falou que viria na quinta-feira. Também consegui encontrar três possíveis mestres de obras e agendei entrevistas com eles.

A sessão com Bowen foi boa. Ele ficou um pouco preocupado porque eu ainda não estava dormindo bem, mas gostou de saber que tinha encontrado um lugar para morar em Baltimore. Discutimos minha agitação permanente em relação a Natalie, e ele insistiu que eu precisava de tempo para me curar, lembrando que não era possível acelerar o que descreveu como "período de luto". Tentei negar minha angústia, mas falar sobre Natalie fez todas as minhas emoções aflorarem outra vez de uma forma que fazia dias que não acontecia. Eu tremia quando desliguei.

E, pela primeira vez desde que ela terminara tudo, eu chorei.

Marvin Kerman retornou minha ligação no final da tarde. Eram cinco e meia, e desconfiei de que eu era seu último telefonema do dia. Quando se identificou, quase cuspiu o nome no aparelho.

– Obrigado por retornar minha ligação, Sr. Kerman – respondi. – Estava torcendo para que o senhor pudesse me ajudar.

– Infelizmente, a caminhonete já foi a leilão – disse ele. – Como esclareci na carta, o processo foi um procedimento absolutamente legal de recompensa por serviços prestados.

– Entendi – repliquei em tom conciliador. – Não estou preocupado com a caminhonete, e não é nenhum problema para mim o fato de ter sido vendida. Liguei para perguntar se o senhor poderia contatar seu cliente a respeito de outra coisa.

– Não estou entendendo.

Mais uma vez, contei a história do que havia acontecido a meu avô e as dúvidas que persistiam em relação ao assunto.

– Eu me pergunto se AJ ou outra pessoa qualquer pode ter limpado a caminhonete e posto os objetos pessoais numa caixa ou guardado em algum lugar – acrescentei. – Eu tinha esperança de pegar essas coisas de volta.

– O senhor está interessado nos objetos pessoais dele, mas não na caminhonete nem no dinheiro?

– Só estou tentando entender o que aconteceu.

– Não sei se objetos pessoais foram guardados.

– O senhor faria a gentileza de perguntar a seu cliente?

– Imagino que sim. E se não houver nenhum objeto pessoal?

– Então acabou. Não posso seguir pistas que não existem.

Kerman suspirou.

– Eu posso perguntar a ele, mas não garanto nada.

– Agradeço muito. Obrigado.

Esgotado pelas minhas lágrimas na segunda-feira e querendo evitar uma recaída, passei o resto da semana no piloto automático, tentando permanecer o mais ocupado possível. Com os fundamentos das terapias cognitiva e dialética ecoando na cabeça, exercitava-me por mais tempo e de forma mais pesada que o habitual, evitava álcool e me alimentava da maneira mais saudável possível. Seguia tocando as coisas que precisava fazer.

O responsável pela vistoria veio e prometeu que o relatório estaria pronto na segunda-feira, assim o empreiteiro poderia usar as informações para elaborar um orçamento. Entrevistei mestres de obras e optei por uma mulher que também era corretora e cujo marido era empreiteiro. Ela chefiaria a equipe de operários e prometeu supervisionar a propriedade ao menos uma vez por semana enquanto eu estivesse em Baltimore. Ainda não tinha falado com Claude ou Callie, mas imaginava que podia fazer isso a qualquer hora.

Sexta à noite, sentado na varanda, me dei conta de que já fazia quinze dias que não falava com Natalie. Ainda tinha problemas para dormir e, quando acordei no meio da noite, decidi que estava cansado de ficar olhando para o teto escuro durante horas. Saí da cama, me vesti e vi que passava um pouco das duas da manhã. Após uma ida rápida ao galpão do mel, entrei no carro e dirigi até Spencer Avenue.

Estacionei na esquina e caminhei até a casa de Natalie. Enquanto me aproximava, pensei se ela estaria com o *outro cara*; se estariam na cama ou fora da cidade. Se ela olhava para ele da mesma forma que olhou para mim. Essas reflexões formaram um bolo na minha garganta quando coloquei dois potes de mel na sua porta.

Ela teria certeza de quem os deixou e me perguntei o que aconteceria se o *outro cara* os encontrasse. Que história ela contaria? Teria falado sobre mim alguma vez? Teria ao menos pensado em mim nas últimas duas semanas ou eu já me tornara uma lembrança meio esquecida, maculada pelo arrependimento?

Ao voltar para o carro, eu ouvia apenas o eco de minhas perguntas sem respostas.

14

Outro fim de semana se passou, outra sessão com Bowen. Recebi o relatório da vistoria, encontrei-me com o empreiteiro na terça e ele prometeu um orçamento o mais rápido possível.

Como eu não vinha prestando atenção no mundo exterior fazia dias, não tinha ideia de que havia uma tempestade iminente, até que nuvens pesadas e vento forte se aproximaram no momento em que o empreiteiro foi embora. Meu primeiro pensamento foi que seria um temporal típico de final de primavera, mas, depois de assistir ao noticiário local, fiquei preocupado. Chuva torrencial e rajadas de vento eram esperadas, com escolas cancelando as aulas pelos próximos dois dias. Repórteres em Raleigh mostravam ao vivo estradas alagadas e numerosos resgates já em curso.

As primeiras gotas caíram uma hora depois; no momento em que fui para a cama, a chuva desabava com tanta força que parecia que eu estava dormindo numa estação de trem. Quando acordei na manhã seguinte, a tempestade havia se intensificado a níveis próximos de um furacão. O céu estava coberto de nuvens escuras e o vento sacudia as janelas. A outra margem do rio havia desaparecido, obscurecida pelo aguaceiro.

Fiquei um tempo observando da varanda dos fundos, o respingo da chuva molhando meu rosto. Depois entrei na cozinha e usei um pano de prato para me secar. Estava começando a fazer um café quando ouvi um barulhinho constante ecoando pela casa. Fui atrás e encontrei uma goteira na sala, duas no quarto de hóspedes e mais uma em um dos banheiros. Havia grandes manchas circulares no teto e pedaços de reboco pendurados, indicando que as goteiras provavelmente haviam começado na noite anterior. Não sei como não as notara antes, mas voltei à despensa para pegar um esfregão, balde e três bacias. Usei o esfregão para secar o chão antes de posicionar os recipientes, mas o ritmo da goteira parecia estar aumentando.

Suspirei. O telhado precisava de uma lona, o que significava que eu ia acabar tendo que sair, no meio de um dilúvio, por *horas*. Também precisava de tijolos, para segurar a lona no lugar.

O dia estava ficando cada vez melhor.

Só que não.

Decidi não fazer nada antes de tomar meu café. Vesti camiseta e suéter velhos, retornei à cozinha e bebi uma xícara. Ao primeiro gole, reparei que minhas mãos estavam tremendo. Pousando a xícara, contemplei-as, fascinado. Seria por ter que trabalhar lá fora na chuva? Por causa da jornada em que estava para embarcar na Johns Hopkins? Ou era por Natalie?

A resposta parecia óbvia, mas, enquanto observava, sentia-me grato pelo fato de o tremor não ser tão severo quanto já tinha sido no passado. Ainda assim, fui pego de surpresa. Sim, não vinha dormindo bem e tinha chorado pela primeira vez em muitos anos. Admiti que estava tenso também, mas era difícil me lembrar da última vez que minhas mãos haviam tremido tanto. Não tremeram quando meu avô morreu, nem quando me mudei para New Bern. Por que agora? Natalie terminara comigo fazia quase três semanas. Como podia a passagem do tempo tornar as coisas ainda piores?

Após uma breve reflexão, cheguei à resposta. As mãos não haviam tremido em consequência imediata dos ferimentos – só depois de todas as cirurgias comecei a reparar em vários sintomas, e essa descoberta trouxe consigo um facho de claridade. A explosão no Afeganistão levou meu futuro pelos ares, e, num nível inconsciente, a rejeição de Natalie – que dinamitou uma espécie diferente de futuro – estava se manifestando numa reação tardia semelhante. Sabia que Bowen concordaria. Ele mesmo não havia me perguntado sobre isso? Foi quase como se tivesse esperado que elas começassem a tremer. Meu médico me conhecia muito bem. Magoado como estava, eu ainda amava e sentia falta de Natalie.

Respirei fundo algumas vezes, abrindo e fechando as mãos, e, pouco a pouco, o tremor cedeu. Cafeína provavelmente não era uma boa ideia, mas e daí? Gostava de café e tomei duas xícaras mesmo assim. Depois vesti um casaco impermeável a caminho da porta. Nesse meio-tempo, a tempestade ficara ainda mais forte. O vento havia aumentado e massas opacas de chuva se moviam em diagonal. No carro, limpei a água do rosto e percebi a poça que fiz no banco ao entrar.

A água já estava com 15 centímetros de altura em partes do acesso para veículos da casa e a rua parecia só um pouco melhor. Mesmo com os limpadores do para-brisa no máximo, tinha que me inclinar sobre o volante, dirigindo bem devagar. Quando um caminhão veio na direção oposta, jogou uma onda sobre o para-brisa, e precisei frear para não sair da estrada. Era como dirigir dentro de um lava-jato ligado, e, com as rajadas de vento sacudindo o carro, vi que nem mesmo tijolos seriam o suficiente para impedir que a lona voasse para Oz. Eu precisaria de blocos de concreto, tornando cada subida pela escada ainda mais emocionante.

Que sorte a minha.

Não notei a figura solitária caminhando pela beira da estrada até o último segundo. Dei uma guinada no volante enquanto meu cérebro processava o que tinha visto; eu não conseguia imaginar ninguém se aventurando por vontade própria num tempo daqueles. Para meu espanto, eu a reconheci. Parando o carro, baixei o vidro do passageiro.

– Ei, Callie. Sou eu, Trevor! – gritei mais alto que a tempestade. – Precisa de carona para o trabalho?

Embora estivesse usando o capuz, o casaco não parecia ser à prova d'água. No ombro, trazia pendurado um saco de lixo, com roupas secas, sem dúvida.

– Estou bem – disse, balançando a cabeça. – Não preciso de carona.

– Tem certeza? – perguntei. – Vou naquela direção e a estrada está perigosa. Os motoristas não enxergam você. Venha. Entre no carro.

Ela pareceu ficar em dúvida por um instante antes de, com relutância, pegar a maçaneta e abrir a porta. Sentou-se no banco, encharcada e enlameada, a pele muito pálida. Pôs o saco plástico no colo enquanto eu voltava devagar para a estrada.

– Tirando o tempo, está tudo bem?

– Tudo ok. – Depois, meio que a contragosto, acrescentou: – Obrigada por parar.

– De nada. Pode colocar o saco no banco de trás se quiser.

– Eu já estou molhada. Não faz diferença.

– Que bom que eu te vi. Está terrível lá fora.

– É só água.

– Imagino que nesse saco você tenha roupas secas.

Ela me olhou com desconfiança.
– Como sabia?
– Bom senso.
– Ah.

Pensei em perguntar a Callie se ela estaria interessada em tomar conta das abelhas, mas eu queria falar com Claude primeiro. Decidi manter um tom leve.

– Como andam as coisas no Trading Post?
– Bem.
– Bom saber. Você gosta de lá?
– Por que quer saber?
– Só para ter o que conversar.
– Por quê?
– Por que não?

Callie pareceu não ter resposta para aquilo. Olhando-a, pensei outra vez que parecia jovem demais para estar trabalhando em tempo integral em vez de ir para a escola, mas tinha a impressão de que ela iria se fechar se eu questionasse isso. Naquele momento, uma rajada de vento golpeou o carro, tornando-o instável. Reduzi a velocidade ao máximo, tentando navegar pela estrada alagada.

– Você já tinha visto uma tempestade com chuva e vento assim? Parece um minifuracão.
– Nunca estive num furacão.
– Pensei que tivesse crescido aqui.
– Não – retrucou ela.
– Seus pais não moram aqui?
– Não.
– O que te trouxe para New Bern, então?
– Não quero falar sobre isso.

Callie não estava na escola e um emprego no Trading Post não era exatamente uma profissão, então pensei que, como Natalie, ela tinha ido parar ali por causa de um relacionamento. Mas ela parecia muito nova para isso, ou para todo o resto, aliás. Essa situação sugeria problemas de família.

– Óbvio que não é da minha conta – arrisquei. – Desculpe ter perguntado. Mas torço para que as coisas melhorem entre você e seus pais.

Sua cabeça girou na minha direção.

– Por que está dizendo isso? Você não sabe nada sobre mim nem sobre meus pais – rosnou ela. – Pare o carro agora. Quero descer. Vou andando o resto do caminho.

– Tem certeza? Já estamos quase lá – protestei.

O Trading Post estava a menos de 100 metros.

– Pare o carro!

Eu havia claramente tocado em algum ponto sensível. Não querendo tornar as coisas piores, parei no acostamento. Sem sequer olhar para trás, ela abriu a porta e saltou, batendo-a com força.

Observei-a por um momento, marchando entre as poças. Quando houve espaço suficiente entre ela e o carro, voltei para a estrada, sentindo-me mal por tê-la irritado. Não era da minha conta, mas refleti outra vez sobre aquela reação exagerada. Fez-me lembrar da tentativa de conversa durante seu almoço. Ela parecia misteriosa e desconfiada, e eu me perguntava como meu avô fora capaz de vencer suas defesas. Não conseguia imaginá-la se oferecendo para ajudar com as colmeias; o pedido de meu avô teria sido imediatamente rejeitado, a menos que os dois já se conhecessem de alguma forma. Ela já devia confiar nele antes.

Mas como isso acontecera?

Não tinha certeza, mas ainda pretendia falar com Callie, nem que fosse só para me desculpar. Dependendo de como isso se desse – e do que Claude dissesse sobre ela –, eu ainda tinha esperança de lhe oferecer o trabalho.

Quem sabe? Talvez ela decidisse que podia confiar em mim também.

A loja de materiais de construção já estava quase sem lonas, mas, como a casa era pequena e retangular, tive a sorte de encontrar uma que servia. Depois, peguei um carrinho e enchi de blocos de concreto. Havia fila no caixa, mas ninguém passou na minha frente, o que foi bom para todos os envolvidos.

Coloquei tudo no carro, fui para casa e estacionei o mais próximo possível. Lá dentro, esvaziei os baldes e bacias, depois peguei uma escada no celeiro. Em seguida, comecei o longo processo de subir e descer, levando a lona e os blocos para o telhado, e colocando tudo no lugar enquanto era açoitado pela chuva e pelo vento. Havia maneiras melhores de se passar uma manhã.

Quando acabei, estava morrendo de fome e de frio, e, após um longo banho quente, decidi almoçar no Trading Post. O estacionamento estava mais cheio do que eu imaginaria, mas concluí que, se eu não estava com vontade de comer um sanduíche em casa, não era de surpreender que outros também não estivessem.

Lá dentro, Claude me cumprimentou do caixa e vi Callie empoleirada numa escada nos fundos da loja, pendurando botas de pesca em ganchos no alto da parede. Frank estava no lugar habitual, atrás da chapa, e havia uns caras sentados às mesas. Os bancos do balcão estavam ocupados, então me espremi entre os fregueses enquanto esperava para pedir um cheesebúrguer com fritas. A chuva continuava a escorrer pelas janelas, e ouvi pessoas discutindo sobre a tempestade. Parecia que a região do centro e outros bairros já estavam alagados.

Após Frank anotar meu pedido, peguei uma garrafa de refresco na geladeira e fui para o caixa. Claude fez sinal em direção às janelas.

– Dá para acreditar nisso? Está caindo um aguaceiro lá fora.

– Tempo louco – concordei.

– O que você pediu?

Respondi, e ele registrou; depois de pegar o troco, continuei:

– Você tem um minuto? Queria perguntar umas coisas sobre Callie.

– Ela está bem ali se preferir falar pessoalmente com ela.

– Eu gostaria de uma referência – comecei e, depois de explicar o que estava pensando, ele assentiu.

– Ela é uma ótima funcionária. Não reclama, não se importa de ficar até tarde e nunca faltou, nem mesmo quando estava passando por uma situação difícil. É boa de limpeza também, quase maníaca. Acho que ela pode fazer um trabalho ótimo para você, mas lembre-se de que ela é esquisita.

– Como assim?

– Ela trabalha aqui há... nem sei... dez ou onze meses. Chegou no fim do verão passado. Mas, além do fato de que mora naquele estacionamento para trailers no alto da sua rua, juro que não sei mais nada sobre ela. Ninguém sabe muito sobre ela.

Nenhuma surpresa até aí, pensei.

– Ela me disse que não é de New Bern.

– Não duvido nada. Até Carl recomendá-la, eu nunca a tinha visto por aqui. É como se tivesse caído do céu.

Inclinei a cabeça, perguntando-me se tinha ouvido corretamente.

– Meu avô a recomendou?

– Foi – disse Claude. – Trouxe Callie aqui de carro e entrou com ela pela porta. Pediu que eu lhe desse uma oportunidade e disse que se responsabilizava por ela pessoalmente. Era o final do verão, e dois universitários que tinham trabalhado para mim estavam voltando para a faculdade, então tinha uma vaga. Resolvi apostar nela e foi ótimo. Mas é uma pena que você esteja indo embora.

– Vou voltar – falei. – Obrigado pelas informações.

– Ela vai fazer um intervalo daqui a pouco se quiser falar sobre as colmeias. Por causa desse tempo, provavelmente vai comer nos fundos em vez de na beira do rio.

– Imagino. Está horrível lá fora.

– Estava ensopada quando chegou. Me senti mal por ela. Se o almoço que ela trouxe estiver molhado, vou arranjar alguma coisa na chapa para ela. Callie não gosta muito de aceitar favores. Mas não dá para comer um sanduíche de manteiga de amendoim com geleia encharcado.

Tive um estalo, como uma bolha subindo à tona devagar, quando Claude mencionou o sanduíche. Estranhamente, tinha certeza de que era algo relacionado a meu avô, mas não conseguia identificar o quê.

– Era o que estava comendo quando conversei com ela.

– É o que ela come todo dia.

Ergui o olhar. Tendo acabado com as botas, Callie ainda estava no alto da escada, agora pendurando roupas de caça fluorescentes. Eu estava outra vez pensando em como ela veio a conhecer meu avô quando ouvi Frank gritando meu pedido.

– Pegue lá antes que esfrie – disse Claude. – Só uma pergunta rápida. Ouvi um boato de que você vai vender a casa. Por que está preocupado com as colmeias?

– Decidi ficar com ela.

– Ah, é?

– É o que meu avô gostaria que eu fizesse.

Claude sorriu.

– Sem dúvida.

O hambúrguer estava ao ponto e temperado à perfeição, de modo que devorei meu almoço em minutos. Enquanto jogava as sobras no lixo, ouvi um ruído súbito vindo dos fundos da loja e vi Claude sair às pressas do caixa. Outros fregueses também se levantaram, todos indo na mesma direção, e fui atrás. Quando vi a escada caída e Callie encolhida no chão, o instinto falou mais alto e abri caminho entre as pessoas.

– Me deixem passar! – gritei. – Sou médico.

Claude estava agachado ao lado dela, o rosto tomado pela preocupação, e, quando me aproximei, já estava absorvendo a cena, as informações chegando rápidas.

Paciente de lado... sem se mexer... palidez de acinzentada para branca... possível hemorragia interna?... sangue no cabelo e começando a empoçar no chão embaixo da cabeça... braço dobrado em ângulo anormal, indicando possíveis fraturas do rádio e da ulna...

– Todo mundo para trás! – berrei. – Claude... preciso que você ligue para a emergência!

Ele levou um segundo para registrar o que eu estava gritando.

Depois, enfiou a mão no bolso de trás para pegar o celular e eu voltei minha atenção para Callie. Embora fizesse anos que não pisasse numa emergência de hospital, já tinha visto várias lesões no crânio, e sangue saindo do ouvido era um sinal perigoso. Desconfiei de um possível hematoma subdural, mas ela precisaria de uma tomografia computadorizada antes de qualquer diagnóstico. Cuidadosamente deitei Callie de costas, mantendo o pescoço o mais imóvel possível. A respiração era fraca e a fratura, visível. O braço já estava inchando, começando a ficar preto e roxo. Ela permanecia inconsciente. Tirando o celular do bolso, liguei a lanterna e chequei as pupilas. Felizmente, elas se dilataram com a luz, mas feridas na cabeça precisavam ser tratadas com cautela...

Ouvi Claude ao telefone, pânico na voz enquanto explicava a situação, antes de ficar em silêncio.

– Disseram que a ambulância pode demorar um pouco. Um lar de idosos alagou e o serviço de emergência está sobrecarregado. Eles também não sabem se uma ambulância vai conseguir chegar aqui por causa da condição das estradas.

A palidez de Callie pareceu ficar ainda mais acinzentada, outra complicação séria. Vi vários hematomas no braço preservado; a maioria dava impressão de ter dias ou semanas. Levantando com suavidade a camiseta, procurei por evidências de sangramento interno, mas estranhamente não encontrei nada que explicasse sua palidez. Ela precisava ir ao hospital o mais rápido possível. Pesei os prós e contras. Apesar dos riscos em transportá-la, havia mais riscos em esperar por uma ambulância que poderia nem chegar.

– Posso levá-la no meu carro, mas você precisa dirigir para eu poder ficar atrás com ela. Tem alguma coisa em que a gente possa carregá-la? Algo que sirva de maca? Uma cama de armar? Qualquer coisa?

– Tem uma cama de armar nos fundos. Um carregamento de equipamentos de camping acabou de chegar. Serve?

– Serve – respondi. – Vá pegar, rápido!

Claude saiu correndo. À minha volta, alguns homens observavam com olhos arregalados. Peguei a chave no bolso e mostrei.

– Preciso que alguém vá lá fora no meu carro. Está estacionado à esquerda da entrada, um SUV preto grande. Deitem o banco traseiro para caber a cama. Deixem a porta da mala aberta. Quanto ao resto de vocês, vou precisar de ajuda para colocá-la na cama de armar e depois carregá-la lá para fora. Alguém tem um guarda-chuva? Quero que ela fique o mais seca possível.

Eles ficaram me olhando, sem se mexer, até Frank dar um passo à frente, pegar minha chave e correr para a porta. Ao mesmo tempo, Claude surgiu dos fundos carregando uma caixa de papelão volumosa.

– Saiam da frente! Preciso de espaço! – gritou ele, antes de praticamente jogá-la no chão e abri-la. – Ela vai ficar bem?

– Espero que sim – respondi. – Escute. Ligue agora para a emergência do hospital. Eles precisam saber que a paciente tem uma lesão grave na cabeça, possível hemorragia interna e fraturas no rádio e na ulna. Você pode fazer isso?

Àquela altura, ele já tinha soltado a cama, revelando grossos lacres de plástico que a mantinham na posição fechada.

– Alguém tem uma tesoura ou uma faca? – gritou Claude.

– Você me ouviu? Tem que ligar para a emergência do hospital. Eles precisam estar prontos para recebê-la.

– Entendi. Tenho que ligar para o hospital. Ela vai ficar bem, certo?

Repeti o que ele precisava dizer.

– Ok. – Ele assentiu. – Não sei o que aconteceu.

– Por enquanto, vamos só cuidar dela, está bem?

Claude gritou para os outros enquanto apontava para a cama de armar. Vi-o pegar outra vez o celular.

– Preciso de uma tesoura ou uma faca para cortar os lacres.

Alguém que não reconheci deu um passo à frente, sacando um canivete. Com o apertar de um botão, a lâmina se abriu; tratava-se de uma arma, mas quem se importava? Ele usou a lâmina para cortar os lacres de plástico e abriu a cama, colocando-a no lugar. Começou a armar os pés, mas fiz sinal para que se afastasse.

– Vai ficar muito alta se armar os pés. Traga a cama para perto dela, ok? Vou precisar de ajuda para colocá-la em cima com cuidado e carregá-la até o carro. Quero o máximo de gente possível. Cheguem perto.

As pessoas reagem de maneiras diferentes durante momentos de vida ou morte. Já vi gente ter atitudes apropriadas ou ficar paralisada, mas os caras do Trading Post pareceram se recompor o suficiente para entender o que era necessário ser feito. O dono da faca colocou a cama na posição; os outros cercaram Callie.

– Vou manter o pescoço o mais estável que puder, para o caso de haver lesão vertebral. O restante de vocês passa as mãos por baixo dela. Ela não deve pesar mais de 45 quilos, então não vai ser difícil. Vou contar até três, e, quando eu disser para levantar, façam um movimento suave e delicado para colocá-la na cama. A coisa toda deve durar poucos segundos, ok? Todo mundo entendeu?

Olhei nos olhos de cada um e vi que assentiam.

– Quando ela estiver na cama, vamos carregá-la para o carro. Não tem muito onde segurar, então pode ser meio complicado, mas ela não pesa muito e nós somos muitos. Certo?

Vi todos assentirem de novo.

Fiz a contagem e gritei: "Levantem!" Mantive o pescoço de Callie imobilizado, e ela foi posta na cama de armar sem incidentes. Depois, começamos a carregá-la pela loja. Na porta, outro homem estava esperando com um guarda-chuva aberto, que usou para protegê-la do temporal. O porta-malas estava aberto.

Por causa do aguaceiro, eu precisava gritar para ser ouvido.

– Preciso que alguém entre no carro para segurar a cama quando a colocarmos lá, para que não balance!

Um jovem por volta dos 20 anos entrou, posicionando-se entre o banco do motorista e o do carona, de frente para o porta-malas. Como uma unidade coesa, inserimos suavemente a cama pela traseira, com mais delicadeza do que eu havia imaginado ser possível. Eu subi junto, ajoelhando-me ao lado dela.

– Claude? Você pode dirigir?

Ele pulou atrás do volante enquanto alguém fechava o porta-malas. A cama só tinha uns centímetros de sobra entre o vidro de trás e os bancos da frente. Callie permanecia inconsciente, a respiração fraca. O sangue continuava a gotejar do ouvido. Verifiquei outra vez as pupilas e vi que ainda estavam reativas. Rezei para que chegássemos ao hospital a tempo.

– Faça o possível para que a viagem seja bem suave – instruí Claude quando ele deu a partida.

No momento seguinte, já estávamos percorrendo as vias alagadas, mas eu nem notei o percurso. Mantive a atenção em Callie, desejando que ela despertasse, se mexesse. O braço continuava a inchar. Queria que Claude dirigisse mais rápido, mas naquelas condições era impossível. O carro balançava com as rajadas de vento. Às vezes íamos bem devagarinho, enquanto atravessávamos bolsões de água quase na altura da porta do carro, gotas espirrando contra as janelas. Eu rezava para que tivessem um neurologista a postos na emergência e que o hospital local contasse com um centro de traumatologia. O mais próximo – Vidant, em Greenville – ficava no mínimo a uma hora de distância com tempo bom; naquele dia, não sei nem se uma ambulância conseguiria chegar lá. Helicópteros estavam fora de questão.

Claude gritava para mim quando havia necessidade de fazer desvios ou fazer uma curva, sempre perguntando como Callie estava. Por fim – após o que me pareceram horas –, entramos no estacionamento do hospital, em direção à emergência. O estado de Callie parecia ter piorado. Gritei uma ordem a Claude:

– Diga a eles que vamos precisar de uma maca e muita gente para carregar.

Ele saltou e correu para dentro; quase na mesma hora uma maca apareceu, cercada por meia dúzia de enfermeiros e um médico. Eu desci da mala e relatei o que sabia sobre o estado dela. Callie foi colocada na maca e depois levada para dentro cercada pelos enfermeiros e pelo médico. Claude e eu acompanhamos até chegar à sala de espera. Ainda podia sentir a explosão de adrenalina percorrendo meu corpo. Parecia estranhamente alheio, quase como se fosse apenas um espectador da minha própria vida.

Na sala de espera, metade das cadeiras estava vazia. Havia uma mãe com duas crianças, um pequeno grupo de idosos, uma mulher obviamente grávida e um homem com uma tipoia improvisada. A emergência estava movimentada, mas não caótica, o que, esperava eu, permitiria a Callie ter a atenção de que precisava.

Um único olhar para Claude revelava como ele tinha ficado abalado com tudo aquilo.

– Você fez um bom trabalho trazendo a gente até aqui. Parabéns!

– Obrigado. Mais uma hora e poderíamos não ter conseguido. Está tudo alagado. Acha que ela vai ficar bem?

– Tomara que sim.

– Acha que ela vai morrer?

– Não sei – respondi, sem querer mentir para ele. – É preocupante que ela não tenha recuperado a consciência. Isso nunca é bom sinal.

– Jesus – disse ele. – Pobrezinha. Parecia que ela estava finalmente tendo uma folga. Primeiro o incêndio e agora isso.

– Que incêndio?

– O trailer dela pegou fogo em novembro, pouco depois do Dia de Ação de Graças. Ela só teve tempo de sair e perdeu praticamente tudo. Ficou só com as roupas do corpo. Levou um tempo até ela achar outro trailer. Quando finalmente encontrou, dei para ela uns móveis velhos que eu tinha na garagem. Apesar disso tudo, nunca faltou ao trabalho. Agora me arrependo de a loja não oferecer plano de saúde. Acha que esse hospital vai tomar conta dela? Ela não tem como pagar.

– Pela lei, eles são obrigados a cuidar dela. E muitos hospitais têm programas de auxílio para quem não pode pagar. Não sei como eles fazem aqui, mas vão dar um jeito.

– Espero que sim – disse ele. – Poxa. Ainda não acredito. A cena fica se repetindo na minha cabeça.

– Ela perdeu o equilíbrio e caiu?

– Não – respondeu. – É isso que foi estranho.

– Como assim?

– Ela estava no último degrau, pendurando mais uma roupa. Usava uma vareta e se esticava para alcançar o gancho, e aí... de repente, fechou os olhos e meio que... *tombou*. Como se tivesse desmaiado.

Pequenos alarmes começaram a soar em minha mente enquanto processava as palavras de Claude.

– Está dizendo que ela ficou inconsciente *antes* de cair e bater a cabeça?

– Foi o que me pareceu. Logo antes de acontecer, me lembro de olhar para ela e achar que estava com problemas de coordenação, como se estivesse sem equilíbrio ou algo assim. Um freguês da loja desmaiou uma vez e ela parecia do mesmo jeito que ele.

A história de Claude parecia verossímil, e fiquei pensando no significado daquilo. Um desmaio podia ser devido a algo tão simples quanto uma desidratação ou pressão baixa, mas às vezes era sinal de alguma coisa mais séria. Até a causa ser conhecida, desmaios são considerados emergências médicas. Pensei em sua palidez, e me perguntei se as duas coisas não estariam, de alguma forma, ligadas.

– Espere aí – falei. – Preciso contar isso ao médico.

Fui até o balcão da recepção. A mulher sentada atrás me passou um maço de papéis.

– Precisamos registrá-la – disse ela. – O senhor é da família?

– Não. Não tenho certeza se a paciente tem família na cidade e não sei muito sobre ela. Mas Callie trabalha para Claude, e ele pode começar a preencher a papelada.

Fiz sinal a Claude para que se juntasse a mim, antes de explicar que tinha informações adicionais para dar ao médico, e pedi a ela um pedaço de papel. Escrevi um bilhete repetindo o que Claude me relatara e vi a recepcionista entregá-lo para uma enfermeira. Enquanto isso, Claude se sentou e examinou os formulários.

– Não sei se consigo completar tudo isso – murmurou.

– Responda o que puder por ora – pediu a mulher. – Ela pode informar o resto mais tarde.

Espero que sim, era tudo que eu podia pensar.

Claude ligou para Frank na loja e pediu que pegasse a ficha de cadastro de Callie para obter parte das informações; enquanto ele fazia isso, sentei-me na sala de espera. Aos poucos, a adrenalina diminuía no meu sistema, deixando-me exausto. Em silêncio, continuei a pensar sobre Callie, torcendo pelo melhor, mas me sentindo inquieto com a súbita e estranha sensação de que o pior ainda estava por vir.

Deixei Claude na loja e segui lutando contra a tempestade e as ruas alagadas até chegar em casa. Após uma rápida inspeção, fiquei positivamente surpreendido ao notar que a lona tinha funcionado e todas as goteiras cessaram. Encharcado outra vez, joguei as roupas na lavadora, vesti um moletom e preparei mais café.

Enquanto não ficava pronto, peguei o notebook e fiz uma pequena pesquisa em sites médicos sobre possíveis causas de desmaio, depois sobre outros estados que poderiam explicar sua palidez e os hematomas. Havia possibilidades demais para levar em conta, algumas até com risco de morte, mas nada definitivo até se fazerem exames. A preocupação principal naquele momento era o traumatismo craniano. Esperava que ela já tivesse feito a tomografia e que eles já estivessem dando os próximos passos.

Não que isso fosse da minha conta. Éramos estranhos e, com base em nossa viagem de carro naquela manhã, é provável que ela preferisse manter as coisas assim. Perguntei-me outra vez por que mencionar seus pais provocara uma reação tão violenta. Até aquele momento, ela havia se mantido distante; foi só depois que entrou em pânico.

A não ser que...

Recordei-me de que ela também parecera entrar em pânico no dia em que conversamos durante o almoço. Tentei lembrar o que eu tinha dito especificamente que a aborrecera naquela ocasião, mas só me vieram à mente banalidades, e eu estava cansado demais para pensar direito no assunto.

Após me servir de uma xícara de café, entrei em alguns sites de notícias e chequei meu e-mail. A maioria era spam, que deletei rapidamente, mas lá no final havia uma mensagem de Marvin Kerman. Embora eu esperasse uma resposta negativa, soube que AJ tinha, de fato, guardado os objetos pessoais de meu avô e iria me enviar. O advogado pedia um endereço de entrega e solicitava uma renúncia a qualquer ação legal contra seu cliente. Anexo à mensagem, havia um formulário para assinar, que imprimi, escaneei e enviei por e-mail para Kerman. Dependendo da rapidez com que os itens fossem enviados, seria possível recebê-los já na semana seguinte.

Com fome outra vez, decidi fazer um sanduíche. Peguei um pouco de peito de peru na geladeira e fui até o armário atrás de pão. Como meu avô, eu não tinha muita comida em casa, mas, enquanto pegava o pão, me lembrei subitamente de ter descartado tudo quando me mudei. E, como uma chave virando na fechadura, tive um palpite forte quanto à identidade da pessoa que invadiu a casa de meu avô após sua morte.

Só poderia ter sido Callie. Eu tinha jogado fora um pote quase vazio de manteiga de amendoim, algo que meu avô não teria em casa por ser alérgico a amendoim, mas que Callie comia todo santo dia. Claude também mencionara que ela era quase obsessiva por limpeza, e, tirando a porta dos fundos arrombada, a casa fora encontrada em quase perfeita ordem quando Natalie entrou nela. Essas coisas poderiam ser coincidências, mas, juntando sua amizade com meu avô e o fato de não possuir família na região, aonde mais ela iria quando seu trailer pegou fogo? E também explicava por que Callie insistira tanto em dizer que não tinha feito nada de errado quando tentei conversar com ela durante o almoço; aquelas negativas categóricas e amedrontadas faziam um pouquinho mais de sentido se tivesse de fato invadido a casa, já que saberia ser culpada.

Somando isso tudo, pareciam provas bem convincentes, e ao longo dos próximos dias, tive mais certeza ainda. Na segunda-feira, depois de minha sessão com Bowen, recebi uma confirmação inesperada de que Callie estivera, de fato, no interior da casa de meu avô.

Uma mulher que se identificou como Susan Hudson, funcionária do departamento financeiro do hospital, ligou para o telefone fixo perguntando por meu avô. Informei que ele havia falecido, mas que eu era seu parente mais próximo, e, depois de algum falatório, ela revelou a verdadeira razão de sua chamada:

– Callie está usando o número de previdência social da sua falecida avó – contou-me ela.

15

Encontrei-me com Susan Hudson na manhã seguinte. A mulher tinha por volta de 50 anos, cabelos e olhos castanhos, e parecia lidar com um trabalho incrivelmente difícil com relativo bom humor. Passar a maior parte do dia ao telefone discutindo com planos de saúde, falando com pacientes sobre cobranças ou avisando as pessoas que esse ou aquele procedimento não era coberto pelo plano iria me deixar absolutamente infeliz. No entanto, ela era simpática e pareceu aliviada por eu ter ido até lá. Fazendo sinal para que eu me sentasse numa das cadeiras em frente à sua mesa, fez uma ligação rápida, dizendo a alguém que eu havia chegado. Menos de um minuto depois, um médico entrou na sala.

– Dr. Adrian Manville – apresentou-se ele, estendendo a mão. – Sou o médico-chefe aqui.

– Dr. Trevor Benson – repliquei, perguntando-me por que ele decidira se juntar a nós.

– Você é médico?

– Cirurgião ortopedista – respondi. – Aposentado por invalidez. Espero não ter feito nada errado trazendo Callie para o hospital eu mesmo.

– De modo algum – retorquiu Manville, sentando-se. – Agradecemos por ter vindo aqui hoje.

– Ainda não entendi bem por que precisam de mim. – Olhei para Manville. – Ou porque você está aqui. Pensei que eu fosse tratar apenas da questão envolvendo o número de previdência social da minha avó, que já morreu.

Susan pegou uma pasta ao lado do computador.

– Não sabíamos o que fazer. Sei que o senhor não é da família, mas nós esperamos que possa esclarecer um pouco a situação.

– Nós?

– O departamento financeiro – respondeu ela. – O hospital. Ninguém aqui está exatamente certo de como devemos proceder.

– Duvido que eu possa ser de grande ajuda. Não sei de nada. Só encontrei Callie umas duas vezes e não sei sequer seu sobrenome.

– Nós também não.

– Como assim?

– Ela não tem identificação nenhuma, e estamos tendo dificuldade para verificar qualquer coisa sobre ela.

Dirigi o olhar para Manville e depois outra vez para Susan.

– Talvez vocês devessem começar do início. Contem o que já sabem.

– Claro – disse Susan. – Como mencionei ao telefone, Callie está usando o número de previdência social de sua avó. Descobrimos isso por acaso. Sua avó esteve aqui pela última vez como paciente muito tempo atrás, antes de todos os registros serem digitalizados. Estamos atualizando, mas isso leva tempo. O senhor faz alguma ideia de como a paciente poderia ter conseguido esse número?

– É só um palpite, mas imagino que ou ela descobriu sozinha ou meu avô deu para ela.

A caneta de Susan pairava acima da pasta.

– Por que seu avô teria dado isso a ela?

– Porque ele sempre teve carinho pelos desabrigados. Acho que ela também, aliás.

– Perdão?

– Meu avô alimentava animais de rua quando eles apareciam em sua casa – expliquei. – Talvez Callie tenha aparecido e ele achou que ela precisava da sua ajuda também.

– É ilegal dar a alguém intencionalmente o número da previdência social de outra pessoa.

– Vai ser difícil apresentar queixa – falei. – Como expliquei ao telefone, meu avô faleceu no outono.

Ela examinou a pasta e fez algumas anotações antes de soltar a caneta.

– É complicado, mas, como o tratamento de Callie se encaixa num projeto de assistência social que temos no hospital, vamos precisar que ela seja honesta nos formulários de admissão. Existem requisitos de informação e toda uma burocracia, e esses documentos precisam estar corretos.

– Vocês já tentaram perguntar para Callie?

– Eu tentei – respondeu ela. – O Dr. Manville também, além de outros funcionários. E os médicos que estão cuidando dela. No início, achávamos que o traumatismo craniano talvez a tivesse deixado confusa, mas, quando falamos com o empregador dela, ele confirmou que era o mesmo número de previdência social que Callie tinha dado ao ser contratada. Além disso, o endereço que ela preencheu no formulário não existe. Depois que nós lhe mostramos essas coisas, ela parou de responder a nossas perguntas.

O Dr. Manville pigarreou e disse:

– Ela também começou a perguntar quando vai ter alta, e isso também é preocupante, mas por razões completamente diferentes. Tem certeza de que não há nada que você possa nos contar sobre ela?

Fiz que não com a cabeça, dando-me conta de que tudo que ouvira até ali batia com o que eu sabia sobre Callie.

– Seu nome é Callie. Ela me contou que não era de New Bern, mas não faço a menor ideia de onde vivia antes. No momento, ela mora num estacionamento para trailers perto da minha casa e trabalha no Slow Jim's Trading Post. – Fiz uma pausa e olhei para o Dr. Manville. – Isso tudo não é tanto pela questão financeira, mas por outra coisa, certo? Acho que existe a possibilidade de que haja algo seriamente errado com ela, além da lesão na cabeça. Talvez por ela ter desmaiado antes de cair da escada, ou por causa da palidez, ou ainda por causa de alguma coisa que os exames tenham revelado. Ou talvez pelas três coisas juntas. É por isso que estão preocupados com a insistência dela para ter alta.

Tinha dito aquilo como uma afirmação, não como pergunta, e Menville se sentou um pouco mais ereto na cadeira.

– Como você sabe, há questões relativas ao sigilo médico – esquivou-se. – Não podemos divulgar informações médicas de um paciente sem consentimento.

Era verdade, mas eu diria pela sua expressão que meu palpite estava correto.

Susan pigarreou e completou:

– Nossa esperança era de que o senhor falasse com ela, para fazê-la permanecer no hospital pelo tempo mínimo suficiente para receber os cuidados de que precisa. E para que tenhamos informações precisas no arquivo e não permaneça nenhuma obrigação financeira pela qual ela possa ser responsabilizada.

– Não seria mais recomendado que um de vocês fizesse isso?

– Já tentamos de tudo, mas ela continua insistindo em receber alta – respondeu Susan. – Ela diz que está bem.

– Vocês deviam falar com Claude. Callie trabalha para ele, que a conhece muito melhor que eu.

– Ele esteve aqui ontem – comentou Susan. – Foi quem preencheu de início os formulários e deixou as informações de contato, então recorremos a ele, que também não teve sorte. Callie não respondeu às perguntas dele. Foi aí que ele sugeriu que falássemos com o senhor, dizendo que, como ela conhecia e gostava do seu avô, talvez você conseguisse convencê-la.

Era óbvio que Claude não sabia que Callie tinha praticamente gritado comigo no dia em que desmaiou.

– Tenho minhas dúvidas de que ela vá querer se abrir comigo.

– Poderia ao menos tentar? – perguntou Manville. – Em termos médicos, é importante. Pelo bem de Callie. Entendemos que você não tem obrigação nenhuma de ajudar, mas...

Ele parou de falar, e passaram-se alguns segundos antes de eu concordar. Meu avô iria querer que eu a ajudasse. Ela fora importante para ele, e eu teria que tratá-la da mesma forma.

– Não posso prometer que ela vai cooperar, mas será um prazer falar com ela.

– Obrigado.

– Mas com uma condição.

– Sim?

– Podem conseguir para mim um formulário de autorização de divulgação de informações médicas? Eu gostaria de examinar o caso dela e conversar com os médicos.

– Sim, mas você ainda teria que convencê-la a assinar.

– Deixem que eu me preocupo com isso.

Susan me entregou o formulário, e, após pedir sua caneta emprestada, comecei a me dirigir ao quarto de Callie no terceiro andar.

O hospital, como qualquer outro, enchia-me de uma sensação de déjà-vu. Assim que saí do elevador, vi as mesmas luzes fluorescentes, o mesmo piso de granilite, as mesmas paredes bege de que eu me lembrava da residência, em Pensacola, e até em Kandahar. Segui uma placa que indicava o número dos quartos e percorri o corredor pensando em que abordagem usar quando ficasse cara a cara com Callie. Eu não tinha dúvidas de que Susan e Claude haviam tentado o método simpático do *Estamos aqui para ajudar*, enquanto Manville e os outros médicos teriam seguido pelo caminho do *Nós somos os profissionais aqui e você tem que nos escutar*. E, ainda assim, Callie insistia em ter alta, apesar da sua condição. Mas por quê?

Porque estava irritada com o fato de eles tirarem sua independência?

Era possível, pensei. Mais provável era a ideia de que Callie estivesse com medo ou, quem sabe, fugindo. Talvez da família, de um namorado, da lei, definitivamente de alguma coisa. Eu podia apostar que, assim que ela saísse do hospital, desapareceria em questão de horas. Pegaria a estrada e começaria tudo de novo em algum outro lugar. Também tinha uma chance de que tentasse usar mais uma vez o número de previdência social da minha avó. Pessoalmente, eu não me importava se usaria ou não, embora imaginasse que isso lhe geraria problemas no futuro. Eu estava mais preocupado que ela fosse parar em outro hospital, talvez quando já fosse tarde demais para ajudá-la, se seu estado fosse tão grave quanto a presença do Dr. Manville sugeria. Ao mesmo tempo, ela já tinha idade para tomar as próprias decisões...

Ou será que não?

Teria realmente idade para viver sozinha? Ou seria uma menor de idade que fugira de casa?

Passei pelo posto de enfermagem, rumo ao quarto. Do lado de fora, hesitei um instante antes de entrar com passos rápidos. A televisão estava ligada num programa de entrevistas, o volume baixo. Callie estava deitada na cama, o braço engessado e a cabeça, enfaixada com gaze; presumi que passara por uma craniotomia para drenar o hematoma subdural. Estava ligada a aparelhos e os sinais vitais pareciam bons. Ao me ver, virou o rosto para o lado, concentrando-se outra vez na televisão. Esperei que falasse, mas ela não disse nada.

Fui até a janela e olhei a vista, notando os carros no estacionamento e o céu com nuvens pesadas. Apesar de a chuva ter parado no dia anterior, o tempo permanecia sombrio, com previsão de mais chuva. Após um momento, saí da janela e me sentei na cadeira mais perto da cama. Callie continuava a me ignorar, então resolvi tratá-la como uma paciente qualquer e ir direto ao assunto.

– Oi, Callie – falei. – Ouvi dizer que você não está respondendo a perguntas bem importantes e que quer ir embora do hospital. É verdade?

Ela comprimiu os lábios, sem dar qualquer outro sinal de ter me ouvido.

– As pessoas do hospital estão do seu lado e não é uma boa ideia ignorar o que estão dizendo. Imagino que, além do braço quebrado, você tenha tido um acúmulo de fluido ao redor do cérebro e tenha precisado fazer uma drenagem. Como está se sentindo agora?

Ela piscou sem dizer nada.

– Foi uma queda muito perigosa. Não sei se contaram, mas fui eu quem trouxe você para o hospital. Consegue se lembrar de alguma coisa? Disseram que você pode ter desmaiado ou perdido os sentidos antes.

Ela finalmente se virou para mim, mas ignorou a pergunta.

– Quando eu posso sair daqui?

– Levará tempo para se recuperar – falei. – E uma lesão na cabeça deve ser tratada de forma séria.

– O médico disse que eu só precisava ficar uns dois dias. Já estou aqui há mais tempo que isso.

Isso foi antes de ele saber da gravidade do seu caso.

– Você já pensou em responder às perguntas deles?

– Já respondi.

Sua voz soava agressiva.

– Não a todas – argumentei. – E você não está contando a verdade.

Ela semicerrou os olhos.

– Vá embora. Não quero falar com você.

Sustentei seu olhar. Seguindo uma intuição, perguntei:

– Eles já fizeram uma biópsia da medula?

Uma das mãos se moveu para o quadril num reflexo. Era o local mais comum para as biópsias de medula, então interpretei aquilo como um sim, mesmo sem ela ter respondido. Se recebera o resultado era outra questão, de cuja resposta eu não precisava naquele momento. Na mesa de cabeceira havia uma revista e eu a peguei. Coloquei o formulário em cima, junto com a caneta, e me inclinei para a frente, pondo perto dela na cama.

– Vou precisar que você assine isto. É um formulário que me dá o direito de conversar com seus médicos, ver seus prontuários e discutir seu caso.

Pode me considerar seu representante, se preferir. Acredite ou não, estou aqui para ajudar.

– Não preciso da sua ajuda.

– Você não sabe. Posso responder a perguntas, explicar diagnósticos, discutir opções de tratamento com os médicos. Você só precisa ser honesta e responder às perguntas deles. E, por enquanto, precisa ficar aqui.

– Você não pode me dizer o que fazer.

– Acho que posso, sim. – Inclinei-me para a frente, mantendo o tom casual. – Se você sair do hospital, duas coisas podem acontecer. Ou você vai acabar em outro hospital ou na cadeia.

– Eu caí! – exclamou ela. – Não pedi para vir para cá... Você me arrastou para cá. Eu teria avisado que não tinha como pagar.

– Não se trata de pagamento. Você está usando o número de previdência social da minha avó que já morreu. É um crime federal. Você também arrombou minha porta de trás depois que seu trailer pegou fogo. Isso é dano ao patrimônio e invasão de domicílio. Talvez eu até diga a eles que você é uma menor que fugiu de casa. – Fiz uma pausa. – A menos, é claro, que a gente faça um acordo.

Com toda a franqueza, eu não fazia a menor ideia se a polícia iria sequer se interessar pelo caso; talvez pela possibilidade de ela ter fugido de casa, mas nem disso tinha certeza. Mas, quando nem o uso da *gentileza* ou da *preocupação profissional* tinham funcionado para torná-la mais cooperativa, então ameaças talvez funcionassem. Tirei o celular do bolso, fazendo questão de que ela visse.

– Vou ligar para a polícia daqui mesmo – falei. – Pode escutar, se quiser.

Quando ela voltou a se concentrar na televisão, continuei:

– Não foi tão difícil assim descobrir. A única coisa que não sei ainda é como você conheceu meu avô. De repente passou pela casa dele tarde da noite e estava chovendo ou você estava cansada e viu o celeiro. Aí entrou, encontrou a cama de armar e passou a noite. Talvez tenha passado mais de uma, mas acho que meu avô acabou descobrindo. E, em vez de botá-la para correr, ele provavelmente lhe ofereceu algo para comer. Talvez tenha até deixado você ficar uma ou duas noites no quarto de hóspedes. Ele era esse tipo de pessoa. Depois disso, você começou a confiar nele. E então encontrou o cartão de previdência social da minha avó numa caixa embaixo da cama. Depois de você ajudar com o mel, ele sugeriu a Claude que te contratasse, e aí você usou o número do cartão. Em seguida, meu avô morreu. Quando seu trailer pegou fogo, você invadiu a casa pela porta dos fundos e ficou lá até conseguir alugar outro trailer. Comeu sanduíche de manteiga de amendoim com geleia e maçãs enquanto esteve lá, manteve a casa limpa e usou as velas porque a energia tinha sido cortada. E aí? Cheguei perto?

Embora ela não tenha respondido, os olhos arregalados confirmavam que eu estava mais certo que errado.

– Também sei o que está pensando agora: que vai se mandar do hospital assim que eu for embora. No seu estado, acho que não vai muito longe. Especialmente porque vou avisar aos enfermeiros o que você está tramando e vou lá para baixo esperar a polícia chegar. – Fiz uma pausa para que Callie digerisse aquilo tudo, então me inclinei para a frente e dei uma batidinha com o dedo no formulário. – Sua outra opção é assinar este papel, cooperar com os médicos e concordar em ficar no hospital até melhorar. Se fizer essas coisas, não vou ligar para a polícia. – Como Callie não fez menção de pegar o formulário, ergui o celular. – Estou perdendo a paciência – falei, e encarei-a com um olhar de quem estava falando sério.

Por fim, com relutância, ela pegou o formulário e assinou na linha pontilhada.

– Eu não roubei o número de previdência da sua avó – disse ela, soltando a caneta. – Foi seu avô quem me deu.

Pode ser que sim, pensei. *Pode ser que não.*

– De onde você é, Callie?

– Da Flórida – respondeu ela, um pouco rápido demais.

Poderia ser de qualquer lugar, menos da Flórida.

– Quantos anos você tem?

– Dezenove.

Impossível, pensei. Lembrei-me do jeito como reagira quando eu perguntara sobre seus pais.

– Tem alguém da família com quem gostaria de entrar em contato?

Ela virou a cara.

– Não – respondeu. – Não tem ninguém.

Mais uma vez, eu não acreditei nela.

Levei o formulário assinado até o posto de enfermagem, onde me prometeram anexá-lo à ficha médica de Callie. Descobri os nomes de seus outros médicos – uma era oncologista, o que só aumentou minhas preocupações – e quando fariam as rondas ou visitas aos pacientes. Avisei que estaria voltando ao hospital mais tarde para falar com a oncologista, se estivesse disponível. Depois disso, retornei ao quarto de Callie e conversei um pouco com ela. Perguntei qual eram seus livros e filmes preferidos, tentando puxar assunto, mas percebi que ela não queria nada comigo e acabei indo embora.

Àquela altura, a chuva já tinha parado e fui desviando das poças d'água até o carro. Em casa, preparei o almoço, li sobre biópsia e transplante de medula e, então, para fazer hora, liguei para o empreiteiro que contratei. Disse-lhe que queria que o trabalho no telhado começasse assim que eu me mudasse para Baltimore, o que com sorte daria a ele tempo suficiente para fazer todos os preparativos. A lona não aguentaria muito mais tempo.

Pensei nas mentiras que Callie me contara, especialmente a última. Tinha que haver alguém em sua vida. Desconfiava de que a mãe, o pai ou ambos estavam vivos, mas, mesmo que ela não quisesse falar com eles, não existiria ninguém mais? Irmãos ou irmãs, tias ou tios, avós? Até um professor ou melhor amigo? *Alguém?* Quando as pessoas ficam em hospitais, quase sempre elas anseiam pelo apoio dos entes queridos; se confrontadas com uma possível ameaça às suas vidas, esse desejo se torna quase universal, o que me fazia pensar que algo péssimo acontecera com ela e a fizera renegar essas pessoas.

Era possível, claro, que tivesse experimentado um relacionamento familiar terrível, até abusivo. Nesse caso, eu achava que podia entender sua relutância em ver ou falar com os parentes, mas, dependendo do que eu soubesse pela oncologista, Callie poderia estar arriscando a própria vida ao não entrar em contato com elas.

O tempo passou devagar durante o restante do dia, mas, enfim, chegou a hora de voltar ao hospital. Passei pelo Trading Post para beber um café e conversei um pouco com Claude. Como eu, ele não tinha pistas do que estava acontecendo com Callie ou de por que ela não respondia às perguntas dos médicos. Ele não comentou nada sobre o número falso de previdência social que Callie estivera usando e fiquei pensando se teria conhecimento daquilo, achando que provavelmente não.

Mais tarde, quando entrei no hospital, percebi outra coisa: desde que Callie caíra da escada, minhas mãos tinham parado de tremer e eu não me sentia nervoso. Não tivera dificuldade para dormir e estava até me sentindo eu mesmo outra vez. Parecia que tentar salvá-la tinha acabado me salvando de alguma forma também.

Ainda era cedo para as rondas e me acomodei para esperar. A maioria dos médicos atendia em consultórios na cidade e só ia para o hospital após o último paciente do dia. Os enfermeiros de plantão descreveram a Dra. Mollie Nobles, a oncologista de Callie, como tendo cabelo louro bem curto e olhos azuis, tornando-a quase impossível de não reconhecer. O neurologista, disseram-me, poderia ou não vir, uma vez que já passara de manhã.

Sentei-me numa cadeira na recepção, perto do elevador, no andar de Callie, observando as pessoas passarem, enquanto notava também a silenciosa eficiência dos enfermeiros entrando e saindo dos quartos. Eu sempre achei que são profissionais subestimados. Meia hora se passou, depois uma, mas, após dois anos sem fazer muita coisa, tornara-me bom em esperar. Um por um, os médicos começaram a sair do elevador, mas os quatro primeiros não eram quem eu procurava. Excelente detetive que sou, reparei que todos eram homens.

A loura de olhos azuis e cabelo bem curto chegou alguns minutos mais tarde, parecendo preocupada ao sair do elevador segurando algumas pastas.

– Dra. Nobles? – perguntei, levantando-me da cadeira.

Ela se virou.

– Sim?

– Eu gostaria de conversar sobre Callie.

Apresentei-me e informei que já haviam anexado à ficha dela o formulário de autorização assinado.

– Sei que está ocupada e provavelmente tem muitos pacientes para visitar, mas eu realmente ficaria feliz se me desse alguns minutos.

– Você está acompanhando Callie?

– Mais ou menos – desconversei. – No momento, sim.

– Você a conhece bem?

– Não. Passei um tempo com ela hoje à tarde, mas não sou da família. Nem sei se ela me considera um amigo. Mas é importante que eu fale com você sobre a situação dela.

– Quem é você?

Expliquei meu relacionamento, acrescentando que também era médico, e passamos pelo mesmo processo que já tinha se desenrolado com o Dr. Manville.

Quando terminei, ela olhou o corredor na direção do quarto de Callie e depois outra vez para mim.

– Certo – disse Mollie, por fim. – Ok. Você disse que a autorização está na ficha?

Quando assenti, ela continuou:

– Vou precisar confirmar isso, mas que tal me encontrar no quarto dela daqui a uns minutos?

– Podemos conversar em algum lugar com mais privacidade?

A médica olhou para o relógio e fez um rápido cálculo mental.

– Tudo bem. Mas não podemos demorar muito. A casa está cheia esta noite. Vamos para o saguão.

Após ela usar o computador no posto de enfermagem, tomamos o elevador para o saguão, encontrando cadeiras e uma pequena mesa livres.

– O que posso fazer por você? – perguntou Mollie.

– Eu queria saber se já tem os resultados da biópsia da medula.

– Se não a conhece tão bem, como sabe que Callie fez uma biópsia? E por que ela lhe deu permissão para conversar comigo, em primeiro lugar?

– Eu a chantageei.

– Hein?

– Ameacei chamar a polícia. É uma longa história, mas, com sorte, ela vai ficar por aqui até melhorar. E por ora, você pode conversar comigo.

– Ao chantageá-la talvez tenha invalidado o formulário.

– Talvez não. Não sou advogado. Mas o formulário está na ficha dela, então em teoria está tudo bem.

Mollie não pareceu convencida, mas assentiu e disse:

– Na verdade, falar com você pode tornar as coisas mais fáceis. Ela tem sido uma paciente difícil até agora e não sei o que pensar disso tudo.

– Como assim?

– Tenho a impressão de que nada do que ela me contou é verdade.

Eu também, pensei.

– Não posso ajudar nessa parte. Estou mais interessado no estado clínico dela.

– O que quer saber?

– Pode me fazer um resumo rápido do quadro de Callie? Só o principal.

– Você vai precisar falar com o neurologista e o ortopedista em relação a algumas partes.

– Tudo bem – falei.

Ela assentiu e continuou:

– Como sabe, Callie foi admitida com traumatismo craniano e uma fratura no braço. A tomografia da cabeça revelou um hematoma subdural. Ela ficou alternando entre consciência e inconsciência, e nós mantivemos um acompanhamento cuidadoso enquanto esperávamos a tempestade amainar. Nosso hospital normalmente não faz cirurgias de crânio, transferimos esses pacientes para outras unidades. Mas os helicópteros estavam presos em terra, as estradas, alagadas, e havia a preocupação de que o transporte aumentasse ainda mais o risco da paciente. Como o fluido continuava a se acumular e o estado dela foi ficando cada vez pior, decidimos que nossa melhor opção era fazer a craniotomia aqui, e por sorte um neurocirurgião do Vidant conseguiu chegar ao hospital apesar da tempestade. A operação foi bem-sucedida. A confusão e a tontura de Callie diminuíram quase que imediatamente e desde então ela está consciente. A fala não está mais arrastada e as funções motoras estão perfeitas também.

– Ela pareceu bem quando conversamos.

– Pensei a mesma coisa ontem. Mas você devia falar com o neurologista se precisar de mais informações sobre esses temas. Minha impressão é de que ele está muito confiante na recuperação dela.

– E o braço?

– O ortopedista conseguiu finalmente tratar dele ontem e acabou sendo uma cirurgia muito complicada, que levou mais tempo do que o previsto. Mas ele disse que foi tudo bem. Você teria que falar com ele para saber mais.

Como Mollie não acrescentou nada, perguntei:

– E...?

– Como vê, há uma série de médicos envolvidos no atendimento dela. Clínico geral, neurologia, ortopedia e, agora, oncologia.

– Quando você foi trazida ao caso?

– Domingo à noite – respondeu ela. – Antes de dar início ao tratamento das lesões, ela passou pela bateria habitual de exames e notamos algumas irregularidades no seu hemograma. Ela estava com a contagem de glóbulos vermelhos, glóbulos brancos e plaquetas baixa, e precisou de uma transfusão. Como não havia hemorragia interna, surgiu a preocupação de que ela pudesse ter leucemia, por isso estou aqui.

– O que explica a biópsia de medula óssea.

– Os dias têm sido muito agitados com tantos médicos e procedimentos, e todos nós ficamos um tempo com ela. E esse é outro problema.

– Por quê?

– Porque ela contou uma história diferente para cada um – disse Mollie. – E ninguém sabe a verdade. Para começar, ela disse que tinha 19 anos, mas não acreditei. Ela parece ter 15 ou 16. Callie me disse também que os pais tinham morrido num acidente de carro no ano passado, que não tem mais família e que vive sozinha. No entanto, contou ao ortopedista que eles tinham morrido num incêndio. Não faz sentido.

– Talvez estivesse confusa.

– Antes podia até ser, mas não no domingo. Ela estava bem: conseguia fazer contas simples, sabia quem era o presidente, o dia da semana e tudo o mais. Durante essa rodada de perguntas, Callie comentou também que era de Tallahassee.

– Ela me disse que era da Flórida.

– *Eu* sou de Tallahassee – frisou Mollie. – Fui criada lá, estudei na Universidade da Flórida e morei a maior parte da vida na cidade. Quando perguntei, batendo papo com ela, em que escola tinha estudado, ela respondeu George Washington High. Como nunca ouvi falar dessa escola, pesquisei e vi que não existia. Indaguei sobre dois outros lugares, o parque Alfred Maclay Gardens e o santuário ecológico St. Marks, e, embora ela agisse como se já tivesse ouvido falar deles, desconfiei que também fosse mentira. Perguntei então se ela era realmente de Tallahassee e depois disso ela parou de responder a minhas perguntas. Só que eu preciso saber se ela tem família ou não, e ela não me diz. Callie vai precisar de um transplante de medula mais cedo ou mais tarde, ou não vai haver nada que possamos fazer. Precisamos encontrar a família dela.

– Qual é a gravidade da leucemia?

– Desculpe – disse ela, balançando rapidamente a cabeça. – Eu não fui clara. Callie não tem leucemia. A biópsia mostrou que ela tem anemia aplástica.

– É melhor ou pior que leucemia?

– São bem parecidas. Para resumir, a anemia aplástica indica que Callie não está produzindo células sanguíneas em quantidade suficiente, e, no caso dela, a doença está muito avançada, então a situação é grave. Mas vamos voltar um segundo. O que você sabe sobre transplantes de medula óssea?

– Menos que você, com certeza.

Ela sorriu e continuou:

– Pode ser difícil encontrar o doador certo, mas, basicamente, no primeiro estágio, tentamos achar doadores com antígenos leucocitários humanos compatíveis. Existem seis antígenos principais, e os melhores doadores são os que têm todos os seis compatíveis. Cinco está ok, quatro é uma possibilidade, porém mais arriscada, e assim vai. Enfim, depois que recebi o resultado da biópsia, pesquisei o sistema de antígenos leucocitários humanos de Callie no cadastro de medula, e as melhores correspondências que temos até agora são algumas pessoas que têm três antígenos. Ela precisa de uma correspondência melhor, o que em geral significa membros da família.

– Callie já sabe?

– Não – disse ela. – O resultado saiu hoje de tarde. Mas ela sabe que o transplante é uma possibilidade. Estou indo agora contar a Callie. Com sorte, ela vai me falar alguma coisa sobre a família... Como pode não ter família nenhuma? Ela é jovem demais para não ter ninguém, certo?

Apesar de concordar com a doutora, lembrei-me de minha experiência anterior com Callie.

– E se ela não contar a você nada sobre a família? Ou negar sua existência outra vez?

– Aí tudo que podemos fazer é rezar para que outro doador apareça no cadastro.

– Quanto tempo ela tem?

– Difícil saber ao certo. Existem alguns medicamentos e podemos mantê-la viva com transfusões, mas ela vai ter que seguir o tratamento rigorosamente. Callie não tem plano de saúde para custear esse tipo de cuidado a longo prazo. Ela precisa de um transplante. Precisa ser honesta também, a fim de que possa ser transferida para o Vidant, em Greenville. Eles não vão aceitá-la se continuar fazendo joguinhos.

– Por que ela precisa ser transferida?

– Não fazemos radioterapia neste hospital – respondeu ela –, mas isso não é um problema. Já entrei em contato com Felicia Watkins, uma oncologista do Vidant, e ela está examinando a ficha de Callie. Trabalhamos juntas antes e ela é ótima. Se encontrarmos um doador, Callie estará em excelentes mãos.

– Bom saber. Me conte o que ela disser a você.
– Vai ficar por aqui?
– Vou – respondi.

A Dr. Nobles anotou meu número e disse que faria contato em breve. Resolvi esperar na cantina, onde pedi uma xícara de café, preocupado com Callie.

Que idade tinha? De onde era? Qual tinha sido exatamente seu relacionamento com meu avô e por que ele a acolhera? Mais importante ainda, seus pais estariam vivos? Ela teria irmãos? E por que alternava entre mentir e se fechar, quando a família talvez fosse a única forma de salvar sua vida?

Naturalmente, Callie ainda não ficara sabendo do resultado da biópsia, nem tinha conhecimento de que não havia bons doadores compatíveis no cadastro. Até esse ponto, ela poderia ter sido teimosa porque acreditava que iria se recuperar, mas, se permanecesse em silêncio, qual seria o motivo?

O que poderia ser pior que a morte?

Quando a resposta não veio, reformulei a pergunta a partir da perspectiva de Callie, com uma pequena variação. *Prefiro morrer a viver com...*

Havia mais possibilidades com essa opção. *Meu pai* ou *meus pais*. Meu *tio abusador*, e a lista poderia continuar. Qualquer uma delas explicaria sua reticência.

Mas... explicaria realmente?

Mesmo que tivesse menos de 19 anos e vivesse numa situação abusiva, será que ela sabia da possibilidade de ir até um juiz e apresentar um pedido de emancipação? Já estava vivendo sozinha fazia quase um ano, tinha emprego, residência fixa, pagava todas as contas. Era mais funcional que muitos adultos por aí. Não precisava morar com ninguém, pensei.

Incapaz de chegar a uma conclusão, terminei o café e voltei ao balcão para comprar uma maçã. Enquanto comia, passei a observar as pessoas na cantina. Por fim, recebi uma mensagem da Dra. Nobles, perguntando se eu ainda estava no hospital. Quando respondi que estava na cantina, ela me disse para esperar que chegaria em alguns minutos.

No silêncio, percebi de repente que sabia parte da resposta para minha pergunta anterior reformulada. Não sabia ainda o motivo, e isso me fazia sentir como se tivesse sido pego numa correnteza forte, que me levava para um destino desconhecido.

Alguns minutos depois Mollie veio se juntar a mim na mesa.
– Como foi? – perguntei.
– Expliquei o resultado, a realidade da situação e todas as opções médicas para ela – informou, parecendo cansada. – Os riscos, o que o procedimento requeria, resultados. Tudo. Também perguntei onde e quando seus pais morreram, para que eu pudesse procurar por parentes, e mais uma vez ela ficou muito agitada, como se soubesse que fora pega na mentira. Insistiu de novo que tinha idade suficiente para tomar as próprias decisões, e, quanto mais eu pressionava, mais irredutível Callie ficava em relação a esperar por um doador melhor. Espero que você tenha mais sorte.
– Se ela não contou para você, por que acha que contaria para mim?
– Não sei – respondeu a Dra. Nobles, massageando as têmporas. – Talvez possa chantageá-la outra vez.

O horário de visita estava quase terminando quando cheguei ao quarto. Dessa vez, a porta estava aberta, a televisão, ainda ligada, e Callie de olhos obstinadamente pregados na tela. Ela era tão previsível…
Sentei-me outra vez na cadeira e me inclinei para a frente, juntando as mãos. Decidi apostar todas as fichas e correr o risco.
– Então – falei. – Você mente muito. Seus pais *estão* vivos.
Ela se encolheu antes de olhar para mim, e eu soube que estava certo.
– Vá embora.
– Eu devia ter adivinhado – prossegui, ignorando-a. – Uma pessoa que viola a lei como você obviamente não pode ser honesta. Mas por que mentir dizendo que seus pais estão mortos? Por que mentir quando perguntei se não havia ninguém com quem eu pudesse entrar em contato? – Sabendo que ela não iria responder, continuei: – Pensei sobre suas possíveis

razões para contar à médica que eles estavam mortos. Nenhuma delas faz muito sentido para mim. Mesmo que meu pai tivesse sido o homem mais horrível do mundo, eu ia querer que ele fizesse um teste de medula para ver se poderia me salvar. Só para ter certeza de que eu ficaria vivo e com saúde para cuspir na cara dele depois. Mas, se ele não for um cara horrível, como acha que ele vai se sentir se você morrer e ele descobrir que poderia ter ajudado?

Callie não disse nada.

– E sua mãe? Ela é um monstro também? Se é, por que se sacrificar? Isso não é dar a ela exatamente o que quer? Mas, se ela não for de todo má, você não acha que se importaria se a filha vivesse ou morresse?

Ela pestanejou, e eu dei mais um passo no meu plano.

– E vamos falar dos seus irmãos e irmãs. O que você pensa deles? Não acha que se sentiriam culpados caso pudessem ter salvado você?

– Eles não se importam... – insistiu ela, a voz um rugido rouco.

Bingo. Ela tinha irmãos, o que torna sua reação muito mais interessante.

– E quanto a você? Não se importa de viver ou morrer?

– Não vou morrer.

– Você precisa de um transplante de medula óssea.

– Eu sei. A doutora me disse.

– Você tem alguma dúvida sobre o seu caso?

– Não.

– Então já sabe que, se eles não encontrarem um doador compatível rapidamente, talvez não haja muito que possam fazer para ajudar você.

– Eles vão encontrar um doador.

– E se não encontrarem? E aí?

Desta vez, ela não respondeu.

– Sei que você está assustada – falei, suavizando a voz. – Mas, independentemente do que aconteceu com sua família, não vale a pena morrer por isso. Só que você prefere morrer do que viver com... *você mesma.* Por algo que *você* fez.

Notei que Callie prendeu a respiração.

– O que quer que seja, não pode ser tão ruim assim. Tenho certeza de que eles não querem que você morra.

Seus olhos começaram a ficar úmidos.

– Que tal fazermos o seguinte? Se não quer vê-los, sei que o hospital pode tomar providências para que não haja contato entre vocês. Só precisamos que eles façam o teste, e eles não precisam vir até aqui para isso. Você só precisa me dizer como posso entrar em contato com eles.

Ela permaneceu em silêncio, abraçando os joelhos. E, naquele momento, vi a menina solitária que meu avô devia ter encontrado no celeiro.

– Não vou deixar você morrer – falei.

Estranhamente, percebi que estava falando sério. Mas Callie só virou o rosto para o outro lado.

Até onde eu sabia, só me restavam duas opções para ajudar Callie: pedir ajuda à polícia ou tentar eu mesmo encontrar a família dela. Mas o que a polícia poderia fazer se ela se recusasse a responder às perguntas? A menos que suas digitais estivessem registradas em algum banco de dados, seria impossível descobrir sua identidade; e, se insistisse que era adulta, eles poderiam não se interessar. Afinal, qual era o crime que Callie estava cometendo? Imaginei que poderia lhes contar sobre o número de previdência social roubado e a invasão de domicílio, mas não queria lhe causar problemas desnecessários. Como os médicos, só queria que ela ficasse boa. Se as coisas chegassem a esse ponto, chamaria a polícia, mas, quando acordei na manhã seguinte, primeiro quis tentar outra coisa.

Um pouco depois do nascer do sol, entrei no carro. Não tinha ninguém nas ruas, e felizmente o céu havia clareado. Quando passei pelo estacionamento para trailers, examinei alguns deles. Seis estavam em condições habitáveis e, entre eles, quatro tinham veículos estacionados na frente. Como Callie ia a pé para todos os lugares, imaginei que morasse em um dos outros dois. Por sorte, o cachorro malvado e raivoso com dentes enormes não estava à vista.

Voltei para casa, esperei até o meio da manhã, depois passei outra vez de carro pelo estacionamento de trailers. Dos quatro veículos que estavam lá mais cedo, três haviam saído, o que interpretei como um bom sinal de que conseguiria xeretar sem ser notado. Se alguém que morasse lá questionasse o que estava fazendo, diria que Callie tinha me pedido que levasse algumas coisas para o hospital.

Parei o carro numa velha trilha de madeireiros no alto da rua e fui até o estacionamento. Já estava ficando quente, o tempo louco de final de primavera dando de repente ares de verão. A umidade era opressiva, e senti o suor começando a colar a camisa nas minhas costas. Tomei o caminho em direção ao primeiro dos dois trailers que observara antes, desviando de uma galinha ou outra. Ficava no fundo, perto dos restos incendiados da ex-residência de Callie, e não vi luzes acesas no interior. Quando me aproximei, vi uma churrasqueira na frente, um par de patins na varanda e um carrinho de bebê cheio de brinquedos de plástico. A menos que tivesse filhos – o que eu duvidava –, aquele não era o trailer dela.

Segui para o outro lado. Enquanto mudava de direção, vi uma figura surgir de um dos trailers com o carro estacionado na frente. Era um homem mais velho vestindo macacão, e senti seu olhar sobre mim quando passei. Levantei a mão numa saudação, tentando parecer amigável. Em vez de retribuir, o cara franziu a testa.

À medida que me aproximava do que achava ser o trailer de Callie, comecei a ter um sentimento bom. Não havia cortinas na janela, nenhum brinquedo no quintal, nenhum vaso de planta, sinos de vento ou peças de automóvel, comuns aos outros. Parecia o tipo de lugar em que uma garota com dinheiro suficiente apenas para pagar as contas moraria.

Olhando para trás, observei que o homem tinha desaparecido, provavelmente havia entrado no seu trailer outra vez. Torcia para ele não estar observando enquanto eu me aproximava de uma das janelas e olhava para o interior, vendo uma cozinha funcional e excessivamente limpa. Não havia louça nem talheres na pia ou na bancada, nem respingos pelo chão. Num canto, vi potes de manteiga de amendoim e geleia alinhados perto de um pacote de pão de forma.

Andei até outra janela e olhei para dentro, notando um sofá-cama de futon e um par de mesas desencontradas, talvez os móveis que Claude lhe dera. Havia um abajur também, mas, tirando isso, era tudo muito espartano.

Dei a volta no trailer, procurando mais janelas, mas não havia nenhuma. Num impulso, tentei abrir a porta, e me surpreendi quando a maçaneta girou na minha mão. Callie devia ter esquecido de trancar a porta. Na verdade, não parecia haver muita coisa ali que valesse a pena roubar.

Hesitei. Olhar pela janela era uma coisa, entrar era outra. Lembrei-me de que Callie invadira a casa de meu avô e de que eu ainda precisava de respostas. Decidido, abri a porta e entrei.

Não levou muito tempo para percorrer todo o trailer. Não havia cômoda; ela tinha apenas empilhado as roupas dobradas contra a parede. No armário, vi umas poucas blusas e calças nos cabides, e dois pares de sapato. Na prateleira mais alta, havia um suéter velho do Georgia Bulldogs, o time de futebol americano da Universidade da Geórgia, mas o restante parecia, na maior parte, peças de brechó.

Não havia fotos, diários ou cadernos. Na parede da cozinha, reparei num calendário pendurado mostrando pontos turísticos da Geórgia, incluindo Tallulah Gorge e Raven Cliff Falls, com os horários do trabalho em destaque e algumas datas marcadas em vermelho. O aniversário de M em junho; o de R, em agosto; os de T e H, em outubro; e o de P, em dezembro. As iniciais de pessoas que conhecia, nada que revelasse muito.

Mas me fez pensar...

Por que, a menos que fosse fã ou tivesse algum interesse pela Geórgia, ela teria comprado aquele calendário? Ou guardado um suéter do Georgia Bulldogs separado das outras roupas?

Remexi as gavetas e os armários da cozinha, depois fiz o mesmo no banheiro. A ausência absoluta de pertences fornecia poucas pistas. Procurei um telefone, na esperança de encontrar uma secretária eletrônica, mas não havia.

Não faço ideia de quanto tempo permaneci na casa. Olhei desconfiado pela janela da cozinha para onde tinha visto o velho antes. Não queria que me visse indo embora, mas felizmente ele não reaparecera.

Saí rápido pela porta da frente, na esperança de fazer uma escapada ágil, mas registrei imediatamente um carro marrom com a palavra XERIFE estampada na porta. Senti um nó no estômago.

No instante seguinte, senti o nó apertar ainda mais quando vi Natalie saltando, e, durante um longo tempo, tudo que consegui fazer foi contemplá-la.

16

Se fiquei atordoado ao vê-la, Natalie pareceu igualmente surpresa. Quando saiu de trás da porta aberta do carro, lembrei-me da primeira vez que a vi. Parado de frente para ela, minha impressão era de que aquilo tinha acontecido em outra vida.

– Trevor? – arriscou ela, batendo a porta.

– Natalie – falei, redescobrindo a voz.

– O que está fazendo aqui? Recebi um chamado sobre uma possível invasão de domicílio.

O velho.

– Está se referindo a isto? – Apontei para o trailer de Callie. – Não peguei nada.

– Por acaso invadiu a casa de outra pessoa? Eu vi você saindo.

– A porta estava aberta.

– E você entrou?

– Bom ver você, por falar nisso.

– Isso não é uma visita social.

– Eu sei. – Soltei um suspiro. – Mas acho que posso explicar.

Por sobre seu ombro, vi o velho sair do trailer. Uma parte de mim queria lhe agradecer por ser tão zeloso.

– Então? – perguntou ela.

– A garota que mora aqui se chama Callie. Ela está no hospital neste momento. Então vim aqui checar umas coisas.

– Ela sabe que você está aqui?

– Não.

– Não? – Natalie franziu a testa. – O que você estava checando?

– Estou tentando ajudá-la, e foi a única coisa que consegui pensar em fazer.

– Está sendo evasivo de propósito?

Atrás dela, o velho tinha descido e estava se aproximando, tão curioso quanto Natalie, sem dúvida.

– Tem algum lugar em que a gente possa conversar a sós?

Pela primeira vez, ela desviou o olhar.

– Não acho que seja uma boa ideia. Primeiro, preciso entender o que está acontecendo aqui.

Claramente Natalie antecipou que, além de explicar sobre Callie, eu tentaria falar com ela sobre a forma como tínhamos nos despedido. Era de fato minha intenção, se tivesse a chance.

– Já falei o que vim fazer aqui. Tem uma garota no hospital e ela precisa da minha ajuda. Vim aqui para isso.

– Como pode ajudá-la se ela não sabe que você está aqui?

– Por favor – falei. – Não quero falar na frente de uma plateia.

Indiquei com a cabeça o vizinho, que estava agora a apenas alguns passos.

– Você pegou alguma coisa?

– Não.

– Danificou alguma coisa?

– Não – insisti. – Sinta-se à vontade para conferir. A porta não está trancada.

– Mesmo assim é invasão de domicílio – observou ela.

– Duvido muito que ela vá prestar queixa.

– Como sabe?

Aproximei-me mais, mantendo a voz baixa.

– Foi Callie quem arrombou a casa do meu avô. Também roubou o número de previdência social da minha avó. E ela está muito doente. Falar com o xerife é provavelmente a última coisa que vai querer fazer.

– Você sabe que eu vou ter que falar sobre isso com ela, não sabe?

– Boa sorte em tentar falar com ela.

– Por quê?

Àquela altura, o velho já estava perto o bastante para nos ouvir. Outro vizinho também aparecera e vinha em nossa direção. Quando vi uma terceira porta se abrir e outra mulher surgir, inclinei-me para a frente.

– Por favor – supliquei. – Não é da conta de ninguém. Estou dizendo isso por Callie, não por mim.

– Não posso deixar você ir embora. Pessoas viram você invadindo.

– Então me ponha no seu carro. Você pode me levar até o meu.

– Onde está o seu?

– Mais à frente. Acho que os vizinhos por aqui ficariam mais felizes se eu entrasse. Como se estivesse em apuros.

– Você está em apuros.

– Não, acho que não.

Quando Natalie não respondeu, virei-me para a viatura, notando que os três vizinhos tinham se juntado a uma pequena distância e me lançavam olhares desconfiados.

– Se preferir, podemos conversar na delegacia.

Passei por ela e entrei no banco de trás do carro antes que Natalie pudesse me impedir. Durante alguns segundos, ela continuou parada do lado de fora, até decidir questionar os vizinhos reunidos. Observei o velho apontando para mim, claramente nervoso. Natalie assentia enquanto o homem continuava a falar e, após alguns minutos, ela voltou para o carro.

Quando deu partida e seguiu para a rua, seus olhos brilhavam no retrovisor. Sentia sua irritação por ter sido colocada numa situação que claramente desejava ter evitado.

– Onde está seu carro?

– Pegue a esquerda – respondi. – Duzentos metros à frente.

– Eu devia levar você para a delegacia.

– Como eu pegaria meu carro depois?

Eu a ouvi suspirar. Levou menos de um minuto para que chegasse ao local onde eu havia estacionado. Quando tentei saltar, percebi que a porta estava trancada. Natalie saiu e abriu a porta para mim.

– Obrigado.

– O que está acontecendo? – perguntou ela, cruzando os braços. – Quero a história completa.

– Estou com sede – interpelei. – Vamos para minha casa.

– Sem chance.

– Está ficando quente aqui fora e a história é longa.

– Qual é mesmo o nome da garota?

– Callie.

– Isso eu já sei. Qual é o sobrenome dela?
– É isso que estou tentando descobrir.

Natalie me seguiu até em casa e estacionou ao meu lado. Saltei do carro primeiro, mas esperei por ela, e nos aproximamos juntos da casa. Lembrei-me de fazer a mesma coisa após termos visitado as colmeias e senti uma pontada súbita no peito. Nós nos atraímos um pelo outro e nos apaixonamos, e logo depois ela acabou com tudo. O que eu tinha feito de errado? Por que ela não nos dera uma chance?

Fui na frente em direção à cozinha e peguei dois copos no armário. Virei-me para ela.

– Chá ou água?

Os olhos de Natalie observavam a varanda, que parecia diferente de quando jantamos juntos.

– Chá doce caseiro?
– O que mais poderia ser?
– Então quero chá, por favor.

Enchi nossos copos, depois coloquei gelo. Entregando-lhe um deles, fiz sinal em direção à varanda.

– Dá para você só me contar o que está acontecendo, sem fazer disso um evento? – perguntou ela, claramente exasperada.

– Só quero me sentar. Não transforme isso em algo que não é.

Na varanda de trás e grato pela sombra, esperei que ela viesse se juntar a mim. Após alguns segundos, Natalie tomou seu lugar na outra cadeira de balanço.

– Então? – perguntou ela. – É melhor que seja uma boa história.

Contei tudo desde o começo, terminando com o hospital e a tentativa de localizar a família de Callie procurando pistas no trailer. Durante todo esse tempo, Natalie permaneceu calada e atenta.

– Você realmente acha que ela pode morrer?

– Ela *vai* morrer – falei. – Medicamentos e transfusões podem ajudar no curto prazo, mas, no caso dela, não vai adiantar muito. É a mesma doença que matou Eleanor Roosevelt.

– Por que não chamou a polícia?

– Não queria causar nenhum problema para Callie, e, por ora, ela precisa ficar no hospital custe o que custar. Além disso, se ela não quer conversar nem com os médicos, não vai conversar com a polícia.

Natalie ficou pensativa.

– Encontrou alguma pista na casa?

– Nada de mais – respondi. – Acho que, por causa do incêndio, não tinha muita coisa lá. Encontrei um suéter do Georgia Bulldogs e um calendário com paisagens da Geórgia.

– Você acha que ela é de lá?

– Não sei. Talvez.

– Isso não é muito.

– Não, não é. E a Geórgia é um estado grande. Não saberia nem por onde começar.

Ela franziu a testa.

– Por que está tão interessado?

– Não sou só um cara bonito e rico. Sou legal também.

Pela primeira vez, Natalie abriu um meio sorriso. Eu me lembrava daquele sorriso e fiquei impressionado de sentir tanta falta dele, de ainda querer tanto que fizesse parte da minha vida. Acho que ela adivinhou o que eu estava pensando, porque virou para o outro lado antes de continuar:

– Quer que eu tente conversar com ela?

– Acho que isso só faria Callie se fechar ainda mais.

– Eu poderia checar as digitais.

– Acha que isso ajudaria? Se ela nunca foi presa?

– Provavelmente não.

– O que devo fazer então?

– Não sei. Talvez ela comece a falar quando piorar.

– Talvez... – Hesitei antes de prosseguir: – Posso fazer uma pergunta?

Natalie pareceu sentir o que estava por vir e pediu:

– Trevor... por favor, não.

– Só quero entender o que aconteceu entre nós. O que eu fiz de errado?

– Você não fez nada errado.

– O que foi então?

– Não teve nada a ver com você. Tem a ver comigo.

– Isso quer dizer o quê?

– Quer dizer que eu estava com medo – disse ela, baixinho.

– De mim?

– De você. De mim. De nós.

– E o que era tão assustador?

– Tudo. – Ela contemplou o rio, a angústia estampada em seu rosto. – Adorei cada momento com você – admitiu ela. – No parque, cuidando das abelhas, nosso jantar em Beaufort. O passeio de barco e o jantar na varanda. Foi tudo... tão do jeito que eu esperava que fosse... Foi perfeito. Mas...

Natalie se calou.

– Mas o quê?

– Você vai embora – falou ela. – Logo, né?

– Eu já disse que não preciso me mudar para Baltimore. Eu ficaria. Posso fazer outros planos. Não é um problema.

– Mas *é* um problema. É a sua futura carreira. É o Johns Hopkins. Você não pode abandonar tudo por mim.

– Você sabe que sou adulto o bastante para tomar minhas próprias decisões, certo?

Parecendo cansada, Natalie levantou-se da cadeira e caminhou até o parapeito. Após um momento, fui atrás dela. Do outro lado do rio, os troncos branqueados dos ciprestes afloravam das águas antigas. Seu perfil estava lindo como sempre. Esperei que dissesse algo, mas ela continuava evitando meu olhar.

– Sei que é difícil para você – falei –, mas tente enxergar as coisas sob a minha perspectiva e vai entender quanto é frustrante para mim.

– Eu entendo. E sei que não estou respondendo de fato a suas perguntas, mas perceba, por favor, que é muito doloroso para mim também.

Enquanto Natalie dizia aquilo, tinha a sensação de que não só falávamos línguas completamente diferentes, como também a tradução era impossível.

– Você realmente me amou, Natalie?

– Amei – respondeu ela, virando-se para me olhar pela primeira vez. A voz estava embargada. – E ainda amo. Dizer adeus foi uma das coisas mais difíceis que tive que fazer.

– Se eu signifiquei tanto para você, por que terminou tudo?

– Porque, às vezes, é assim que as coisas têm que ser.

Eu já ia responder quando escutei um carro entrando na propriedade, crepitando sobre o cascalho. Ouvi a porta bater e alguém tocar a campainha. Não fazia ideia de quem poderia ser; além de Natalie, quase ninguém me visitava. Eu queria desesperadamente continuar a conversar com ela – ou iniciar uma conversa que conseguisse entender –, mas Natalie indicou a porta com a cabeça.

– Tem alguém na porta.

– Eu sei, mas...

– Você devia atender. Eu preciso voltar para o trabalho.

Embora pudesse ter perguntado se poderíamos continuar aquela conversa mais tarde, já sabia qual seria a resposta e segui até a porta de entrada.

Reconheci o uniforme marrom do funcionário da transportadora. Ele era da minha idade, magro e musculoso, e me entregou uma caixa de tamanho médio. Por um momento, tentei lembrar se tinha encomendado algo, mas não consegui. Ele me estendeu uma prancheta eletrônica com uma caneta presa.

– Pode assinar aqui, por favor?

Pousei a caixa, assinei meu nome e bati a porta atrás dele. Na etiqueta do remetente, vi o endereço de uma firma da Carolina do Sul e tudo fez sentido.

Os pertences do meu avô.

Levei a caixa para a cozinha. Natalie entrou vindo da varanda enquanto eu colocava a caixa na mesa. Hesitei, dividido. Queria abrir imediatamente, mas também queria manter Natalie ali. Precisava convencê-la de que estava cometendo um grande erro.

– Panelas novas?

– Não. – Pegando uma faca, comecei a cortar a fita adesiva. – É do advogado da firma de reboques. Eles estavam com as coisas do meu avô.

– Depois de todo esse tempo?

– Dei sorte.

– Não vou atrapalhar.

– Se não se importar, pode ficar mais um pouco? Pode ser que eu precise de ajuda para entender algumas coisas aqui.

Abri o pacote e retirei alguns pedaços de jornal amassado. Por cima, havia um boné, que reconheci de verões passados. Estava gasto e manchado, mas ao vê-lo senti como se reencontrasse um velho e querido amigo. Perguntei-me se meu avô o estaria usando quando teve o derrame ou se estava no banco do carona a seu lado. Não tinha ideia; tudo que sabia era que o levaria comigo aonde quer que eu fosse.

Depois achei sua carteira, torta e curva, o couro enrugado. Qualquer dinheiro que houvesse ali tinha sido retirado, mas eu estava muito mais interessado nas fotografias. Havia duas de Rose, uma de mim quando criança e um retrato de família que minha mãe devia ter enviado a ele na época em que eu estava na escola. Tinha uma dela com meu pai também. Num saco plástico com fecho, descobri o documento do carro, além de canetas e um lápis com marcas de mordida, tudo provavelmente retirado do porta-luvas. Embaixo de tudo, havia uma mochila. Dentro encontrei meias e cuecas, uma calça e duas camisas, junto com uma escova de dentes, pasta e desodorante. Aonde quer que estivesse indo, não pretendia ficar por muito tempo. Porém, nada do que encontrei me ajudou a entender para onde estava indo.

A resposta estava no fundo da caixa, sob a forma de dois mapas rodoviários antigos unidos por um clipe de papel. Tinham no mínimo 30 anos de uso, eram amarelados e finos, e, quando os abri, notei rotas destacadas em amarelo. Uma delas levava para o norte, na direção de Alexandria, aonde ele tinha ido para o funeral dos meus pais. O itinerário que traçou evitava a interestadual, seguindo por rodovias menores, rurais.

Sentia Natalie próxima a meu ombro e observei-a percorrer com o dedo a outra rota destacada, que seguia para oeste, por estradas vicinais em direção a Charlotte, depois cruzando a fronteira da Carolina do Sul. *Easley?* Embora fosse impossível saber com certeza, a tinta do marcador parecia fresca, mais vívida que na outra rota do mapa.

O segundo mapa mostrava os estados da Carolina do Sul e da Geórgia. Por um instante, tive receio de que meu avô não o tivesse marcado. Mas percebi logo que tinha. Começava onde o outro mapa acabava. Ele contornou Greenville – o desvio o manteve a norte da cidade – e pegou a estrada que levava direto para Easley.

Mas aquele não era o destino final.

A rota continuava através da Carolina do Sul e da Geórgia, onde terminava numa cidadezinha ao nordeste de Atlanta, próxima à Floresta Nacional de Chattahoochee. Não era muito longe de Easley – talvez menos de duas horas, mesmo na velocidade em que meu avô dirigia –, e, quando vi o nome da cidade, senti que peças cruciais do quebra-cabeça começavam a se encaixar.

O nome da cidade era Helen.

17

Enquanto olhava embasbacado para o nome da cidade, senti minha cabeça voltando à conversa com os velhos na varanda do Trading Post e lembrei do passeio que fizera de barco, quando soube em meu coração que meu avô não teria ido visitar uma mulher chamada Helen. Aquilo não fazia sentido para mim, já que ele ainda era apaixonado pela minha avó, mesmo ela tendo morrido fazia tanto tempo.

Natalie também olhava o nome. Estava perto de mim, e me lembrei da noite em que eu a havia tomado em meus braços. Parecera tão perfeita... e achei que éramos perfeitos juntos, mas ela não queria me contar o que de fato estava acontecendo. Agora, quando ouvia o leve som de sua respiração, reparei que ela observava o mapa da mesma forma que eu. Senti que as peças estavam começando a se encaixar para ela também, mesmo eu ainda estando longe de compreender o que ela sentia por mim.

Antes de falar, analisei de novo os mapas, certificando-me de que não havia mais pistas, nenhum outro destino possível. Repassei a linha do tempo na cabeça e senti outra vez que meu avô devia saber que a viagem era um risco, por causa da distância e também da sua idade. Qualquer que fosse o motivo, ele havia considerado importante, e eu só conseguia pensar em uma única razão.

Quando olhei para Natalie, desconfiei quem estava mais adiantado na minha suspeita do que ela. Isso fazia sentido, porque era um mistério meu, não dela. Enquanto continuava a refletir, sua testa se enrugou um pouco, e, como sempre, pensei em como ela era bela.

– Helen, na Geórgia? – perguntou Natalie, por fim.
– Parece que sim.

– Ele conhecia alguém lá?

Aquela era a pergunta que não queria calar. Tentei lembrar se já tinha ouvido falar da cidade, ou se teria mencionado algum amigo da Geórgia. Alguém da época da guerra, ou um colega de trabalho que tivesse se mudado para lá, ou até um apicultor conhecido. Mas não demorei muito para concluir que a vida de meu avô sempre girara em torno de New Bern, ao passo que Callie tinha um suéter e um calendário da Geórgia.

– Tenho minhas dúvidas – falei, por fim. – Mas acho que ele conhecia alguém *de lá*.

Natalie levou alguns instantes para enfim entender o que eu estava pensando.

– Você quer dizer Callie?

Assenti.

– Acho que ele foi até lá para encontrar a família dela.

– Mas por quê? Ela só ficou doente semana passada.

– Não sei. Mas, se Callie for da Geórgia e se ele estivesse indo para Helen, na Geórgia, faz sentido.

– Está forçando um pouco a barra, não acha? Se Callie é tão reservada, como ele saberia que ela é de Helen?

– Não tenho todas as respostas ainda. Mas eles se conheciam. Meu avô se importava com ela o suficiente para ajudá-la a arranjar um trabalho. Ele estava indo para Helen por algum motivo. Como eu, talvez pensasse que Callie tivesse fugido de casa e quisesse ajudá-la.

– Vai perguntar a ela sobre isso?

Não respondi imediatamente, pois outra lembrança surgiu de repente na minha cabeça. Quando eu me aproximara de Callie durante seu almoço, ela só ficou chateada quando perguntei especificamente se meu avô conhecia alguma Helen. Foi quando ela entrou em pânico.

Contei isso a Natalie, apesar de ela ainda parecer não acreditar.

– Sei que estou certo – acrescentei. – Não vê que tudo está se encaixando?

Natalie suspirou.

– Me dê uns minutos, ok? Preciso fazer uma ligação. Já volto.

Sem mais explicações, Natalie saiu pela porta da frente. Vi-a pela janela digitando no celular. Levou mais que uns minutos – quase dez.

– Liguei para o departamento de polícia em Helen – explicou.

– E...?

– Pedi a eles que averiguassem se há alguma garota desaparecida chamada Callie. Não encontraram ninguém com esse nome nos registros. Nenhuma pessoa.

– Eles têm certeza?

– É uma cidade pequena – explicou ela. – Minúscula, na verdade. Tem uns seiscentos habitantes. Eles saberiam. Houve poucos casos de menores desaparecidos nos últimos cinco anos.

Apesar dessas descobertas, eu sabia que estava certo. Podia sentir, mas precisava conferir. Embora desse para ir de carro, de avião seria mais fácil. Sentei-me à mesa da cozinha e liguei o computador.

– O que está fazendo? – perguntou ela.

– Procurando um voo para Atlanta.

– Você vai até Helen depois do que acabei de dizer? Fazer o quê? Bater nas portas? Perguntar para as pessoas na esquina?

– Se for preciso – respondi.

– E se ela morava em algum lugar do interior? Ou na cidadezinha mais próxima?

– Não importa – repliquei.

– Vai fazer isso tudo por uma garota que mal conhece?

– Eu disse a ela que não iria deixá-la morrer.

– Está falando sério?

– Sim.

Ela ficou calada por um momento, e, quando falou de novo, a voz estava mais suave:

– Supondo que você esteja certo e ela tenha fugido de casa... Por que ela prefere morrer a entrar em contato com a família?

– É isso que vou tentar descobrir, é a razão por que estou indo. Mas eu gostaria de lhe pedir um favor.

– O quê?

– Você pode ligar para o departamento de polícia outra vez? E fale com o xerife também, para avisar que estou indo. Sei que vou precisar conversar com eles. Talvez sua ajuda facilite essa parte um pouco.

– Quando acha que vai conseguir chegar lá?

– Amanhã – respondi. – Tem um voo saindo às onze da manhã. Se alugar um carro, devo chegar a Helen no início da tarde.

– Quanto tempo planeja ficar?

– Um ou dois dias. Se não conseguir encontrar nenhuma resposta, vou ter que convencer Callie a falar comigo de novo.

Ela considerou meu pedido.

– Posso fazer as ligações, mas não sei se vai adiantar. Você não é policial nem parente dela.

– Alguma recomendação?

– Posso ir com você?

Por um instante, achei que não tinha ouvido bem.

– Você quer ir?

– Se tecnicamente ela é uma pessoa desaparecida, a polícia tem um pouco de responsabilidade.

Tentei não rir.

– Preciso da sua data de nascimento para reservar as passagens.

– Eu mesma posso fazer isso.

– É mais fácil fazer as reservas juntas.

Natalie me deu as informações, mas, quando comecei a digitar, ela me interrompeu subitamente.

– Espere. – Sua expressão estava séria. – Antes de ir, tenho uma condição.

Eu já sabia que ela ia me dizer para reservar quartos separados e que só estava me acompanhando na qualidade de policial. Em outras palavras, eu não devia tentar reavivar as coisas entre nós.

– Quero que faça algo esta noite. Posso pegar você depois do trabalho.

– O quê?

Seu suspiro era de rendição.

– Quero que conheça meu marido.

18

Fiquei chocado demais para responder. De repente, tudo se encaixou: por que ficara tão desconfortável na feira quando a dentista nos viu juntos, por que preferia que nos encontrássemos em locais afastados. Por que havia terminado de repente nosso relacionamento...

Mas nem tudo fazia sentido...

Antes que eu conseguisse dizer qualquer coisa, ela foi precipitadamente até a porta da frente e a abriu, parando na soleira.

– Sei que você tem perguntas – disse ela, sem se virar para mim –, mas vai entender tudo em breve. Busco você às seis da tarde.

Terminei de comprar as passagens, reservei o hotel, li avaliações de alguns restaurantes em Helen, depois passei o resto do dia tentando imaginar a natureza do casamento de Natalie. Teriam se separado e agora estavam tentando resolver as coisas? Teriam um relacionamento aberto? Cheguei a flertar com a ideia de que o marido estava morto e que iríamos fazer uma visita ao cemitério, mas nenhuma dessas respostas parecia combinar com a mulher que eu conhecia. E por que Natalie iria querer que eu o conhecesse?

O que eu ia dizer a ele? Confessar que não sabia que Natalie era casada? Admitir que tinha implorado para ela começar uma vida nova comigo, mas que o escolhido havia sido ele?

Passei o restante da tarde pensando em perguntas e possíveis respostas. Nesse meio-tempo, preparei uma mala de mão para a viagem e examinei de novo a caixa de meu avô em busca de mais pistas. Sem sucesso.

Quando Natalie parou na minha porta, saí da casa antes mesmo que ela tivesse a chance de desligar o carro. Enquanto entrava, ela me lançou um olhar misterioso, indecifrável, antes de recomeçar a andar. Como não disse nada, também fiquei calado.

A primeira surpresa foi que, em vez de ir para sua casa, pegamos a estrada rumo a leste, em direção à costa. Já sem uniforme, Natalie vestia calça jeans e blusa de cor creme, mais casual que elegante. Em volta do pescoço, vi a corrente de ouro que ela nunca tirava.

– Você e seu marido moram juntos? – perguntei, por fim.

Ela moveu as mãos sobre o volante.

– Não mais – respondeu, sem dar maiores detalhes.

A ideia de que ele tinha morrido me voltou à cabeça, e ficamos em silêncio. Após dez ou quinze minutos, Natalie diminuiu a velocidade e saiu da estrada, entrando numa rua comercial pela qual eu já passara incontáveis vezes, mas em que nunca tinha realmente prestado atenção. Havia um shopping à direita; à esquerda, com um estacionamento na frente, sombreado por árvores, erguia-se uma construção de tijolinhos, de um andar, que parecia ter sido construída nos últimos cinco anos. Assim que vi o nome do lugar, senti meu coração dar um pulo.

Não era um cemitério.

Era pior.

Paramos na frente, perto da entrada, no estacionamento para visitantes quase deserto. Após saltar do carro, Natalie pegou uma bolsa pequena no banco de trás, e nós dois nos encaminhamos para a porta dupla de vidro da entrada. No balcão da recepção, uma mulher de uniforme sorriu quando nos aproximamos.

– Oi, Sra. Masterson. Como vai?

– Tudo bem, Sophia – respondeu Natalie.

Ela assinou o registro de visitantes, conversando com a mulher como se fosse uma velha amiga.

– E você, como vai? Como está o Brian?

– Como sempre. Tentando me deixar louca. Eu peço que arrume o quarto e ele reage como se tivesse que limpar uma fossa.

– Adolescentes... Como está indo na escola?

– Nenhuma reclamação até agora, graças a Deus. Sou só eu que ele parece odiar.

– Ele não odeia você, tenho certeza – disse Natalie, com um sorriso simpático.

– Falar é fácil.

Natalie se virou para mim.

– Este é Trevor Benson, um amigo meu. Vai fazer a visita comigo.

Sophia voltou a atenção para mim.

– Prazer em conhecê-lo, Sr. Benson. Pode assinar também?

– Claro.

Enquanto eu assinava, Sophia perguntou:

– Quer que eu acompanhe vocês?

– Não precisa – respondeu Natalie. – Sei o caminho.

Saímos da área da recepção e seguimos por um corredor. Era iluminado e limpo, com piso de madeira laminada e bancos de ferro entre as portas. Aqui e ali, viam-se grandes vasos com pés de fícus artificiais, destinados a proporcionar um ambiente tranquilizador para os visitantes.

Por fim, chegamos ao nosso destino, e Natalie hesitou antes de abrir a porta. Meu coração se apertou enquanto a observava se preparar antes de entrar no quarto.

– Oi, Mark – disse ela. – Sou eu. Surpresa!

Mark estava deitado na cama, de olhos fechados, ligado ao que eu sabia serem sondas de alimentação. Era magro, o rosto meio encovado, mas ainda dava para vislumbrar o belo homem que certamente fora um dia. Parecia poucos anos mais jovem que eu, o que tornava tudo pior. Natalie continuou, em tom quase casual:

– Trevor, este é Mark, meu marido. Mark, queria que você conhecesse Trevor.

Quando ela me fez um sinal, pigarreei e disse:

– Oi, Mark.

Ele não podia responder. Enquanto olhava para ele, a voz de Natalie parecia flutuar em minha direção vinda de longe.

– Ele está em estado vegetativo permanente há quase quatorze meses – explicou. – Teve uma meningite bacteriana de cepa resistente.

Assenti, o estômago dando um nó enquanto ela se aproximava da cama. Após pôr a bolsa ao lado, usou os dedos para pentear o cabelo dele, falando com o marido como se eu não estivesse no quarto.

– Como está se sentindo? – perguntou. – Sei que já faz uns dias que não venho, mas ando superocupada no trabalho. Vi no livro de registros que sua mãe veio mais cedo. Tenho certeza de que ela ficou feliz em ver você. Sabe como ela se importa com você.

Fiquei de pé no quarto, sentindo-me um intruso. Quando ela percebeu que eu não estava me mexendo, apontou para a cadeira.

– Fique à vontade – disse, antes de voltar a atenção para Mark. – As pesquisas não são claras em relação ao que os pacientes experimentam realmente quando estão em estado vegetativo. – Ela olhava para Mark, mas eu sabia que suas palavras eram para mim. – Alguns despertam e se lembram de algumas coisas, outros despertam e não recordam absolutamente nada. Por isso eu tento visitar algumas vezes por semana, por via das dúvidas.

Quase desabei na cadeira e me inclinei para a frente, apoiando os braços na coxa.

– Trevor é ortopedista – contou ela a Mark. – Então talvez não saiba exatamente o que é um estado vegetativo permanente ou qual é a diferença disso para o coma. – Seu tom era delicado e casual. – Sei que a gente já conversou sobre isso antes, mas me dê um desconto, ok, amor? Você sabe que a parte inferior de seu tronco encefálico ainda está funcionando, por isso consegue respirar sozinho e, às vezes, até abre os olhos e pisca. Os reflexos ainda funcionam também. Claro, você não consegue comer sozinho, mas é para isso que serve o hospital, não é? Também faz fisioterapia para os músculos não atrofiarem. Assim, quando despertar, você vai conseguir andar, usar um garfo ou ir pescar, como costumava fazer.

Não havia sinal de uma tristeza excruciante em sua atitude, pelo menos não que eu percebesse. Talvez estivesse acostumada àquilo, tão insensível à experiência quanto eu me sentia melancólico em relação a ela.

Natalie continuou:

– Eles até fazem sua barba aqui, mas você sabe que eu ainda gosto de fazer isso por você quando venho. E parece que o cabelo está precisando de uma aparada também. Lembra quando eu cortava seu cabelo na cozinha? Não sei como você conseguia me convencer a fazer aquilo. Nunca ficava bom, mas você insistia. Acho que só gostava que eu ficasse pertinho de você.

Ela pegou uma toalhinha, um tubo de creme de barbear e uma navalha. Para mim, perguntou:

– Você poderia molhar a toalha com água morna? Tem uma pia no banheiro.

Fiz como pediu, certificando-me de que estava na temperatura certa antes de trazer para ela, que sorriu com gratidão e depois pressionou a toalhinha no rosto de Mark.

– Trevor em breve vai se mudar para Baltimore – explicou ela, começando a ensaboar o rosto do marido. – Ele vai se tornar psiquiatra. Não sei se já comentei isso com você. Ele me contou que lutou contra o transtorno do estresse pós-traumático depois que foi ferido e espera ajudar outros veteranos com o mesmo problema. Ele é o cara das colmeias, lembra? Como já comentei, tem sido um bom amigo para mim. Tenho certeza de que vocês se dariam bem.

Preparativos prontos, ela começou a barbeá-lo com movimentos graciosos.

– Ah, me esqueci de contar. Vi seu pai semana passada na concessionária. Parece estar indo bem. Parou de perder peso, pelo menos. Sei que não vem visitar tanto quanto a sua mãe, mas é difícil para ele, já que vocês dois trabalhavam juntos. Espero que saiba que ele ama muito você. Sei que ele não era muito bom em dizer isso quando você era pequeno, mas ele ama. Contei a você que os dois me convidaram para passar o Quatro de Julho no barco deles? O problema é que a minha família vai estar na praia, e eles me querem lá. Odeio quando isso acontece... Acho que eu poderia conciliar, mas não decidi ainda. E tudo isso supondo que vou ter o dia livre, o que provavelmente não vai acontecer. Não tem graça estar tão embaixo na hierarquia.

Quando ela terminou de fazer a barba, limpou o rosto dele com a toalhinha de novo e depois acariciou sua bochecha.

– Parece melhor, com certeza. Você nunca foi do tipo desleixado. Mas me deixe aparar um pouco o cabelo também, já que estou aqui.

Natalie pegou uma tesoura e começou a trabalhar, colocando os fios em um saco.

– Eu costumava fazer a maior sujeira quando cortava, então tenha paciência, ok? Não quero que fique se coçando. Ah, tive notícias da sua irmã Isabelle essa semana. Ela está esperando o primeiro filho para agosto. Acredita? Ela jurava que nunca ia ter filhos, mas agora tudo mudou. Não sei se vou conseguir estar lá para o nascimento, mas vou antes do fim do ano. Quero dar a ela uma chance para se acostumar com o bebê primeiro.

O monólogo continuou enquanto ela terminava de cortar o cabelo de Mark. Depois, levantou com cuidado a cabeça do marido e removeu o travesseiro. Tirou a fronha e a sacudiu algumas vezes para ter certeza de que estava limpa antes de recolocá-la. Ajeitou o lençol e o beijou nos lábios com uma ternura que quase me arrancou lágrimas dos olhos.

– Sinto falta de você, querido – murmurou. – Trate de ficar bom logo, ok? Te amo.

Ela pegou a bolsa, levantou-se da cama e se dirigiu para a porta. Eu fui na frente pelo corredor, e caminhamos até o carro. Quando chegamos, ela pegou a chave.

– Eu tomaria uma taça de vinho – disse Natalie. – Está a fim?

– Sem dúvida.

Fomos para um bar em Havelock chamado Everly's. Não era muito longe do hospital, e tive a sensação quando entramos de que não era a primeira visita de Natalie. Após pedirmos as bebidas, encontramos uma mesa reservada e tranquila, protegida em parte do ruído.

– Agora você sabe – disse ela.

– Sinto muito pelo que está passando. Deve ser horrível.

– É – admitiu. – Nunca imaginei nada assim.

– O que os médicos dizem?

– Depois de três meses, a chance de recuperação é muito remota.

– O que aconteceu? Se não quiser falar, tudo bem.

– Sem problemas. Você não é o primeiro a perguntar. Um ano atrás, em abril, para comemorar nosso terceiro aniversário de casamento, passamos um fim de semana prolongado em Charleston. Por mais estranho que pareça, nenhum de nós dois tinha ido antes e ouvíamos apenas elogios. Viajamos na quinta à noite. Ele me disse que estava cansado e com dor de cabeça, mas quem não fica assim depois de uma semana de trabalho? Enfim, passamos um dia ótimo na sexta, apesar da dor de cabeça dele, e aí, no sábado, começou a febre.

Natalie tomou fôlego antes de continuar o relato:

– Ela piorou durante o dia, então fomos a um hospital. Mark foi diagnosticado com gripe. No domingo voltaríamos para casa, por isso nenhum de nós se preocupou muito. Mas no carro, no dia seguinte, a febre começou a aumentar muito. Eu quis parar em Wilmington, mas ele me pediu que continuássemos. Quando chegamos a New Bern, a temperatura chegou a 40 graus. Fomos direto para o hospital, mas só descobriram o que havia de errado com ele no dia seguinte. Àquela altura, a febre já estava em 41 graus e, mesmo com todos os antibióticos, não baixava. Era uma cepa muito resistente. Após sete dias de febre alta, ele entrou em coma. Depois disso, quando a febre finalmente cedeu, Mark conseguiu abrir os olhos. Achei que o pior já havia passado, mas ele parecia não saber quem eu era e...

Ela tomou um gole de vinho, e permaneci em silêncio. Então prosseguiu:

– Ele ficou no hospital mais um mês, e depois disso ficou claro que Mark tinha entrado em estado vegetativo. Acabamos encontrando um lugar muito bom para ele, a casa de repouso que acabamos de visitar, e ele está lá desde então.

– Que situação terrível – comentei, escolhendo com cuidado as palavras. – Não consigo nem imaginar como deve ter sido difícil, e ainda é.

– Ano passado foi pior – afirmou ela. – Porque eu ainda tinha esperança. Agora já não tenho muita.

Com a garganta apertada, eu não conseguia nem beber.

– Foi ele quem você conheceu na faculdade?

Ela fez que sim.

– Um cara muito legal. Era tímido e bonito, mas nem um pouco arrogante, o que me surpreendia, ainda mais considerando que sua família é muito rica. Eles são donos de uma concessionária aqui na cidade, e de mais duas ou três em outras partes do estado. Enfim, ele era do time de lacrosse, e eu costumava vê-lo jogar. Não era bom a ponto de ganhar uma bolsa de estudos, mas foi escalado para quase todos os jogos nos últimos dois anos. Corria muito e marcava de quase qualquer lugar.

– Foi amor à primeira vista?

– Não exatamente. Nós nos conhecemos numa festa da faculdade. Eu estava lá com outro cara, e ele tinha uma namorada, mas, depois que ela deu um fora nele e o meu acompanhante foi embora, começamos a conversar. Eu devo ter dado meu número, porque ele começou a me mandar mensagens. Nada anormal, nada obsessivo... Depois de mais ou menos um mês saímos para comer pizza. Namoramos durante os últimos dois anos e meio de faculdade, ficamos noivos um ano depois de formados e nos casamos no ano seguinte.

– E foram felizes juntos?

– Fomos. Você ia gostar dele. Era uma pessoa tão verdadeira, amorosa e cheia de energia! – Ela se corrigiu. – Desculpe. *É* uma pessoa verdadeira. – Natalie tomou outro gole de vinho e depois olhou para a minha taça. – Você não vai beber?

– Daqui a pouco. Ainda estou digerindo tudo isso.

– Acho que devo um pedido de desculpas. Por não ter contado logo de início.

– Mesmo que tivesse, não sei se isso teria me impedido de ir até a feira ou de ter convidado você para ver as abelhas.

– Vou encarar isso como um elogio, eu acho. Mas... é bom você estar ciente de que isso não é segredo. Muita gente na cidade sabe da situação. Mark foi criado em New Bern; a família é conhecida aqui. Se você tivesse perguntado por aí, não ia demorar a descobrir.

– Nunca me ocorreu perguntar a ninguém sobre você. Na verdade, não conheço muita gente na cidade bem o suficiente para isso, mas estou curioso para saber por que você não usa aliança.

– Eu uso – disse ela. – No colar.

Quando tirou a corrente, vi uma linda aliança de ouro rosa que parecia bem cara.

– Por que não no dedo?

– Nunca usei anel quando era mais jovem e, na faculdade, comecei a fazer academia. Nada muito puxado, mas tento fazer séries em alguns aparelhos. Depois que fiquei noiva, a aliança machucava e eu tinha medo de que ficasse arranhada. Me acostumei a usar em volta do pescoço. Quando entrei para a polícia, não queria que as pessoas soubessem nada sobre mim.

– Mark não ficava chateado?

– Nem um pouco. Não era ciumento. Eu costumava dizer a ele que assim o anel ficava mais perto do coração. Eu falava a sério, e ele sabia.

Tomei um pequeno gole de água para molhar a garganta. Fazendo a vontade dela, dei um gole no vinho, que era muito ácido.

– O que sua mãe e seu pai acham?

– Eles adoravam Mark. Mas são meus pais. Como eu já disse, eles se preocupam demais comigo.

Por causa do trabalho na polícia, lembrei-me de pensar na época. Não poderia estar mais errado.

– Parece que estão cuidando muito bem dele aqui.

– É uma casa de repouso de primeira para os que podem pagar. O plano de saúde só cobre uma parte, mas os pais dele pagam a diferença. É importante para eles. E é importante para mim também.

– O que aconteceria...

Como não terminei a frase, ela assentiu.

– O que aconteceria se a gente decidisse interromper a alimentação dele? Não acho que isso vá acontecer.

– Nunca?

– Não é uma decisão minha. É dos pais dele.

– Mas você é a esposa.

– Eles têm uma procuração para cuidados médicos. Eles é que tomam esse tipo de decisão, não eu. Quando fez 18 anos, Mark teve acesso a um fundo. Ele precisou assinar todo tipo de documento, inclusive aquele que dá a eles o direito de tomar decisões de vida ou morte por ele. Duvido que Mark ao menos tenha pensado sobre isso mais tarde, e, depois que nos casamos, o assunto nunca veio à tona. Antes do casamento, ele ficou muito aborrecido porque os pais insistiram para que o casamento fosse no regime de separação total de bens. Ele não tinha escolha, e eu realmente não me importava. Achava que ficaríamos casados para sempre, teríamos filhos e envelheceríamos juntos.

– Você já falou com os pais dele sobre o futuro do filho?

– Uma ou duas vezes, mas a conversa não correu bem. A mãe é muito religiosa e, para ela, tirar a sonda de alimentação é a mesma coisa que assassinato. Na última vez em que tentei tocar no assunto, ela disse que na semana anterior Mark tinha aberto os olhos e olhado para ela, e entendeu isso como um sinal de que ele está melhorando. Está convencida de que, se rezar bastante, Mark vai piscar de repente e voltar ao normal um dia. Quanto ao pai, acho que ele só quer manter a paz dentro de casa.

– Aí você fica numa espécie de limbo.

– Por ora – concordou ela.

– Você pode se divorciar.

– Não vou fazer isso.

– Por quê?

– Porque mesmo que haja menos de um por cento de chance de que Mark melhore, é uma chance à qual quero me agarrar. Fiz um voto de permanecer casada na doença e na saúde. Saúde é a parte fácil; permanecer fiel na doença é onde o amor realmente se mostra.

Talvez ela estivesse certa, mas me perguntei se aquilo não tinha um quê de martírio. Mas quem era eu para julgar?

– Entendo – falei.

– Também quero me desculpar pela noite na sua casa. Depois do passeio de barco e do jantar...

Ergui a mão para detê-la.

– Natalie...

– Por favor – disse ela. – Preciso explicar. Enquanto jantávamos, senti que íamos dormir juntos e, depois, quando nos beijamos, tive certeza. E eu queria. Porque eu tinha realmente me apaixonado por você e naquele momento parecia que só existíamos nós dois no mundo. Seria fácil para mim fingir que não era casada, ou que meu marido não precisava de enfermeiros cuidando dele 24 horas por dia, ou até que eu poderia ter o melhor dos dois mundos. Eu podia continuar casada e ainda ter você. Poderia me mudar para Baltimore e conseguir um trabalho lá enquanto você fizesse a sua residência, e começaríamos uma vida nova juntos. Eu estava fantasiando todas essas coisas, mesmo quando fomos para o quarto...

Quando ela se interrompeu, as recordações inundaram meus sentidos. Lembrei-me de puxá-la para perto e do peso do seu corpo contra o meu. A fragrância floral de seu perfume, leve e exótica, quando enterrei o rosto em seu pescoço. Sentia a pressão dos seios contra meu peito e seus dedos apertando minhas costas. Quando nossos lábios se uniram, sua língua desencadeou um arrepio de prazer.

Ajudei-a a puxar minha camisa de dentro da calça e observei enquanto Natalie a desabotoava; num instante, estávamos os dois sem camisa, nossas peles quentes se tocando. Mas, quando comecei a beijar seu colo, ouvi o que parecia ser um soluço abafado. Afastando-me, vi que ela parecia paralisada, a não ser por uma lágrima descendo pelo rosto. Alarmado, recuei.

– Não consigo – murmurou ela. – Sinto muito, mas não consigo. Por favor, me perdoe.

Naquele momento, sentado em frente a ela no bar, observei-a engolir em seco, o olhar fixo na mesa.

– Naquela noite... você me beijou bem embaixo da clavícula. Era uma coisa que Mark costumava fazer, e de repente o visualizei deitado na cama, cercado de tubos naquele quarto estéril. Não consegui tirar a imagem da cabeça e me odiei por colocar você naquela situação. Eu queria fazer amor com você, mas não conseguia. Parecia... errado, por alguma razão. Como se eu estivesse prestes a fazer algo de que me arrependeria, mesmo que o quisesse mais do que qualquer coisa no mundo. – Ela respirou fundo. – Eu só queria dizer outra vez que sinto muito.

– Eu disse naquela noite que você não precisava se desculpar.

– Sei que disse, e, de alguma forma, isso fez com que eu me sentisse ainda pior. Porque você foi gentil diante de tudo aquilo.

Delicadamente, coloquei a mão sobre a dela.

– Se serve de consolo, eu faria tudo de novo.

– Você se apaixonou por uma mulher desonesta.

– Você não foi desonesta. Só... omitiu umas coisas. Todos nós fazemos isso. Por exemplo: eu não contei a você que, além de ser rico e bonito, sou muito habilidoso quando se trata de colocar lonas em telhados.

Pela primeira vez desde que chegáramos, ela abriu um sorriso. Natalie apertou minha mão antes de afastar a sua. Erguendo a taça de vinho, propôs um brinde:

– Você é um homem bom, Trevor Benson.

Sabia que era mais um término para nós, mas peguei minha taça. Brindando, forcei um sorriso.

– Acho você ótima também – respondi.

19

Natalie me deixou em casa e, apesar do sono agitado, acordei descansado. Sem tremor nas mãos e com humor suficientemente estável para me permitir a terceira xícara de café após minha corrida matinal. Embora eu tivesse me oferecido para buscá-la em casa a caminho do aeroporto, ela achou melhor me encontrar lá.

Sem dúvida porque não queria que as pessoas nos vissem chegar juntos e embarcar num avião como um casal.

Cheguei ao aeroporto antes dela e fiz o check-in. Natalie apareceu dez minutos depois, enquanto eu estava na fila do raio X. Já na área de embarque, sentei-me, e, embora houvesse lugar ao meu lado, ela preferiu se sentar a três fileiras de distância. Já estávamos no avião quando tivemos chance de conversar.

– Oi – falei, quando Natalie passou por mim para se sentar na poltrona da janela. – Eu sou Trevor Benson.

– Ah, cale a boca.

Pensei que conversaríamos um pouco, mas ela fechou os olhos e ajeitou as pernas, adormecendo prontamente. Fiquei pensando em quantas pessoas ela reconheceu no avião.

O voo durou pouco mais de uma hora, e, após desembarcarmos, fomos até o balcão da locadora de carros. Solicitei o SUV que havia reservado. Em pouco tempo, estávamos a caminho de Helen.

– Parece que você tirou um bom cochilo no avião – comentei.

– Estava cansada – disse ela. – Não dormi bem noite passada. Mas ontem tive oportunidade de falar com a polícia de novo e com o xerife antes de buscar você em casa.

– E...?

– Assim como a polícia, o xerife não tinha qualquer informação sobre qualquer pessoa desaparecida chamada Callie. Não sei se eles vão conseguir ajudar.

– Ainda acredito que vamos descobrir algo.

– Queria também explicar sobre mais cedo – disse ela. – No aeroporto.

– Não precisa se preocupar. Fui capaz de imaginar suas razões para me evitar.

– Sem ressentimentos?

– Claro – respondi. – Você ainda tem que morar em New Bern.

– E você logo vai embora.

– Minha nova vida me aguarda.

Senti seus olhos em mim e me perguntei se ela iria dizer que sentiria minha falta. Mas não disse. Nem eu disse a ela que sentiria a sua. Nós dois já sabíamos. Não falamos muito o restante do caminho, ambos contentes de viajar em silêncio, sozinhos com nossos pensamentos, aonde quer que nos levassem.

Natalie estava certa: Helen era uma cidade minúscula, mas extremamente pitoresca e bela. Parecia que se inspirara nas vilas alpinas da Baviera; as construções eram coladas umas nas outras, com telhados vermelhos e fachadas pintadas de várias cores, algumas ostentando molduras decorativas e até uma torre. Imaginei que fosse popular entre turistas à procura de trilhas, aventuras em tirolesas e canoagem no rio Chattahoochee, antes de se recolherem para a noite num cenário que parecia exótico para o noroeste da Geórgia.

Como nenhum de nós dois havia comido, almoçamos numa pequena lanchonete no centro da cidadezinha. Discutimos nosso plano de ação, que não ia muito além de passar na delegacia e no escritório do xerife. Tinha esperança de que pensaria numa ideia melhor do que a que Natalie havia sugerido – bater nas portas ou conversar com as pessoas nas esquinas –, mas até o momento não surgira nada. Poderia ter tirado uma foto de Callie no hospital para verificar se alguém identificava seu rosto, mas duvido que ela teria deixado.

A primeira parada foi na delegacia, instalada num prédio que mais parecia uma casa do que um órgão municipal e que combinava bem com o restante da comunidade. O delegado, Harvey Robertson, nos esperava na porta. Era alto e magro, com algumas entradas no cabelo branco e um forte sotaque da Geórgia. Ele nos levou para sua sala e disse que podíamos ficar à vontade. Após as apresentações, nos entregou um envelope de papel pardo.

– Como mencionei ao telefone, estas são as três garotas que fugiram de casa de que tenho conhecimento – explicou ele. – Uma do ano passado, e duas já de três anos atrás.

Abri o envelope e tirei três panfletos com a palavra DESAPARECIDA impressa no alto, exibindo fotos das garotas, descrições e informações sobre seus últimos paradeiros conhecidos. Pareciam feitos à mão – como uma coisa que as famílias tivessem improvisado –, não boletins policiais oficiais. Um exame rápido das fotos confirmou que nenhuma delas era Callie.

– E quanto a desaparecidos em geral?

– Não há ninguém com o nome de Callie. Agora, se a família ou outros conhecidos não deram parte do desaparecimento por qualquer razão, não temos como saber. Mas Helen é uma comunidade pequena, acho que tenho um bom controle sobre quem está por aí e quem não está.

– Sei que não é da minha conta, mas tem alguma ideia do que aconteceu com estas garotas?

– Duas delas tinham namorado, e, como não conseguimos encontrá-los também, meu palpite é que fugiram juntos. Quanto à terceira jovem, não fazemos ideia do que aconteceu. Não era menor de idade e o desaparecimento foi comunicado pelo senhorio, mas, pelo que sabemos, ela pode ter apenas se mudado.

– Lamento ouvir isso.

– Você disse ao telefone que essa Callie que vocês estão procurando está doente e que precisam encontrar a família dela.

– Exatamente.

– Por que acharam que iam encontrá-la em Helen?

Contei a ele toda a história toda, observando como absorvia cada palavra. Tive a impressão de que era o tipo de pessoa que surpreendia pela intuição.

– Não é muita coisa – comentou ele, quando terminei.

– Foi o que Natalie disse também.

Robertson olhou para ela e depois para mim.

– Ela é esperta. Melhor não deixar que ela escape.

Ah, se eu pudesse..., pensei.

O departamento do xerife ficava em Cleveland, na Geórgia, a cerca de vinte minutos de Helen. Era um prédio muito mais imponente do que o departamento de polícia da cidadezinha, o que fazia sentido, pois era responsável por uma área geográfica maior. Fomos levados até a sala de um dos auxiliares do xerife, que também já havia juntado as informações que solicitáramos.

No total, nove pessoas estavam desaparecidas, incluindo as três meninas de Helen. Das seis restantes, duas eram do sexo masculino. Das quatro que sobraram, apenas três eram brancas, e só uma era adolescente, embora não fosse Callie.

Na saída, Natalie se virou para mim.

– E agora?

– Estou pensando.

– Isso quer dizer o quê?

– Que estou deixando alguma coisa passar. Não sei o que é, mas está aqui.

– Ainda acha que ela é daqui?

– Não sei – admiti. – Mas a resposta está aqui, tenho certeza.

Entramos no carro, e Natalie falou:

– Tenho uma ideia.

– Diga.

– Se Callie é daqui, ela provavelmente foi para a escola, certo? E você acha que ela tem, o quê? Uns 16 anos? Talvez 17?

– É o meu palpite.

– Escolas de ensino médio têm anuários. Algumas do ensino fundamental também. Não faço ideia de quantas há no município, mas não pode haver muitas e aposto que nenhuma delas é enorme. Imaginando que haja anuários nas bibliotecas dessas escolas, talvez a gente encontre seu nome.

Perguntei-me por que não tinha pensado naquilo.

– Excelente ideia.

– Quando voltarmos para Helen, já terá passado das cinco. Vai estar tarde para começar hoje. Que tal amanhã cedo?

– É um ótimo plano. Como você pensou nisso?

– Não sei. Me veio à cabeça.

– Impressionante.

– Está vendo como foi bom eu ter vindo?
Sim, pensei, é claro. Mas talvez não por essa razão.

De volta a Helen, fizemos check-in no hotel. Quando falei com o funcionário da recepção, senti o alívio de Natalie diante da reserva de dois quartos, mesmo que vizinhos. Recebemos nossos cartões magnéticos e nos encaminhamos para os elevadores.

Faltava mais de uma hora para o pôr do sol, mas eu estava cansado. Por mais que gostasse de estar com Natalie, manter as coisas em termos estritamente profissionais e fingir que não estava apaixonado esgotava minhas energias. Aconselhei a mim mesmo a aceitar o que ela estava oferecendo sem expectativas... porém algumas coisas são mais fáceis na teoria do que na prática.

No elevador, apertei o botão do terceiro andar.

– Como quer fazer isso? – perguntou ela. – Quer levantar uma lista das escolas ou quer deixar isso comigo?

– Posso fazer a lista. Como você observou, não deve haver muitas.

– Que horas amanhã?

– O café começa às sete. Podemos pegar a estrada às oito.

– Parece um bom plano.

Àquela altura, já tínhamos chegado ao terceiro andar e cruzávamos o corredor. Os quartos ficavam à esquerda, não muito longe.

– Onde você vai jantar? – perguntou ela enquanto eu abria minha porta.

– Estava pensando no Bodensee. "Culinária alemã autêntica". Vi uma crítica quando estava pesquisando hotéis. Parece muito bom.

– Acho que nunca experimentei culinária alemã autêntica.

Era uma insinuação?

– Faço uma reserva para nós dois às oito? Tenho certeza de que podemos ir a pé. Que tal nos encontrarmos no saguão umas quinze para as oito?

– Perfeito. – Ela sorriu. – Encontro você lá.

No quarto, após fazer a reserva no restaurante, tirei uma soneca rápida, tomei uma ducha e passei uns minutos pesquisando na internet as escolas da área. Durante todo esse tempo, tentei não pensar em Natalie.

Não consegui. O coração tem suas vontades.

Às quinze para as oito, ela estava esperando por mim no saguão, deslumbrante como sempre, de blusa vermelha, calça jeans e sapato de salto.

– Pronta? – perguntei.

– Estava só esperando você.

O Bodensee ficava a apenas uma curta caminhada, e a noite estava agradável, com uma brisa suave que trazia cheiro de coníferas. Éramos os únicos na calçada, e eu ouvia seus saltos batendo no concreto, meus passos em uníssono com os dela.

– Tenho uma pergunta – disse Natalie, por fim.

– Vá em frente.

– O que vai fazer se a gente encontrar a família de Callie? O que planeja dizer a eles?

– Não sei. Acho que vai depender do que descobrirmos.

– Se ela for menor de idade, sou obrigada a informar à polícia.

– Mesmo que ela tenha sofrido abuso?

– Sim, mas aí a coisa fica mais complicada – respondeu Natalie. – Vai ser delicado também se ela fugiu aos 17 ou sei lá quantos anos, mas agora for tecnicamente adulta. Com toda a franqueza, não sei qual seria minha obrigação numa situação dessas.

– Que tal deixarmos essa questão para quando for a hora?

O Bodensee, assim como a delegacia, parecia mais um prédio residencial do que comercial, e me senti em casa assim que chegamos. As garçonetes se vestiam à moda da Baviera, com vestidos ajustados na cintura, blusas de manga curta e aventais coloridos; um bar movimentado oferecia uma variedade de cervejas alemãs. Fomos conduzidos a uma mesa num canto que parecia proporcionar um mínimo de privacidade num salão praticamente lotado. Enquanto nos sentávamos, ouvia ecos abafados de conversas vindo em nossa direção.

Natalie olhava em volta, absorvendo o ambiente, um sorriso no rosto.

– Não acredito que estamos na Geórgia – disse ela, voltando a olhar para mim. – Este lugar é incrível.

– Tem mesmo seu encanto.

Pegamos os cardápios. Havia mais opções do que imaginei, mas, em razão de minha falta de familiaridade com a culinária alemã, não sabia que gosto as comidas teriam, apesar das descrições.

– Vai de *Wiener Schnitzel*?

– Provavelmente – falei. – E você?

– Não sou muito aventureira quando se trata de comida – confessou ela. – Acho que vou de salmão grelhado mesmo.

– Tenho certeza de que estará bom.

Quando a garçonete chegou, pedi uma *lager*; Natalie optou por uma taça de vinho, e fizemos nossos pedidos. Puxando conversa, Natalie perguntou-lhe há quanto tempo morava em Helen.

– Apenas dois anos – respondeu. – Meu marido trabalha no departamento de parques e foi transferido para cá.

– Isso é normal? Há bastante gente que veio de outra cidade? Ou a maior parte dos moradores cresceu na região?

– Acho que um pouco de cada. Por quê?

– Só curiosidade.

Quando a garçonete foi embora, inclinei-me sobre a mesa.

– O que foi isso?

– Só colhendo informações. Quem sabe? Pode acabar sendo útil.

Coloquei o guardanapo no colo.

– Quero agradecer por ter vindo aqui comigo e preparado o terreno com a polícia e o xerife.

– É um prazer.

– Estou surpreso que você não tenha que trabalhar.

– Tirei dois dias de férias. – Ela deu de ombros. – Não ia ter muita utilidade para eles, de qualquer forma. Sempre vou para a casa de praia dos meus pais nos dias de folga. E, por mais que goste de estar com eles, não consigo ficar lá muito tempo sem enlouquecer. – Natalie balançou a cabeça – Desculpe. Devo estar parecendo muito egoísta.

– Nem um pouco.

– Comparando com você, quero dizer. Já que seus pais morreram.

– Cada um com seus problemas, não é?

A garçonete reapareceu com as bebidas e as pôs na mesa. Tomei um gole da *lager*. Estava uma delícia.

Natalie brincava com a taça, aparentemente perdida em pensamentos, até perceber que tinha ficado muito tempo calada.

– Sinto muito. Acabei me distraindo um pouco.
– No que estava pensando?
– Na vida. Nada importante.
– Eu adoraria ouvir. – Notando sua hesitação, acrescentei: – É sério.

Ela tomou um gole de vinho.

– Durante nosso primeiro ano de casamento, Mark e eu visitamos Blowing Rock. Passamos o fim de semana numa pousada simpática, fazendo trilhas e comprando antiguidades. Eu me lembro de pensar o fim de semana todo que minha vida era exatamente o que eu queria que fosse.

Olhei para Natalie.

– O que vai fazer?
– Sobre Mark?

Quando assenti, ela respondeu:

– Vou continuar levando, dia após dia.
– Isso é justo com você?

Ela deu uma risada breve, mas notei sua tristeza.

– Diga, Trevor, quando é que a vida é justa?

A conversa passou para assuntos mais amenos enquanto saboreávamos o jantar. Falamos sobre Callie, perguntando-nos mais uma vez por que parecia tão obstinada em manter a família em segredo, e relatei quase tudo que eu vinha fazendo desde a última vez que nos vimos. Contei da minha decisão de não vender a casa do meu avô e da reforma que queria fazer; mostrei umas fotos que havia tirado do apartamento novo em Baltimore e descrevi meu programa de residência psiquiátrica. Mas não mencionei as dificuldades por que passei após ela ter terminado comigo. Trazer isso à tona, pensei, só alimentaria uma culpa inútil.

Após terminarmos os pratos principais, nenhum de nós estava a fim de sobremesa. Paguei a conta e fomos embora. Do lado de fora, a noite refrescara um pouco e as estrelas brilhavam plenas no céu escuro. As ruas estavam silenciosas e vazias; eu ouvia o farfalhar abafado das folhas nas árvores.

– Não respondi realmente à sua pergunta – disse Natalie, em meio ao silêncio.

– Que pergunta?

– Se interromper minha vida era justo comigo. Eu não dei uma resposta de verdade.

– Eu entendi o que você quis dizer.

Ela sorriu, mas sua expressão era de tristeza ao prosseguir:

– Eu deveria ter dito que há momentos em que não é tão ruim. Quando estou com minha família, tem horas em que consigo até esquecer a realidade da minha situação. Quando um deles conta uma história engraçada e nós todos rimos, é fácil fingir que levo uma vida normal. Depois, no minuto seguinte, tudo volta. A verdade é que a realidade está sempre lá, mesmo que fique temporariamente camuflada... no final, ela sempre aparece, e de repente sinto como se não fosse para eu estar rindo, porque isso parece, de alguma forma, errado. Porque pode dar a impressão de que não ligo para a situação do Mark. Eu passo muito tempo pensando que não tenho permissão para ser feliz e que não devo sequer tentar. Sei que isso parece loucura, mas não consigo evitar.

– Acha que Mark gostaria que você se sentisse assim?

– Não – respondeu ela –, sei que não. Nós até falávamos sobre essas coisas. Não exatamente sobre uma situação dessas, mas qual seria nosso desejo se o outro morresse num acidente de carro ou de outra coisa qualquer. Papo antes de dormir, sabe? Brincávamos de imaginar situações, e ele sempre me dizia que gostaria que eu seguisse em frente, encontrasse outra pessoa e formasse família. Claro, logo depois ele acrescentava que era melhor que eu não amasse o outro cara tanto quanto eu o amava.

– Pelo menos ele era sincero – falei com um sorriso.

– É. Ele era. Mas já não sei o que isso significa realmente. Tem uma parte de mim que diz para eu ficar o maior tempo possível com Mark, que eu devia largar o trabalho e visitá-lo todos os dias. Porque é isso que se espera quando o amor da sua vida está doente, certo? Mas a verdade é que essa é a última coisa que quero fazer. Porque, toda vez que vou lá, uma pequena parte de mim morre por dentro. Mas depois fico culpada de me sentir assim, aí engulo o choro e faço o que se espera de mim. Mesmo sabendo que ele não gostaria disso.

Ela parecia analisar a calçada à nossa frente.

– É muito duro não saber quando, nem mesmo *se*, isso vai terminar. Pessoas em estado vegetativo podem viver décadas. O que eu faço, sabendo disso? Sei que ainda tenho tempo de ter filhos, mas preciso abrir mão disso? E quanto às outras pequenas coisas que deixam a vida mais doce, como ser abraçada pela pessoa amada ou ser beijada? Abro mão dessas coisas para sempre também? Tenho que viver em New Bern até ele ou eu morrer? Não me interprete mal, amo New Bern, mas parte de mim às vezes imagina uma vida diferente, em Nova York, Miami, Chicago ou Los Angeles. Morei em cidades pequenas da Carolina do Norte a vida inteira. Não mereço a chance de fazer essa escolha eu mesma?

Àquela altura, já havíamos chegado ao hotel, mas ela parou na entrada.

– Quer saber qual é a pior parte? Não ter ninguém com quem falar sobre isso. Ninguém entende de verdade. Meus pais ficam muito tristes com tudo isso, então, quando estou com eles, passo o tempo todo tranquilizando-os, dizendo que estou bem. Os pais do Mark e eu vivemos em frequências diferentes. Meus amigos falam sobre o trabalho, o casamento ou os filhos, e nem sei o que fazer. É muito... solitário. Sei que as pessoas se compadecem e se preocupam comigo, mas não acho que sejam capazes de se solidarizar de verdade, já que é uma coisa completamente estranha em relação ao rumo que elas imaginam que a vida vai tomar. E...

Aguardei e ela continuou:

– Sabe quando as pessoas perguntam quais são seus sonhos e objetivos? Daqui a um, três ou cinco anos? Eu penso nisso às vezes e percebo que não sei, não sei nem como tentar encontrar a resposta. Porque a maior parte da minha vida no momento está fora do meu controle e não há nada que eu possa fazer.

Segurei a mão dela.

– Eu queria que tivesse algo que eu pudesse dizer para tornar as coisas mais fáceis para você.

– Sei que sim – afirmou ela, apertando minha mão. – Assim como sei que amanhã será apenas mais um dia.

Minutos depois, estávamos cada um em seu quarto. O desabafo de Natalie havia me deixado triste por ela e decepcionado comigo mesmo. Por mais que eu me considerasse empático, era – como ela dissera – difícil me imaginar na situação dela. Eu entendia, me compadecia, me sentia péssimo por tudo, mas, sendo honesto, sabia que não conseguia me solidarizar plenamente. Todos possuem vidas interiores das quais ninguém mais tem conhecimento.

Ao ligar a televisão, sintonizei a ESPN, não porque quisesse saber quem tinha ganhado o último jogo de beisebol ou torneio de golfe, mas porque estava muito cansado para me concentrar em qualquer coisa que tivesse algum tipo de história ou narrativa. Tirei os sapatos, a camisa e me deitei na cama, ora escutando a propaganda, ora matutando sobre Callie, enquanto simultaneamente repassava os últimos dois dias na companhia de Natalie.

Comecei a pensar se algum dia eu encontraria alguém como ela outra vez. Mesmo que me apaixonasse de novo, não ficaria consciente ou inconscientemente comparando a nova mulher com aquela que eu amava agora?

Ali, naquele momento, estávamos juntos. Só que não estávamos. Ela se encontrava no quarto ao lado, com uma parede e todo um mundo entre nós. Será que ela, como eu, estava remoendo o impossível e desejando que houvesse um mundo feito só para nós dois?

Eu não fazia ideia. Tudo que sabia era que, mesmo me sentindo exausto, não teria trocado os últimos dois dias por nada.

Acordei com o som de alguém batendo na porta.

Olhando para o relógio, vi que era quase meia-noite; o abajur e a televisão estavam ligados e procurei o controle remoto, ainda meio grogue de sono.

Desliguei a TV, perguntando-me se teria imaginado aquilo, quando ouvi uma nova batida tímida e uma voz que reconheci.

– Trevor? Está acordado?

Saí da cama e arrastei-me sonolento pelo quarto, grato por ainda estar de calça. Abrindo a porta, vi Natalie, ainda vestida com a roupa do jantar, a expressão tensa, os olhos avermelhados.

– O que está acontecendo? Você está bem?

– Não – respondeu ela. – Posso entrar?

– Sim, claro – falei, abrindo espaço.

Ela parou no meio do quarto como se procurasse um lugar para se sentar. Puxei a cadeira da mesa para ela e me sentei na cama.

– Ouvi a televisão ligada e imaginei que você estivesse acordado – disse ela, observando pela primeira vez meu estado de sonolência.

– Agora estou. Fico feliz que tenha vindo.

Durante um momento, ela torceu as mãos no colo, os olhos cheios de angústia.

– Não quero ficar sozinha.

– Quer ir ver se tem algum lugar aberto? – perguntei. – Talvez tomar um drinque ou um descafeinado?

– Não, não quero sair. – Depois, olhando para mim, hesitante, perguntou: – Posso dormir aqui? Com você? Não estou propondo sexo... – Natalie fechou os olhos, a voz tensa. – Mas, tirando você, nunca mais dormi com ninguém numa cama desde que Mark ficou doente, e eu quero alguém do meu lado esta noite. Sei que é errado, que eu devia voltar para o meu quarto...

– Claro que você pode dormir aqui – interrompi.

– Trevor...

– Venha cá.

Fiquei de pé, e ela, erguendo-se lentamente, veio para os meus braços. Abracei-a por um longo tempo antes de nos deitarmos na cama. Quando estiquei a mão para apagar o abajur, hesitei.

– Posso desligar a luz ou você quer conversar mais um pouco?

– Pode desligar – murmurou ela.

Apertei o botão e o quarto escureceu. Virei-me para encará-la e vi apenas uma sombra indistinta, mas senti um cheiro muito leve de perfume.

– Que bom que está escuro – sussurrou ela. – Estou horrorosa.

– Você está sempre linda.

Senti sua mão em meu peito e depois acariciando meu rosto.

– Te amo muito, Trevor Benson. Quero que saiba.

– Eu sei – falei. – Também te amo.

– Pode me abraçar?

Ouvindo essas palavras, passei os braços em torno dela, deixando-a pousar a cabeça em meu ombro e sentindo o calor de sua respiração em minha pele. Por mais forte que fosse a vontade de beijá-la, eu me contive. Mais que tudo, queria aplacar sua tristeza e confusão, mesmo que por algumas horas.

Ela relaxou, o corpo se encaixando no meu, a posição nova e familiar ao mesmo tempo. Em algum momento, ouvi sua respiração ficando mais lenta e percebi que adormecera.

Mas eu permaneci acordado, sabendo que aquela seria a última vez que a abraçaria assim. Queria desfrutar a sensação, fazê-la durar para sempre. Era doloroso pensar que talvez nunca mais experimentasse de novo aquela mesma felicidade.

20

Despertei com a luz do amanhecer se infiltrando por entre as cortinas. Natalie ainda dormia, e saí da cama tentando não acordá-la.

Após pegar uma camisa limpa na mala, calcei os sapatos, encontrei a carteira e deixei o quarto. A luz do corredor iluminou o ambiente por um instante quando abri a porta, mas Natalie não se mexeu. Dormir mais era exatamente do que ela precisava; eu, por outro lado, precisava de cafeína.

O café da manhã era servido num espaço próximo ao saguão. Ainda estava cedo para servirem a comida, mas felizmente havia bastante café disponível. Enchi um copo descartável e me sentei a uma mesa vazia, a cabeça cheia de pensamentos a respeito de Natalie.

Com pequenos goles do café, eu fui voltando à vida. Num impulso, peguei a carteira e desdobrei o papel em que havia transcrito as últimas palavras de meu avô. Analisando-as mais uma vez, não conseguia afastar a sensação angustiante de que estava deixando passar alguma coisa importante, algo que tinha a ver com Callie.

Trevor... ajude... carente... se puder... desmaio... doente... como Rose... vai embora... ela en... encontre família... fugiu... eu te amo... você veio... agora vá... por favor

Levantando-me da mesa, fui até a recepção e pedi lápis e papel. Sentando-me outra vez, pensei nas pausas entre as palavras e parti do princípio de que ele estivera tentando me dizer algo sobre Callie.

A instrução *fugiu*, em retrospecto, tinha claramente como objetivo indicar que ela havia fugido de casa. *Encontre família* também fazia sentido.

Como ele passara um tempo com Callie, *doente como Rose* e *desmaio* eram também mais ou menos fáceis de entender, em especial se ele tivesse visto algo preocupante.

Mas *vai embora* ainda não fazia sentido. E se as pausas estivessem fora do lugar e faltasse alguma palavrinha? Murmurei as frases, experimentando-as. Em vez de *vai embora... ela en... encontre família*, cheguei ao seguinte:

Vai embora para Helen... encontre família...

Eu pensei que meu avô tinha gaguejado antes de completar a palavra "encontre", foi como minha mente processou aquele nome estranho, inusitado, dividindo em dois sons, *ela en...*

Meu coração começou de repente a martelar no peito enquanto eu reescrevia a última metade da mensagem:

Desmaio. Doente como Rose. Vai embora para Helen. Encontre família. Fugiu. Eu te amo. Você veio. Agora vá. Por favor.

Embora fosse impossível saber, *parecia* correto. Apesar do que a polícia e o xerife tinham me dito sobre as jovens que fugiram de casa – ou sobre as pessoas desaparecidas da área –, eu sabia que meu avô estava falando de Callie.

Por que, então, não teria mencionado seu nome?

Continuei tomando café, voltando a atenção para a primeira parte da mensagem, tentando interpretações diferentes. Terminei um copo e enchi outro, repassando as palavras, reordenando as pausas, mas não consegui chegar a Callie ou a algo que fosse próximo. Refletia sobre aquilo e depois deixava o pensamento se desviar outra vez para Natalie, antes de voltar minha atenção para aquela tarefa.

Na metade do terceiro copo de café, senti uma ideia nova surgir, e, se estivesse correta, tudo na mensagem ficaria surpreendentemente claro.

Ao mesmo tempo que admitia que talvez estivesse errado, senti-me de repente confiante de que encontraria a resposta antes do final da manhã.

– Oi – disse Natalie.

Perdido em pensamentos, não a tinha visto entrar. Diferentemente de mim, tinha tomado banho, as pontas do cabelo ainda molhadas. Os olhos brilhavam, sem o cansaço que eu esperava.

– Bom dia.

– Acordou cedo. Nem ouvi você sair.

– Sou como um ratinho quando saio escondido.

– Vou pegar iogurte. Quer alguma coisa?

– Vou com você.

Fiel às palavras, ela pegou um pote de iogurte e preparou uma xícara de chá. Optei por ovos, bacon e uma torrada, fugindo da minha dieta saudável.

De volta à mesa, sentamo-nos um de frente para o outro.

– Dormiu bem? – perguntei.

– Feito um bebê – respondeu ela com ar acanhado. – Foi bom ontem à noite. Obrigada.

– Não me agradeça, por favor. Pode estragar tudo.

– Combinado. Encontrou as escolas da região?

– Encontrei. Pesquisei antes do jantar.

– Eu também. Não são muitas, mas estão espalhadas. Vamos dirigir um bocado hoje.

– Quero ir à delegacia primeiro. Que horas você acha que o delegado vai estar lá?

– Difícil dizer. Lá pelas oito, talvez. Por quê?

– Prefiro esperar até ter certeza. Mas se eu estiver certo, a gente não vai ficar no carro tanto assim.

Depois de terminar o café da manhã, voltei para o quarto, tomei banho e arrumei minhas coisas. Após nos encontrarmos no saguão, entramos no carro com tempo de sobra.

Na delegacia, fomos outra vez levados à sala de Robertson. Como eu não contara nada a Natalie, ela estava tão curiosa acerca do motivo da visita quanto ele.

– Sei que não estão aqui para uma visita de cortesia – começou ele. – Em que posso ajudá-los então?

– Gostaria de saber como as pessoas desaparecidas são categorizadas na Geórgia – falei. – Existe uma base de dados do estado?

– Sim e não. As queixas de pessoas desaparecidas são tratadas de forma local, cada departamento de polícia tem sua própria lista. Às vezes, o AIG se envolve também, e eles trabalham a nível estadual.

– AIG?

– A Agência de Investigações da Geórgia – disse ele. – Comunidades pequenas não têm como bancar detetives em tempo integral ou investigadores na equipe. Então, quando há crimes ou quando pessoas de fora das cidades grandes desaparecem, a AIG entra no caso. Eles têm a própria lista de pessoas desaparecidas.

– Então, tendo o nome, é possível checar se essa pessoa está desaparecida?

– Claro – respondeu ele. – Pessoas desaparecidas costumam ser listadas em ordem alfabética, mas alguns departamentos listam cronologicamente. Dependendo do departamento, essas listas são públicas.

– E se só tivermos o primeiro nome?

– O processo é mais lento, mas ainda é possível. Você teria que olhar as várias listas. Tenha em mente que nos registros há pessoas desaparecidas há mais de dez anos.

– Você poderia verificar um nome para nós?

– Quer que eu procure o nome de Callie? Vocês nem sabem se ela desapareceu na Geórgia.

– Ela é uma criança e está morrendo.

Após um segundo, ele concordou.

– Tudo bem. Mas não faço ideia de quanto tempo vai demorar.

– Tem outra coisa também.

– O quê?

– Além de Callie, poderia procurar pelo nome Karen?

– Karen?

Assenti.

– Uma adolescente branca, desaparecida desde a primavera ou o verão.

Senti Natalie me lançar um olhar confuso.

Robertson sugeriu que esperássemos numa cafeteria ali na mesma rua. Embora já tivéssemos comido, pedi outra xícara de café, e Natalie, outro chá.

Deixei uma gorjeta generosa bem à vista na mesa, para o caso de precisarmos permanecer por mais tempo.

– Karen? – perguntou Natalie.

Mostrei a ela minha anotação original. Natalie leu. Quando terminou, revi a última parte.

Trevor... ajude... carente... se puder... desmaio... doente... como Rose... vai embora... ela en... encontre família... fugiu... eu te amo... você veio... agora vá... por favor

– Parece óbvio que ele estava falando dela.
– Ele não menciona o nome Callie.
– Não, não menciona. Mas é que eu ouvi uma palavra errada. Pensei ter ouvido *carente*, mas na verdade ele falou isto.

Entreguei a ela a reinterpretação que havia escrito mais cedo.

Trevor... ajude Karen se puder. Desmaio. Doente como Rose. Vá embora para Helen. Encontre família. Fugiu. Eu te amo. Você veio. Agora vá. Por favor.

Ela leu e depois olhou para mim.
– Como foi que você pensou nisso?
– Acho que estava inspirado.

Levou menos tempo do que esperávamos. Quarenta e cinco minutos depois, Robertson entrou na cafeteria segurando um envelope de papel pardo. Havia outra cadeira na mesa, e ele se sentou. Sem que fosse preciso pedir, a garçonete retornou com uma xícara de café para ele. Pelo visto, era um freguês regular. Enquanto isso, entregou-me o envelope.

– Acho que a encontrei.
– Já?
– Karen Anne-Marie Johnson – disse ele. – De Decatur. Dezesseis anos. Fugiu aos 15, em maio, o que significa que está desaparecida há mais de um ano. Parece que é a sua garota, não é? Queria que você verificasse antes de eu continuar.

Abri a pasta e meus olhos se fixaram na cópia de uma fotografia de Callie. Por um instante, não acreditei. Embora estivesse confiante, a sensação de alívio que senti foi avassaladora.

– É ela.

– Tem certeza?

– Absoluta.

Natalie se inclinou na minha direção, examinando a fotografia. Lembrei-me de que – a não ser na noite confusa em que o trailer pegou fogo, ou talvez nem naquele dia – ela nunca tinha visto Callie.

– Não acredito na rapidez com que você descobriu – comentei.

– Não foi difícil. Ela estava na lista de desaparecidos da AIG, logo a primeira que olhei. Levei menos de dez minutos. Está no site, com foto e tudo, então você nem precisava da minha ajuda. Podia ter ficado na Carolina do Norte e feito sua pesquisa de lá.

Só que eu não sabia que a AIG tinha site. Até aquela manhã, nunca nem ouvira falar da AIG.

– Agradeço muito por sua ajuda.

– É nosso trabalho. Espero que essa história tenha um final feliz.

– Tem mais alguma coisa que possa nos dizer?

Robertson assentiu e respondeu:

– Falei com o pessoal de Decatur e eles puxaram o arquivo. Você está com a cópia aí na pasta, mas é a história típica. Ela disse aos pais que ia passar a noite na casa de uma amiga. Quando não tiveram notícias dela no dia seguinte, entraram em contato com a amiga e souberam que Karen nunca tinha estado lá. Pelo que os pais sabiam, ela não tinha namorado, então não teria a ver com isso. Vai ver aí dentro também que ela tem duas irmãs mais novas.

Isso representava duas possíveis compatibilidades de medula óssea.

– Se ela é de Decatur, como Helen entra na equação? – perguntou Natalie.

– Não sei – respondi. – Mas desconfio que vou descobrir.

– Quanto a mim – disse Robertson –, vou ter que entrar em contato com a AIG e informar a eles o paradeiro de Karen. E à polícia de Decatur também. Sei que os pais vão ficar aliviados.

Pensei naquilo.

– Tem como esperar até amanhã?

Robertson franziu a testa.

– Por quê?

– Porque quero conversar com ela primeiro.
– Não é assim que fazemos as coisas na Geórgia.
– Eu sei. Mas queria entender por que ela fugiu. Se foi porque estava sendo abusada, quero que ela esteja preparada.
– Meu instinto me diz que a fuga dela não tem nada a ver com abuso.
– Por que acha isso?
– Dê uma olhada na última página – disse ele. – Depois de falar com o pessoal de Decatur, imprimi uma matéria de jornal que encontrei. Talvez você queira dar uma lida.

Publicada originalmente no *Atlanta Journal-Constitution*, a matéria era curta, só dois parágrafos, e, enquanto lia, eu me vi concordando com as suspeitas de Robertson.

Para mim, aquilo explicava tudo.

Após certa insistência de nossa parte, Robertson concordou em me dar 24 horas antes de entrar em contato com a AIG e a polícia de Decatur. Prometeu também me considerar pessoalmente responsável se algum aspecto do meu plano desse errado.

Minha primeira ligação foi para a Dra. Nobles. Após uma longa espera, ela informou que Callie ainda estava no hospital e que seu estado havia piorado um pouco durante a noite. Contei-lhe que tinha encontrado a família e planejava falar com Callie naquela tarde. Antecipei o voo de volta, e Natalie e eu discutimos a melhor forma de lidar com a situação enquanto íamos para Atlanta. Deixamos o carro na locadora, fizemos o check-in no aeroporto e, na hora certa, fomos até o portão de embarque.

Já no avião, Natalie ficou em silêncio e eu também. Ambos sabíamos que nosso tempo juntos estava quase no fim, mas nenhum de nós queria falar sobre isso. Notei que ela havia examinando disfarçadamente os outros passageiros à medida que chegavam ao portão de embarque, imaginando que alguém ali pudesse reconhecê-la. Entendia sua lógica, mas isso me fazia sentir vazio por dentro.

Já em New Bern, enquanto caminhávamos pelo terminal, ouvimos alguém chamar seu nome. Uma mulher, quase da mesma idade, aproximou-se querendo claramente conversar. Fiquei dividido entre esperar por ela ou continuar andando, mas vi o olhar suplicante de Natalie implorando-me que seguisse.

Continuei sozinho para o estacionamento, lutando contra a vontade de olhar para trás e pensando se aquela seria a última lembrança que teria dela.

Quinze minutos depois, já estava no hospital me encaminhando ao quarto de Callie.

A porta estava aberta e entrei, logo notando a ausência do curativo ao redor de sua cabeça e seu cabelo desgrenhado. Como de hábito, a televisão estava ligada, e, após Callie notar minha presença, concentrou-se outra vez nela. Arrastei a cadeira para mais perto da cama e me sentei.

– Como você está se sentindo?

– Quero ir para casa.

– Conversei com a Dra. Nobles mais cedo.

– Ela esteve aqui hoje de manhã. Falou que ainda estão procurando doadores.

Observei-a, tentando imaginar a dificuldade que aquele último ano devia ter representado para ela.

– Eu estava na Geórgia hoje de manhã – falei, por fim.

Ela se virou para mim, desconfiada.

– E...?

– Eu sei quem você é.

– Não, não sabe.

– Seu nome é Karen Johnson, e você tem 16 anos. Fugiu da sua casa em Decatur, na Geórgia, em maio, quando tinha 15 anos. Seus pais se chamam Curtis e Louise, e você tem duas irmãs gêmeas, Heather e Tammy.

Após o primeiro choque, vi seus olhos se estreitarem.

– Imagino que já tenha ligado para os meus pais. Eles estão vindo?

– Não – respondi. – Não liguei. Ainda não.

– Por que não? Vai me fazer ser presa?

– Não. Porque eu gostaria que você mesma entrasse em contato com seus pais, antes da polícia.

– Eu não quero falar com eles – declarou ela, elevando a voz. – Já disse isso a você.

– Você me disse um monte de coisas – continuei, permanecendo calmo. – Mas você é menor de idade e, tecnicamente, uma pessoa desaparecida. A polícia vai procurar seus pais no máximo até amanhã, então tudo isso vai acabar, não importa o que você decida. Eles vão descobrir onde você está e tenho certeza de que vão vir aqui. Só acho que seria melhor que eles soubessem de tudo por você. Sei que estão preocupados e que sentem sua falta.

– Você não sabe de nada!

– O que eu não sei?

– Eles me odeiam – a voz era meio soluço, meio grito de raiva.

Olhei para ela, pensando na matéria que havia lido.

– Por causa do que aconteceu com Roger?

Ela se encolheu na mesma hora e percebi que eu tinha provocado um tsunami de emoções dolorosas. Em vez de responder, ela abraçou os joelhos e começou a se balançar. Eu gostaria de poder ajudá-la de alguma forma, mas sabia por experiência própria que a culpa é uma batalha individual e solitária. Esperei enquanto ela chorava e enxugava com raiva as lágrimas, usando as costas da mão.

– Quer falar sobre isso? – perguntei.

– Por quê? Não vai mudar o que aconteceu.

– Você tem razão – admiti. – Mas falar sobre tristeza ou culpa pode ajudar a botar para fora um pouco da dor, e às vezes isso abre mais espaço no coração para a gente se lembrar do que gostava em alguém.

Após um longo silêncio, ela falou com a voz embargada:

– A morte de Roger foi culpa minha. Era para eu estar tomando conta dele.

– O que aconteceu com Roger foi um acidente terrível. Tenho certeza de que você amava muito seu irmão.

Ela pousou o queixo nos joelhos, parecendo absolutamente exausta. Eu aguardava em silêncio, deixando que Callie tomasse sua própria decisão. Aprendi com a terapia como o silêncio pode ser poderoso; ele dá às pessoas tempo de pensar como querem contar uma história, e se querem mesmo contá-la. Quando por fim ela começou, parecia estar conversando consigo mesma.

– Nós todos amávamos Roger. Meus pais sempre quiseram um menino, mas, depois que Heather e Tammy nasceram, minha mãe teve dificuldade para engravidar outra vez. Então, quando ele chegou, foi como um milagre. Quando era bebê, eu, Tammy e Heather o tratávamos como se fosse nosso boneco. Trocávamos sua roupa e tirávamos fotos dele com cada uma delas. Ele estava sempre feliz. Era desses bebês que riem o tempo todo e, assim que começou a andar, seguia a gente para todos os lugares. Eu nunca reclamava quando eu tinha que tomar conta dele.

As palavras vinham num jorro. Eu apenas escutava, respeitando aquele momento. Ela prosseguiu:

– Meus pais não saíam muito, mas naquela noite iam comemorar o aniversário de casamento. Tammy e Heather dormiriam na casa de uma amiga, então só ficamos Roger e eu. Estávamos brincando com um trenzinho. Quando ele ficou com fome, levei-o até a cozinha para fazer um cachorro-quente. Ele adorava. Comia sempre. Eu cortava em pedaços pequenos. Quando minha amiga Maddie me ligou, achei que tudo bem ir lá fora, na varanda. Ela estava chateada porque o namorado tinha terminado com ela. Não acho que a gente tenha conversado muito tempo, mas, quando entrei de novo, Roger estava no chão, os lábios azuis, e eu não sabia o que fazer... – Sua voz se perdeu, como se ela estivesse revivendo aquele momento paralisante.

Quando prosseguiu, tinha uma expressão atordoada.

– Ele tinha só 4 anos... Comecei a gritar, uma vizinha acabou me ouvindo e veio correndo. Ela ligou para a emergência. Depois meus pais e a ambulância chegaram, mas aí...

Ela respirou fundo.

– No funeral, ele usou um terno azul que meus pais compraram. Cada um de nós pôs um brinquedo no caixão, e eu escolhi o trenzinho. Mas... era como um pesadelo. Ele nem parecia o Roger. O cabelo estava repartido para o lado errado. Eu me lembro de pensar que, se estivesse repartido para o lado certo, eu acordaria e tudo voltaria ao normal outra vez. Mas claro que tudo ficou diferente depois disso. Era como se uma nuvem negra tivesse se instalado sobre nós. Minha mãe chorava, meu pai passava o dia na garagem, e Heather e Tammy brigavam sem parar. Ninguém podia entrar no quarto de Roger e tudo permanecia exatamente igual ao dia em que brinquei de trenzinho com ele. Eu tinha que passar pelo quarto toda vez que ia para o meu, ou para o banheiro, e só conseguia pensar que, se tivéssemos ficado ali mais alguns minutos, Maddie não teria me ligado enquanto ele estava comendo e nada daquilo teria acontecido. Minha mãe e meu pai... mal podiam olhar para mim. Eles me culpavam pelo que tinha acontecido. E foi no dia do aniversário de casamento deles, então até isso eu tinha destruído também.

Hesitei, pensando em como entender uma tragédia tão terrível. Por fim, disse:

– Callie, tenho certeza de que eles sabem que não foi culpa sua.

– Você está enganado – retrucou ela, a voz se elevando de repente. – Você não estava lá. Ouvi meus pais conversando uma noite, e eles disseram que, se eu não estivesse ao telefone, Roger estaria vivo. Ou que, se eu tivesse ligado logo para a emergência, eles talvez tivessem conseguido salvá-lo.

Tentei imaginar como deve ter sido horrível ouvir aquelas palavras.

– Isso não significa que eles pararam de gostar de você – falei.

– Mas foi culpa minha! – gritou ela. – Fui eu que saí para falar ao telefone e deixei meu irmão sozinho. E, toda vez que eles olhavam para mim, eu sabia o que estavam pensando. E depois... tudo começou a dar errado. Meu pai foi demitido, minha mãe teve câncer de pele, e, mesmo ela tendo descoberto a tempo, era mais um problema. No final, meu pai arrumou outro trabalho, mas precisamos vender a casa. Tammy e Heather ficaram muito chateadas porque tiveram que deixar todos os amigos. Eu só conseguia pensar que tinha sido a causa daquilo tudo e, de repente, percebi que precisava ir embora. Sem mim, as coisas acabariam voltando ao normal.

Eu queria dizer a ela que demissões acontecem, que qualquer um pode ter câncer; explicar que, em situações de estresse, brigas são mais comuns. Mas Callie ainda não estava pronta para ouvir nenhuma dessas coisas, porque se culpar lhe permitia sentir algum controle sobre a situação.

– Aí você resolveu fugir.

– Eu precisava fazer isso. Fui para a rodoviária e peguei o primeiro ônibus que vi. Fui primeiro para Charlotte, depois Raleigh, e então peguei carona com um homem que ia para a costa. Acabei em New Bern.

– E então dormiu no celeiro do meu avô e ele te encontrou.

– Eu não tinha dinheiro, estava cansada e suja – disse ela, soando incrivelmente madura para sua idade. – Não tomava banho havia dias. Ele me encontrou no outro dia de manhã.

– Imagino que tenha te oferecido café da manhã.

Pela primeira vez desde que eu chegara ao quarto, ela abriu um sorriso exausto.

– Ofereceu. Não pareceu nem um pouco irritado. Só perguntou quem eu era. Sem querer, eu disse a ele meu nome verdadeiro, mas aí Callie me passou pela cabeça. Falei para ele que era meu nome do meio e pedi que me chamasse assim. Ele disse: "Tudo bem, Callie, aposto que você está com fome. Vou descolar uma gororoba e depois você vai poder lavar suas roupas." Não me perguntou muita coisa. Falou sobre as abelhas a maior parte do tempo.

– A cara dele fazer isso.

– Quando terminei de comer, ele perguntou aonde eu estava indo. Eu não sabia. Aí ele falou que ia pôr um lençol limpo na cama do quarto de hóspedes e que eu podia ficar lá até resolver. Foi quase como se ele estivesse esperando eu aparecer. Lembro-me de que, um dia, depois do café da manhã, ele me pediu para ajudá-lo com as abelhas. Me deu um macacão, mas ele mesmo não vestiu nada. Disse que elas eram suas amigas e confiavam nele. Eu achei que ele ia dizer o contrário, que *ele* confiava *nelas*, mas não. Ainda acho isso um pouco engraçado...

Eu sorri.

– E é. Costumava dizer a mesma coisa para mim.

Callie assentiu.

– Depois de umas duas semanas, ele me falou sobre o Trading Post. Eu avisei que nunca tinha trabalhado numa loja antes, mas ele achou que não era problema. Fomos até lá na caminhonete. Ele entrou comigo na loja e convenceu Claude a me dar o emprego. Aí, depois que juntei algum dinheiro, ele me deu mais um pouco para eu poder me mudar para o trailer. Me ajudou na mudança, também, não que eu tivesse muita coisa. Mas ele me doou uns móveis que estavam sobrando, como Claude fez mais tarde, depois que o trailer pegou fogo.

Ela já me contara mais do que eu sabia, embora nada que me surpreendesse.

– Ele realmente deu o número da previdência social da minha avó para você?

Após um momento, ela balançou a cabeça.

– Não. Fui eu que achei o cartão numa caixa embaixo da cama na primeira noite que passei lá. Desculpe por isso, mas não sabia o que fazer. Meus pais podiam me encontrar se eu usasse o meu.

– Onde aprendeu isso?

– Na televisão – respondeu ela, dando de ombros. – Nos filmes. Essa foi também a razão de eu não trazer meu telefone, de andar de ônibus e mudar meu nome.

– Muito esperta – comentei, com um toque de admiração.

– Funcionou – falou ela. – Até você descobrir.

– Posso fazer mais algumas perguntas?

– Por que não? – Ela parecia resignada. – Você vai descobrir tudo mesmo.

– Por que escolheu o nome Callie?

– Porque nasci na Califórnia.

– É sério?

– Sou de San Diego. Meu pai era da Marinha.

Mais um detalhe que eu desconhecia, mas que provavelmente não era importante.

– Como meu avô soube que você estava doente?

– Ah, é. Nem sei se eu estava doente na época. Talvez estivesse. Eu desmaiei uma vez enquanto o ajudava a colher o mel. Quando recobrei a consciência, ele disse que eu quase o tinha matado de susto. Tentou me convencer a ir ao médico, mas eu não quis. Achei que iam fazer perguntas demais... o que acabou sendo verdade, como você já sabe.

Ergui uma das sobrancelhas, achando que ela era mais sábia do que eu imaginava. Eu tinha minhas dúvidas se teria conseguido fazer o que Callie fizera na idade dela. Depois daquilo tudo, só restavam mais umas duas perguntas óbvias.

– Imagino que, depois que sua família vendeu a casa, seu pai encontrou trabalho em Helen, certo?

– Na verdade, eu fugi antes de eles se mudarem, mas o plano era esse. Meu pai conseguiu um emprego de gerente de hotel lá.

Perguntei-me se seria o mesmo hotel em que eu ficara; o mesmo homem que me emprestara o lápis de manhã cedo.

– Como meu avô descobriu que sua família estava em Helen?

– Uma noite, senti saudades de casa. Heather e Tammy são gêmeas e era aniversário delas, e eu estava chorando porque sentia falta das duas. Não sei como, acho que comentei que queria estar com elas em Helen. Não pensei que ele tivesse ouvido ou que soubesse do que eu estava falando, mas acho que ele entendeu.

Seu olhar se desviou, e notei que ela tinha algo mais a dizer. Juntei as mãos, escutando enquanto ela suspirava.

– Eu realmente gostava do seu avô. Ele estava sempre cuidando de mim, sabe? Como se gostasse de mim de verdade, mesmo sem ter nenhum motivo para isso. Quando ele morreu, fiquei muito triste. Foi como se eu tivesse perdido a única pessoa nesta cidade em quem realmente confiava. Eu fui ao funeral, sabia?

– Foi? Não me lembro de ver você.

– Eu estava lá atrás – explicou ela. – Mas, depois que todo mundo foi embora, fiquei por ali. Agradeci a ele e disse que tomaria conta das abelhas.

Sorri.

– Sei que ele gostava de você também.

Quando ela ficou em silêncio, enfiei a mão no bolso. Tirei o telefone e o coloquei na cama a seu lado. Callie o encarou.

– O que acha de ligar para os seus pais? – perguntei.

– Preciso mesmo? – disse ela num fiapo de voz.

– Não. Não vou obrigar você a fazer isso. Mas ou você liga ou a polícia vai lá bater na casa deles amanhã, o que pode deixá-los assustados.

– E a polícia vai mesmo contar para eles? Mesmo que eu não queira?

– Vai.

– Ou seja, não tenho escolha.

– Claro que tem. Mas, mesmo que não ligue, eles vão aparecer aqui. Vai vê-los querendo ou não.

Ela roeu uma das unhas.

– E se eles ainda me odiarem?

– Acho que eles nunca odiaram você. Só estavam lutando contra o sofrimento, do mesmo jeito que você. As pessoas fazem isso de formas diferentes.

– Pode ficar aqui comigo, para eles falarem com você se for preciso? Ou se eu precisar que você fale com eles porque começaram a gritar ou surtar... E talvez fosse bom estar aqui amanhã também...

– Claro – respondi.

Ela mordeu o lábio.

– Pode me fazer outro favor também? – Ela tocou inconscientemente no cabelo embaraçado. – Pode comprar algumas coisas para mim na farmácia? Estou horrorosa.

– Do que precisa?

– Bem... de maquiagem. E uma escova de cabelo, hidratante para o rosto e para as mãos.

Ela olhou com vergonha para as cutículas machucadas. Assenti, anotando no telefone a lista de produtos que ela ditava.

– Mais alguma coisa?
– Não – respondeu ela. – Acho que eu devo ligar, né?
– Provavelmente. Mas quero que saiba de uma coisa primeiro.
– Do quê?
– Estou orgulhoso de você.

21

Fiquei com Callie durante a ligação. Naturalmente, os pais reagiram com uma mistura de surpresa e felicidade ao saber da filha. Após suspiros de incredulidade e soluços de júbilo, começou um bombardeio de perguntas, muitas das quais ela prometeu responder melhor quando eles chegassem. Porém, quando Callie passou o telefone para mim, o alívio inicial foi substituído pelo receio enquanto eu explicava quem era e os inteirava acerca do diagnóstico e prognóstico da filha. Prometi que os médicos os informariam sobre todas as opções de tratamento quando chegassem a New Bern e que era imperativo que viessem o mais rápido possível, a fim de que Callie pudesse explorar as possíveis alternativas médicas.

Também atualizei o delegado Robertson por telefone. Ele já poderia entrar em contato com a AIG e a polícia de Decatur, noticiando que Callie fora encontrada e que já tinha falado com os pais. No final da ligação, ele pediu que o mantivesse informado sobre seu estado e, com a permissão dela, prometi que sim.

Pelo restante da tarde, continuei ao lado de Callie, escutando-a falar sobre suas lembranças antes da morte de Roger, contando detalhes de uma existência de adolescente comum. Era como se a represa imposta pelo isolamento e pelo sigilo do ano anterior tivesse explodido, liberando uma torrente de nostalgia de uma vida de que ela sentia falta. Dos torneios regionais de vôlei, passando pelos hábitos do cachorro labrador, os nomes dos professores preferidos do ensino médio e do garoto que tinha namorado por pouco tempo. Detalhes de sua vida pessoal foram surgindo ao acaso durante as horas que se seguiram, pintando um quadro quase surpreendente em sua normalidade.

Fiquei maravilhado diante da coragem e da independência que ela desenvolveu depois da fuga, já que nada na rotina tranquila que descreveu poderia tê-la preparado para as dificuldades que enfrentaria ao se ver sozinha no mundo.

Eu estava com ela quando a Dra. Nobles passou durante a ronda e ouvi Callie enfim relatar toda a verdade a seu respeito. Evitando o olhar da médica e torcendo um pedaço do lençol, ela se desculpou por ter mentido. Quando terminou, a Dra. Nobles apertou sua mão.

– Vamos tentar fazer você melhorar, ok? – disse ela.

Soube que a família de Callie planejava viajar de carro à noite para chegar ao hospital de manhã bem cedo. Ela me fez prometer que estaria lá, e garanti que permaneceria o tempo que fosse preciso. Quando a noite caiu sobre o estacionamento sob sua janela, perguntei-lhe se gostaria que eu ficasse até o horário de visita terminar. Ela fez que não com a cabeça.

– Estou cansada – disse, desabando sobre os travesseiros. – Vou ficar bem agora.

Acreditei nela, finalmente.

Quando cheguei em casa, sentia-me completamente esgotado. Telefonei para Natalie, mas a ligação caiu na caixa postal. Deixei uma mensagem curta, informando que a família de Callie chegaria pela manhã caso quisesse conhecê-los e que já tinha falado com Robertson. Depois disso, caí na cama e só despertei na manhã seguinte.

A caminho do hospital, parei numa farmácia. Com ajuda de um funcionário, gastei uma pequena fortuna em produtos de beleza, escova de cabelo e um espelho de mão. Entregando a sacola a Callie, vi a tensão em seu rosto. Observei-a pegando no cabelo sem parar, coçando a pele do braço, puxando o lençol.

– Dormiu bem? – perguntei, sentando-me perto da cama.

– Nem dormi – respondeu. – Acho que fiquei olhando para o teto a noite inteira.

– É um grande dia. Para todo mundo.

– O que eu faço se eles ficarem bravos e começarem a gritar?

– Se for preciso, eu faço a mediação, ok? Isso se as coisas saírem de controle. Mas ontem eles ficaram felizes de receber notícias suas, certo? Não acho que vão gritar com você agora.

– Mesmo se eles estiverem contentes por eu estar viva... – Ela fez uma pausa para engolir, o rosto rígido. – Lá no fundo, ainda me culpam pela morte de Roger.

Eu não sabia o que dizer. Fiquei calado. No silêncio, Callie remexia a sacola com a mão boa, examinando os produtos que eu comprara.

– Quer que eu segure o espelho?

– Se você não se incomodar...

– Claro que não – respondi, pegando o espelho.

Quando viu o próprio reflexo, espantou-se.

– Estou horrível.

– Não, não está – falei. – Você é uma garota muito bonita, Callie.

Ela fez uma careta ao passar a escova pelo cabelo, depois começou a se maquiar. Embora eu duvidasse de que os preparativos fariam diferença para a família, pareciam fazê-la se sentir melhor consigo mesma, e isso era tudo que importava.

Callie demonstrava saber o que estava fazendo, e me surpreendi com sua transformação. Quando ficou satisfeita, colocou os produtos de volta na sacola, pondo-a na mesa de cabeceira.

– Como estou? – perguntou, desconfiada.

– Linda. Agora parece realmente ter 19 anos.

Ela franziu a testa.

– Estou tão pálida...

– Você é muito crítica.

Ela olhou pela janela.

– Não estou preocupada com minha mãe e minhas irmãs – comentou. – Mas fico com um pouco de medo de como meu pai vai reagir.

– Por quê?

– Eu não contei, mas, mesmo antes de Roger morrer, não vínhamos nos dando muito bem. Ele é bem calado e geralmente não demonstra muita emoção, até ficar irritado. E já ficava irritado com frequência antes mesmo da morte do Roger. Não gostava das pessoas com quem eu andava, queria que eu melhorasse na escola, não gostava do que eu vestia. Me colocava de castigo o tempo todo. Eu odiava aquilo.

– A maioria dos adolescentes odeia.

– Não tenho certeza se quero voltar – confessou ela, o receio tomando sua voz. – E se as coisas ficarem tão ruins quanto antes?

– Eu acredito que a melhor coisa agora é dar um passo de cada vez. Não precisa tomar essa decisão agora.

– Acha que eles vão ficar bravos comigo? Por fugir e não ligar?

Como não queria mentir para ela, fiz que sim.

– Acho, uma parte deles vai ficar brava. Mas outra vai ficar contente de te ver. E outra ainda vai ficar preocupada porque você está doente. Acho que vão sentir muitas coisas diferentes ao mesmo tempo. Meu palpite é que vão ficar confusos, o que é algo para ter em mente quando falar com eles. Mas a pergunta mais importante neste momento é: como *você* está se sentindo?

Ela pensou na resposta.

– Estou ansiosa para vê-los, mas, ao mesmo tempo, com medo.

– Eu ficaria com medo também – falei. – Isso é normal.

– Eu só quero...

Ela se calou, mas não precisava terminar. Vi em sua expressão o que queria, porque era a mesma coisa que toda criança queria: ser amada pelos pais. Aceita. Perdoada.

– Tem outra coisa que você deve levar em consideração – acrescentei, após um instante.

– O quê?

– Se quer que seus pais te perdoem, você também tem que se perdoar.

– Como? – perguntou ela. – Depois do que eu fiz?

– Perdoar não quer dizer que você esqueceu ou que parou de querer mudar o passado. Quer dizer que você aceita a ideia de que não é perfeita, porque todos cometemos erros. E coisas terríveis podem acontecer com qualquer um.

Ela baixou os olhos e, no silêncio, pude ver que estava em conflito com a ideia. Levaria tempo – e provavelmente muita terapia – para ela chegar lá, mas era uma jornada que precisava fazer a fim de se curar e seguir adiante. Não insisti no assunto; naquele momento, ela tinha desafios mais imediatos com que se preocupar.

Para distraí-la, levei a conversa para temas mais amenos. Contei-lhe minhas impressões sobre Helen e mostrei algumas fotos no celular a fim de que ela visualizasse mais facilmente a cidade; sugeri que, se tivesse oportunidade, experimentasse o *Wiener Schnitzel* do Bodensee. E, pela primeira vez, falei sobre Natalie. Não tudo, mas o suficiente para que soubesse quanto ela significava para mim.

Durante uma pausa na conversa, ouvi vozes vindo do corredor; escutei o nome *Karen Johnson* e o som de passos se aproximando. Levantei-me, coloquei a cadeira de volta no outro lado do quarto e olhei para Callie. Seus olhos estavam arregalados.

– Estou com medo – disse ela, o pânico transparecendo em sua voz. – Eles vão me odiar.

– Nunca odiaram – acalmei-a. – Tenho certeza.

– Não sei nem o que dizer...

– As palavras vão vir. Mas quer um conselho? Conte a eles toda a verdade.

– Eles não querem a verdade.

– Talvez não – falei. – Mas é o melhor que você pode oferecer.

Eu estava de pé quando uma enfermeira entrou com a família de Callie. Eles subitamente pararam à porta, como se incapazes de processar o que estavam vendo. Louise vinha na frente, ao lado de Tammy e Heather; senti quatro pares de olhos me examinarem antes de focarem na garota que fugira de casa havia mais de um ano.

Enquanto todos se confrontavam com suas emoções, notei como Callie se parecia com a mãe. Tinham a mesma cor de cabelo e olhos, a mesma estatura pequena, e ambas eram pálidas. Louise devia ser pouco mais velha que eu. Curtis também parecia estar na casa dos 30 anos, mas era mais alto e largo do que imaginei, com uma barba áspera e olheiras profundas. Olhou para mim com ar interrogativo, como se achasse que eu era algum funcionário com quem deveria tratar, mas fiz que não com a cabeça.

A voz de Callie saiu baixa:

– Oi, mãe.

As palavras foram o suficiente para quebrar o encanto, e Louise correu para a filha, as lágrimas inundando seus olhos. Heather e Tammy vieram logo atrás, soltando um soluço coletivo de emoção. Eram gêmeas fraternas, não idênticas, e não se pareciam em nada. Como filhotinhos radiantes, praticamente subiram na cama de Callie enquanto se inclinavam para abraçar a irmã. De onde eu estava, podia ouvir Louise repetindo sem parar "Não acredito" e "Estávamos tão preocupados", enquanto acariciava o cabelo da filha e apertava suas mãos, as lágrimas escorrendo pelo rosto. Curtis, enquanto isso, permanecia imóvel, como se paralisado.

Por fim, ouvi de novo a voz de Callie.

– Oi, pai – disse a menina por detrás de uma multidão de braços.

Por fim, Curtis assentiu e se aproximou da cama. As garotas chegaram para o lado, dando lugar ao pai e se virando para ele com expectativa. Hesitante, inclinou-se para a frente.

Callie se sentou mais ereta e pôs o braço bom em torno do pescoço dele.

– Desculpe por fugir e não ligar – disse ela, num murmúrio débil. – Senti muita falta de todos. Amo vocês.

– Também senti sua falta, querida – afirmou ele, as palavras soando embargadas. – Eu também te amo.

Fiquei ao lado de Callie enquanto ela contava sua história e respondia à torrente interminável de perguntas. Algumas eram importantes ("Por que você fugiu?") e outras, triviais ("O que você almoçava?"). Curtis perguntou mais de uma vez por que ela nunca tentara entrar em contato com eles, nem que fosse só para saberem que ainda estava viva. Embora Callie fosse sincera, a conversa nem sempre era fácil. O sofrimento deles, e o dela também, era perceptível e ainda recente, mesmo em meio à alegria do reencontro. Notei que o verdadeiro trabalho de cura como família ainda estava por vir, supondo-se que Callie se recuperasse plenamente. Ela já não era mais a mesma garota que havia fugido um ano antes, mas suas vidas permaneciam atadas a uma tragédia que nenhum deles aceitara até então – e ela menos que todos.

Enquanto deixava o quarto a fim de permitir que continuassem a conversa com privacidade, fiz uma prece silenciosa desejando-lhes coragem para encarar os meses e anos que vinham pela frente. Caminhando pelo corredor daquele hospital já tão familiar, não pude deixar de pensar sobre como era estranho que eu tivesse ficado tão profundamente envolvido com a vida de uma menina de quem nunca ouvira falar dois meses antes.

No entanto, a parte mais estranha de toda aquela experiência foi ouvir a família usar o nome Karen, que parecia não se encaixar com a garota que eu conhecia.

Para mim, no final das contas, ela sempre seria Callie.

No dia seguinte, a Dra. Nobles me contou que passara quase uma hora com a família depois que saí, tentando explicar a eles o estado de Callie de forma que pudessem compreender. Os pais, assim como as irmãs, concordaram em fazer o exame de compatibilidade de medula. Por causa da gravidade da doença, o laboratório prometera apressar o resultado, que ficariam sabendo em um ou dois dias. Isso definiria o cenário para exames adicionais. Se um doador compatível fosse encontrado, Callie teria que ser transferida para Greenville a fim de terminar o tratamento. Mollie os pôs também em contato com a Dra. Felicia Watkins, a oncologista do Vidant, e garantiu-lhes que o hospital lá estaria pronto para sua chegada.

Após conversar com Nobles, reservei e paguei quartos para a família em New Bern pelo restante da semana, assim como duas semanas extras num hotel em Greenville. Era o mínimo que podia fazer em vista da preocupação desgastante deles em relação a Callie e dos desafios de estar tão longe de casa.

Por ouvirem meu nome tantas vezes no decorrer das conversas com a filha, Curtis e Louise ficaram curiosos a meu respeito. Quando fiz uma breve visita após me encontrar com a Dra. Nobles, contei aos dois por que estava em New Bern nesses últimos meses, omitindo os aspectos mais complicados do meu serviço militar e da minha recuperação ainda em curso. Compartilhei também o que sabia sobre a amizade de Callie com meu avô e o tipo de homem que ele tinha sido. Entristecia-me o fato de que não estivesse ali para conhecer a família, mas de alguma forma sentia que ele estava vendo aquela reunião, satisfeito de que seus esforços tinham se concretizado no final.

Natalie respondera à minha mensagem na noite anterior, e, quando veio ao hospital mais tarde, apresentei-a a Callie e à família. Ela conversou com eles em particular durante vinte minutos, assegurando-se de reunir corretamente todos os detalhes para o relatório que precisaria fazer. Antes de ir embora, procurou-me na sala de espera, perguntando se eu tinha tempo para um café.

Na cantina, sentou-se à minha frente na mesa, parecendo formal de uniforme e linda como sempre. Enquanto bebíamos o café aguado do hospital, descrevi as longas horas que passara com Callie, juntando os pedaços da sua história e relatando o reencontro tenso com a família.

– Considerando tudo, acho que foi um final feliz – disse ela.

– Por enquanto. Agora, tudo vai depender dos exames.
– Seria trágico para os pais encontrá-la e depois perdê-la outra vez.
– Verdade – falei. – Mas tenho fé de que vai dar tudo certo.
Natalie sorriu.
– Entendo agora por que você estava tão empenhado em ajudá-la. Ela é… interessante. Difícil acreditar que só tem 16 anos. É mais madura que muitos adultos que eu conheço. Fico pensando em como vai se readaptar a viver outra vez com a família, ir para a escola e fazer as coisas que adolescentes normais fazem.
– Vai precisar se acostumar de novo, com certeza. Mas tenho a impressão que ela vai ficar bem.
– Também acho. E outra coisa: seu avô era um homem muito inteligente.
– Como assim?
– Se ele tivesse lhe dito o nome *Callie* no quarto de hospital, talvez nunca descobríssemos quem ela realmente era. Nunca tentaríamos procurar uma Karen.
Pensei naquilo e percebi que ela estava certa. Meu avô nunca parava de me surpreender.
– Robertson estava certo também – continuou ela – quando nos disse que poderíamos ter descoberto a informação nós mesmos. Entrei no site da AIG e demorei só cinco minutos para encontrá-la, tendo seu verdadeiro primeiro nome e sua descrição física. Não precisávamos ter ido até a Geórgia.
– Mesmo assim, fico contente de termos ido – falei.
Ela encarou a xícara.
– Vou sentir sua falta.
Eu também. Mais do que você imagina.
– Acho que vou colher um pouco de mel antes da mudança. Quer me ajudar? Posso mostrar como centrifugar e filtrar os favos e, caso se saia bem, talvez eu deixe você levar uns potes para casa.
Ela hesitou antes de responder:
– Não acho que seja uma boa ideia. Saber que você vai embora já é bem difícil.
– Então chegou a hora? Este é nosso último adeus?
– Não quero pensar assim.
– Quer pensar como?
Ela ficou em silêncio, refletindo.

– Quero me lembrar dos nossos momentos juntos como um sonho lindo – disse ela, por fim. – Na hora, foi forte, real e totalmente arrebatador.

Mas em algum momento precisamos acordar, pensei.

– Provavelmente terei que voltar a New Bern de vez em quando para dar uma olhada na casa e nas colmeias. Quer que eu ligue quando estiver na cidade? Talvez a gente possa se encontrar para um almoço ou um jantar de vez em quando.

– Talvez...

Mas, mesmo enquanto ela dizia isso, tive a impressão de que preferiria que não. Ainda assim, fingi não perceber.

– Eu aviso quando estiver na cidade.

– Obrigada. Quando acha que vai embora?

– Em duas semanas. Quero ter tempo para me instalar antes de as aulas começarem.

– Claro.

– E você? Planos para o verão?

– Os de sempre – respondeu ela. – Passar umas semanas aqui e outras com meus pais na praia.

Era doloroso ouvir como nossa conversa soava forçada, e pensei em como havia sido tão mais fácil apenas alguns dias antes. Não era como eu tinha imaginado dizer adeus, mas, como ela, eu também não sabia como mudar aquilo.

– Avise se for a Baltimore ou Washington. Será um prazer levar você para passear. A gente pode ir visitar o complexo do Smithsonian.

– Pode deixar – prometeu ela, mesmo nós dois sabendo que não era verdade.

– Natalie...

– Preciso ir – disse ela, levantando-se de súbito. – Tenho que voltar para o trabalho.

– Eu sei.

– Vou passar às vezes na casa do seu avô enquanto você estiver fora. Para ter certeza de que ninguém a invadiu.

– Agradeço muito.

Saímos da cantina e acompanhei-a até a entrada principal, mesmo sem saber se ela queria.

Chegando à porta, levei-a até o lado de fora, achando que tudo estava acontecendo muito rápido. Incapaz de me controlar, segurei sua mão. Ela se deteve, virando-se para mim, e a visão de lágrimas começando a escorrer de seus olhos fez um grande nó se formar na minha garganta. Mesmo sabendo que não deveria, inclinei-me para a frente, meus lábios tocando gentilmente os seus, antes de abraçá-la. Beijei o topo de sua cabeça e puxei-a para mais perto.

– Eu entendo, Natalie – murmurei no seu cabelo. – De verdade.

– Eu sinto muito, muito mesmo – sussurrou ela de volta, o corpo tremendo contra o meu.

– Eu te amo e nunca vou te esquecer.

– Também te amo.

O sol estava alto e brilhante, o ar abafado de umidade e calor. Lembro-me vagamente de um homem passando por nós segurando um buquê de flores; uma senhora de idade, numa cadeira de rodas, saiu segundos mais tarde. Dentro do hospital, mulheres estavam dando à luz filhos que teriam a vida toda pela frente, enquanto outros pacientes chegavam ao fim de suas jornadas. Era um dia normal, mas nada era normal para mim, e, enquanto lágrimas ardiam em meus olhos, eu só queria fazer aquele momento durar para sempre.

Poucos dias depois, a Dra. Nobles me informou que a medula de Heather era perfeitamente compatível com a de Callie; a de Tammy era parcialmente compatível. Análises e exames extras já estavam em curso, mas ela estava confiante de que a perspectiva era boa.

Mais para o fim da semana, a doutora confirmou dizendo que a transferência e o transplante estavam marcados para a semana seguinte, quando eu já estaria em Baltimore. Embora houvesse riscos no horizonte e o tratamento fosse demorado, Mollie estava otimista, acreditando que, com o tempo, Callie seria capaz de levar uma vida normal.

Continuei visitando Callie e a família no hospital até minha partida; quando não estava lá, arrumava as malas e aprontava a casa para a mudança. No meu último dia, uma equipe de faxineiros limpou-a de alto a baixo. A roupa de cama e de banho foi acondicionada em sacos plásticos para ficar protegida contra poeira e mofo. Reuni-me outra vez com a mestre de obras e com o empreiteiro, supervisionando a entrega de material para o telhado e o piso, e o armazenamento no celeiro.

Colhi também o mel. Guardei uns potes para mim, vendi grande parte para Claude e deixei um pouco na porta de Natalie. Mas não bati nem telefonei.

Pensava nela constantemente: despertava com a lembrança do seu perfume e do seu sorriso, e ela era a última imagem que eu via antes de fechar os olhos à noite. Durante meus últimos dias em New Bern, ficava pensando no que estaria fazendo à determinada hora e onde poderia estar. Não me sentia mais completo, como se parte de mim tivesse sido subtraída, ficando apenas um vazio doloroso. Antes de Natalie, eu acreditava que, tendo amor, tudo era possível. Agora, compreendo que às vezes o amor não basta.

Só depois de três dias morando em Baltimore foi que descobri a carta que Natalie havia me deixado, enfiada numa das caixas de livros colocadas na mala do carro. A princípio, não identifiquei o envelope e pensei em jogá-lo fora. Quando percebi que estava lacrado, no entanto, a curiosidade venceu. E perdi o fôlego ao reconhecer a assinatura dela.

Andei feito um zumbi até a sala e me sentei no sofá. Ainda era dia, a luz entrava pelas portas da varanda, e, no silêncio do meu novo apartamento, comecei a ler.

Querido Trevor,

Estou escrevendo esta carta porque não sei de que outra forma fazer isso. Não sei quando vai encontrá-la, pois tive que enfiá-la numa das caixas da mudança. Por outro lado, já que você deixou potes de mel na minha porta duas vezes sem me avisar, imaginei que talvez apreciasse a ideia de que recebeu uma visita secreta.

Queria dizer que, pela primeira vez na vida, entendi de verdade o que as pessoas querem dizer quando falam que se apaixonaram perdidamente. Quando me apaixonei por você, não fui levada a isso, não aconteceu aos poucos, não foi nada do que pensei que queria. Em retrospecto, é como se eu tivesse passado os últimos quatorze meses no parapeito de um edifício. Meu equilíbrio era precário e eu fazia tudo que podia para não cair. Se não me movesse, se continuasse focada, achava que ficaria bem de alguma forma. Mas então, do nada, você apareceu. Me chamou lá do chão e eu dei um passo para fora do parapeito... e aí fui caindo, até o momento em que você me pegou nos braços.

Trevor, me apaixonar por você foi uma das experiências mais sublimes da minha vida. Por mais difícil que seja para mim agora – e me torturo constantemente me perguntando se tomei a decisão certa –, não trocaria isso por nada. Você fez com que eu me sentisse mais viva do que eu jamais estive. Até você aparecer, não sabia se voltaria a experimentar isso um dia.

O desejo que sinto por você parece insaciável, ilimitado. Mas a verdade é que esse desejo tem um preço altíssimo. Não posso me permitir querer que meu marido estivesse morto, nem conseguiria viver comigo mesma se me divorciasse dele, porque Mark é incapaz de tentar me convencer do contrário. Se eu fizesse uma dessas coisas, não seria a mesma mulher por quem você se apaixonou, pois isso iria me mudar para sempre. Me transformaria numa vilã, numa pessoa que eu não reconheceria nem desejaria ser. E, naturalmente, não poderia fazer isso com você também.

É por esse motivo que não pude te ver outra vez depois de dizer adeus no hospital; é por esse motivo que será melhor não nos encontrarmos quando você voltar à cidade. Sei quanto te amo e, se me pedisse de novo para ir com você para Baltimore, acho que não conseguiria resistir. Se fizer qualquer insinuação nesse sentido, vou aparecer na sua porta. Mas, por favor – por favor, por favor, por favor –, não permita que eu me torne a vilã da minha própria história. Imploro a você que nunca me coloque nessa situação. Em vez disso, me deixe ser a mulher que você conheceu e amou, a mesma mulher que se apaixonou profundamente por você.

Ao mesmo tempo que não sei o que o futuro reserva para nenhum de nós dois, quero que saiba que sempre darei valor ao tempo que passamos juntos, por mais breve que tenha sido. De certa forma, sempre irei acreditar que você me salvou. Se não tivesse aparecido, uma parte vital e preciosa de mim teria simplesmente murchado; agora, com nossas lembranças para me apoiar – com minhas lembranças de você –, sinto finalmente que posso seguir adiante. Obrigada por isso, obrigada por tudo.

Já sinto sua falta. Falta das suas provocações, das suas piadas infames, do seu sorriso travesso, até das suas tentativas de me irritar. Mais do que *tudo, sinto falta da sua amizade e do modo como você sempre me fez sentir, como se eu fosse a mulher mais desejável do mundo. Eu te amo muito e, se minha vida fosse diferente, seguiria você para qualquer lugar.*

*Com amor,
Natalie*

Quando terminei de ler a carta, levantei-me do sofá e fui até a cozinha, as pernas trêmulas. Achei uma cerveja na geladeira, abri-a e dei um longo gole. Depois, voltando à sala, olhei pela janela, imaginando onde Natalie poderia estar naquele momento – talvez visitando os pais na praia, dando um passeio longo e tranquilo pela areia. De vez em quando, examinaria uma concha ou pararia para acompanhar o voo de alguns pelicanos enquanto planavam baixo sobre as ondas. Talvez eu quisesse crer que se lembrava de mim naquele exato momento, acalentando nosso amor como um segredo reconfortante naquele seu mundo impiedoso.

Fiquei contente por ela ter escrito a carta e me perguntei se deveria responder. Talvez sim, ou – se isso tornasse as coisas ainda mais difíceis para ela – talvez não. Não tinha energia para tomar uma decisão daquelas.

Voltando ao sofá, coloquei a cerveja na mesa. E, com um suspiro, reli a carta.

Epílogo

Apesar de ter começado várias cartas para Natalie, acabei não mandando nenhuma. Durante minhas idas regulares, porém pouco frequentes, a New Bern, nunca a procurei ou telefonei. Às vezes escutava algumas coisas sobre ela, em geral pessoas cochichando acerca de como devia ser difícil e se Natalie não deveria descobrir um jeito de seguir adiante. Toda vez que ouvia esses comentários, sentia uma dor profunda ao pensar que sua vida permanecia em suspenso.

Para mim, seguir adiante significou cinco anos de residência, turnos longos e adquirir prática clínica suficiente para me formar. Embora no início eu pensasse que meu interesse fosse o tratamento do transtorno de estresse pós-traumático, rapidamente descobri que esses pacientes costumavam apresentar outros problemas também. Alguns lutavam contra a dependência de drogas ou álcool ou sofriam de depressão; outros ainda tinham transtorno bipolar ou outros transtornos de personalidade. Aprendi que o tratamento de cada paciente é único e, que, embora tentasse, era impossível conseguir ajudar todo mundo. Enquanto estava em Baltimore, dois deles cometeram suicídio e outro foi preso após uma briga de bar resultar em uma acusação de homicídio culposo. Este último vai ficar atrás das grades por pelo menos nove anos. Às vezes, ele me envia uma carta reclamando que não está recebendo o tratamento de que necessita na prisão, e não duvido disso.

Tenho achado o trabalho muito interessante, talvez mais do que esperava. À sua própria maneira, é mais desafiador em termos intelectuais do que a cirurgia ortopédica, e posso com honestidade dizer que aguardo ansioso pelo trabalho todos os dias. Ao contrário dos outros residentes, não tenho muita dificuldade de me afastar dos pacientes no final do dia, pois carregar o fardo psicológico de outras pessoas é pesado demais. Ainda assim, há horas em que não é possível simplesmente virar as costas; mesmo quando alguns pacientes não têm meios de pagar pelo tratamento, fico à disposição deles.

Continuo minhas sessões com o Dr. Bowen, embora com o tempo elas tenham se tornado menos frequentes. Agora, falo com ele cerca de uma vez por mês, e só raramente experimento qualquer sintoma físico associado ao estresse pós-traumático. Durmo bem e minhas mãos não tremem desde a época de New Bern, mas, às vezes, ainda fico triste quando penso em Natalie e na vida que imaginei que teríamos juntos.

Quanto a Callie, mantínhamos bastante contato no início, mas logo as ligações acabaram se transformando em mensagens de texto ocasionais, em geral perto de datas comemorativas. O transplante foi um sucesso, sua saúde se manteve estável e ela voltou a morar com a família. Formou-se no ensino médio e se tornou técnica em saúde bucal. Não faço ideia de como ou quando conheceu Jeff McCorckle e, enquanto espero que Callie entre na igreja, meu lado cético me faz questionar se os dois não são jovens demais para se casar. Ambos têm 21 anos, e as estatísticas não pintam um cenário inteiramente cor-de-rosa para essa união a longo prazo. Por outro lado, ela sempre foi uma pessoa de extraordinária maturidade e determinação.

E o mais importante: Callie, como eu, entende perfeitamente que as idas e vindas da vida são imprevisíveis.

Quando estava passando de carro por Helen rumo à igreja, fui tomado por uma sensação de déjà-vu. A cidade parecia não ter mudado nada desde a última vez que estive lá. Passei pela delegacia, pelo restaurante Bodensee e, apesar de estar quase atrasado, reduzi a velocidade em frente ao hotel onde Natalie tinha me pedido para abraçá-la na nossa última noite juntos.

Gosto de pensar que progredi desde então e, de muitas formas, sei que sim. Terminadas a residência e a prática clínica, recebi ofertas de emprego em três estados diferentes. Tenho uma preferência, mas escolher ou não essa vaga vai depender do que acontecer hoje mais tarde.

Do meu lugar, escuto murmúrios e sussurros das pessoas nos bancos ao redor; é impossível resistir à vontade de me virar para examinar cada recém-chegado. Quando Natalie finalmente entra, sinto o coração dar um salto. Ela está usando um lindo vestido cor de pêssego e, embora tenha deixado o cabelo crescer, não parece ter envelhecido um dia sequer nos últimos cinco anos, quando a vi pela última vez. Observo-a perscrutar a igreja, tentando achar um lugar vazio, até se decidir por um espaço três fileiras na minha frente. Enquanto encaro sua nuca, digo um obrigado silencioso a Callie, que concordara em estender um convite especial para Natalie a meu pedido.

No momento certo, Jeff toma seu lugar próximo do altar e do pastor, com os padrinhos ao lado. A música começa – a ópera *Lohengrin*, de Wagner –, e Callie entra na igreja. Ao seu lado, o pai, Curtis, com a barba feita e vestindo um terno azul-escuro. Os dois estão radiantes e todos nós nos levantamos enquanto avançam pela nave. Ele beija a filha na bochecha e se senta ao lado de Louise, que já está enxugando os olhos. Tammy e Heather são madrinhas e estão usando vestidos idênticos cor-de-rosa.

A cerimônia é tão tradicional quanto eu esperava. Callie e Jeff são declarados casados rapidamente. Os convidados aplaudem, e sorrio ao ouvir alguns assobios também.

Na recepção, sob uma grande tenda branca, estou sentado com alguns primos de Callie e suas esposas, e rio toda vez que os convidados batem com colheres nas taças de vinho, fazendo com que Callie e Jeff se beijem outra vez.

Ela dança com o marido e depois com o pai, antes de os outros convidados se reunirem na pista. Após conseguir uma dança com Callie, ela me apresenta ao esposo. Parece um jovem sério, e os dois estão apaixonados de forma invejável e óbvia. Quando me afasto, ouço Jeff perguntar a ela num sussurro intrigado:

– Por que ele te chama de Callie?

Pergunto-me quanto ela teria lhe contado do tempo que passou em New Bern, ou se teria simplesmente passado por cima dos detalhes. A longo prazo, acho que isso não terá importância. Jeff provavelmente vai ficar sabendo de tudo, já que segredos são quase sempre impossíveis de se guardar.

Pouco depois de as pessoas começarem a invadir a pista de dança, vejo Natalie saindo da tenda. Vou atrás dela e a encontro parada perto de uma velha magnólia. Quando me aproximo, o volume da música da festa diminui, deixando apenas nós dois na tarde quieta de verão. Não consigo parar de pensar em como ela está bonita.

Preparo-me para não esperar muita coisa. Cinco anos é muito tempo, e não tenho dúvida de que nós dois mudamos. Uma parte de mim se pergunta se ela vai me reconhecer imediatamente ou se vou notar uma hesitação momentânea enquanto tenta me localizar na memória. Também não estou bem certo do que vou lhe dizer, mas, quando me aproximo, Natalie se vira para mim com um sorriso travesso.

– Oi, Trevor – diz ela. – Estava pensando em quanto tempo você levaria para vir aqui me encontrar.

– Sabia que eu estava aqui?

– Vi você na igreja – responde ela. – Pensei em me sentar do seu lado, mas não quis facilitar muito para você.

Natalie chega mais perto e, como se o tempo que passamos separados tivesse desaparecido num piscar de olhos, me abraça. Aperto-a com força, absorvendo a sensação do seu corpo com reverência. Sinto o perfume familiar, algo que não percebi como me fazia falta.

– É bom ver você – murmura ela em meu ouvido.

– Digo o mesmo. Você está linda.

Separamo-nos e, pela primeira vez, consigo examiná-la de perto. A não ser por pequenas rugas no canto dos olhos e pelo sedoso cabelo longo, é a mesma mulher que tem me visitado em sonhos nos últimos cinco anos. Apesar de ter namorado outras nesse meio-tempo, eram relacionamentos destinados ao fracasso antes mesmo de começarem. Na época, disse a mim mesmo que simplesmente não tinha energia para novas aventuras; ao reencontrar Natalie, percebi que na verdade estava esperando por ela.

– E aí? Já é psiquiatra?

– Concluí a residência mês passado – respondi. – É oficial. E você? Ainda trabalha no departamento de polícia?

– Não. Acredite se quiser, mas agora tenho uma floricultura.

– Está brincando.

– Não. Fica no centro de New Bern.

– Como isso aconteceu?

– Vi num anúncio que a loja estava à venda. O dono estava se aposentando e não pedia muito pelo estabelecimento. Na época, eu já sabia que não queria mais continuar na polícia. Aí o dono e eu chegamos a um acordo.

– Quando foi isso?
– Há mais ou menos um ano e meio.
Sorrio.
– Fico feliz por você.
– Eu também.
– Como vai sua família?
– Além de meus pais terem se mudado para a praia, não houve grandes mudanças.
– Você ainda os visita?
– A cada dois fins de semana. Eles passam o tempo todo lá agora. Venderam o negócio e a casa em La Grange. E você? Ainda mora em Baltimore?
– Por enquanto. Tentando resolver onde quero me estabelecer.
– Está pensando em algum lugar em especial?
– Ainda estou analisando as opções.
– Soube que há poucos psiquiatras no leste da Carolina do Norte.
– É mesmo? E como você ficou sabendo de uma coisa dessas?
– Não lembro. Ah, por falar nisso, fiquei de olho na casa do seu avô para você, quando eu ainda era policial. Mesmo agora, ainda dou uma olhada na propriedade de vez em quando.
– Visitou as abelhas?
– Não – diz ela, com um quê de arrependimento. – E você?
– Cuido delas duas vezes por ano. As abelhas não precisam de muito cuidado.
– Devia ter imaginado. O mel ficou à venda no Trading Post pelos últimos anos. Único lugar da cidade onde se consegue comprar.
– Que bom que lembrou.
Usando ambas as mãos, ela segura o cabelo num rabo de cavalo, depois solta.
– Callie está muito bonita! Adorei o vestido. E parece que ela está se entendendo bem com a família.
– Foi uma cerimônia linda. Fico feliz por ela. Mas e você? Vai ficar quanto tempo em Helen?
– Só uma noite. Vim de avião e aluguei um carro hoje de manhã.
– E depois vai voltar para New Bern?
– Claro – responde ela. – Minha mãe está me substituindo na loja, mas tenho certeza de que ela quer voltar logo para a praia.

Pela primeira vez, reparo que ela não está usando a corrente no pescoço com a aliança de casamento, que também não está em seu dedo.

– Onde está sua aliança?

– Não uso mais.

– Por quê?

– Mark faleceu – diz ela, olhando-me nos olhos. – Dez meses atrás. Eles acham que foi embolia pulmonar.

– Sinto muito.

– Ele era um homem bom. Meu primeiro amor – diz ela, abrindo um sorriso nostálgico. – Você vai voltar para Baltimore depois da cerimônia?

– Sem pressa – respondo. – Ainda tenho que fazer a mala. Mas, na verdade, estou indo para New Bern também. Está na época de colher o mel, e acho que vou ficar por lá um tempinho. Tenho uma entrevista em duas clínicas da região.

– Em New Bern?

– Uma em New Bern, outra em Greenville. Recebi propostas das duas, mas quero ter certeza de que estou tomando a decisão certa.

Ela olha para mim antes de abrir um sorriso.

– Então você pode acabar em New Bern?

– Talvez – respondo. – Ei, por falar nisso, você está namorando alguém agora?

– Não – diz ela com um sorriso tímido. – Quer dizer, tive uns encontros, mas nenhum foi para a frente. E você?

– Também – respondo. – Tenho estado ocupado nos últimos anos.

– Imagino – diz ela, o sorriso ficando maior.

Diante disso, meu coração começa a se animar e faço sinal em direção à tenda.

– Quer dançar?

– Adoraria.

Surpreendendo-me um pouco, ela passa o braço pelo meu e voltamos para a área da festa.

– Ah, e mais uma coisa – digo. – Se quiser me ajudar a colher o mel quando eu tiver voltado a New Bern, adoraria mostrar para você o processo.

– Qual é o salário?

Dou risada.

– Quanto você quer?

Ela finge pensar no assunto antes de olhar para mim outra vez.

– Que tal um jantar na varanda depois?

– Jantar?

– Tenho certeza de que vou estar com fome.

– Parece uma troca justa. – Faço uma pausa, sério de repente. – Senti sua falta, Natalie.

Na entrada da tenda, ela me faz parar. Depois, sem hesitação, se inclina e me beija, uma sensação tão familiar quanto voltar para casa.

– Também senti sua falta – murmura ela, e nós dois entramos juntos na tenda.

Agradecimentos

É difícil acreditar que 24 anos se passaram desde que meu primeiro romance, *Diário de uma paixão*, foi publicado... e ainda mais extraordinário pensar que tantos de meus colaboradores iniciais, consultores e amigos permanecem os mesmos após todo esse tempo. É impossível expressar minha gratidão a essa equipe multifacetada que vem dando suporte à minha longa carreira, mas farei novamente outra tentativa.

Primeiro, agradeço à minha agente literária, Theresa Park, da Park & Fine Literary and Media. Éramos garotos quando iniciamos essa jornada, e aqui estamos na meia-idade. Dizer que compartilhamos um cérebro, um coração e a mesma fonte de determinação não chega aos pés de nossa parceria. Obrigado por ser minha parceira criativa e principal apoiadora através de todos os estágios de nossas aventurosas vidas.

A equipe da Park & Fine é a mais sofisticada, proativa e eficiente representação literária do ramo. A Abigail Koons, Emily Sweet, Andrea Mai, Alex Greene, Ema Barnes e Marie Michels: é uma alegria trabalhar com vocês, as pessoas mais antenadas do mercado editorial. Aos novos membros da Park & Fine, Celeste Fine, John Maas, Sarah Passick, Anna Petkovich, Jaidree Braddix e Amanda Orozco – sejam bem-vindos! Fico feliz ao ver a agência se expandir e com o fato de eu poder usufruir de uma equipe cada vez mais competente.

Na Grand Central Publishing (anteriormente Warner Books, quando entrei no negócio), o presidente Michael Pietsch continua colaborando com minha carreira editorial e me proporcionando apoio incansável. Trabalhar com o editor Ben Sevier e a editora-chefe Karen Kosztolnyik tem sido um verdadeiro prazer – eles são firmes, perspicazes e, acima de tudo, generosos.

Brian McLendon continua oferecendo sua força criativa de marketing para os meus livros, e Matthew Ballast e Staci Burt conseguem orquestrar minhas campanhas de publicidade com habilidade e cuidado excelentes. Ao diretor de arte Albert Tang, obrigado por chegar com um design tão autoral para minhas capas, cada uma mais admirável que a outra. Amanda Pritzker, você é um prodígio mantendo todas as peças da minha campanha em sincronia e trabalhando de mãos dadas com minha equipe da PFLM.

Catherine Olim, da PMK-BNC, continua sendo minha super-responsável e superexperiente relações-públicas, em quem continuo me apoiando fortemente ao longo dos anos – Catherine, como eu poderia ter sobrevivido sem você ao oceano infestado de tubarões que é a publicidade? Mollie Smith e LaQuishe Wright estão sempre, sempre na vanguarda no que se refere ao alcance das redes sociais; vocês me conhecem melhor do que eu mesmo e nunca tropeçaram em seus esforços de fazer aflorar o melhor em mim.

Minha representação em Hollywood é justificadamente o sonho de todo autor: Howie Sanders, da Anonymous Content, defensor ardoroso e amigo fiel acima de qualquer censura; Keya Khayatian, negociador experiente e aliado de muitos anos; e, claro, Scott Schwimer, o advogado mais consciencioso, tenaz e incansável que qualquer um em Hollywood poderia pedir. Scottie, você é único no mundo!

No entanto, o lar é onde meu coração verdadeiramente está, e eu seria omisso se não mencionasse as pessoas que protegem e dão vida ao local que me traz mais conforto: meus filhos, Miles, Ryan, Landon, Lexie e Savannah, que acrescentam sempre alegria à minha vida; Jeannie Armentrout e Tia Scott, que fazem meu dia a dia transcorrer com tranquilidade; Pam Pope & Oscara Stevick, meus maravilhosos contadores; Victoria Vodar, Michael Smith, Christie Bonacci, Britt & Missy Blackerby, Pat & Bill Mills, Todd & Gretchen Lanman, Lee & Sandy Minshull, Kim & Eric Belcher, Peter & Tonye-Marie, David & Morgan Shara, o Dr. Dwight Carlblom e David Wang, todos amigos fantásticos. E claro, gostaria de agradecer também ao restante de minha família: Mike & Parnell, Matt & Christie, Dan & Kira, Amanda & Nick, Chuck & Dianne, Todd, Elizabeth, Monty & Gail, Sean, Adam, Sandy, Nathan, Josh e, por fim, Cody & Cole, por sempre deixarem as portas abertas e a linha telefônica à disposição.

CONHEÇA OUTRO TÍTULO DO MESMO AUTOR

Almas gêmeas

Hope Anderson está numa encruzilhada. Aos 36 anos, ela namora o mesmo homem há seis, sem perspectiva de casamento. Quando seu pai é diagnosticado com ELA, Hope resolve passar uma semana na casa de praia da família, na Carolina do Norte, para pensar nas difíceis decisões que precisa tomar em relação ao próprio futuro.

Tru Walls nasceu numa família rica no Zimbábue. Nunca esteve nos Estados Unidos, até receber uma carta de um homem que diz ser seu pai biológico, convidando-o a encontrá-lo numa casa de praia na Carolina do Norte. Intrigado, ele aceita e faz a viagem.

Quando os dois estranhos se cruzam na praia, nasce entre eles uma ligação eletrizante e imediata. Nos dias que se seguem, os sentimentos que desenvolvem um pelo outro os obrigam a fazer escolhas que colocam à prova suas lealdades e reais chances de felicidade.

O novo romance de Nicholas Sparks, na tradição de *Diário de uma paixão* e *Noites de tormenta*, aborda as muitas facetas do amor, os arrependimentos e a esperança que nunca morre, trazendo à tona a pergunta: por quanto tempo um sonho consegue sobreviver?

CONHEÇA OS LIVROS DE NICHOLAS SPARKS

O melhor de mim
O casamento
À primeira vista
Uma curva na estrada
O guardião
Uma longa jornada
Uma carta de amor
O resgate
O milagre
Noites de tormenta
A escolha
No seu olhar
Um porto seguro
Diário de uma paixão
Dois a dois
Querido John
Um homem de sorte
Almas gêmeas
Um amor para recordar
A última música
O retorno
O desejo
Primavera dos sonhos

Para saber mais sobre os títulos e autores da Editora Arqueiro,
visite o nosso site e siga as nossas redes sociais.
Além de informações sobre os próximos lançamentos,
você terá acesso a conteúdos exclusivos
e poderá participar de promoções e sorteios.

editoraarqueiro.com.br